KB090524

한 그루 나무,
서른 송이 꽃들

펴내는 말

작가의 길에 들어선 지 올해로 만 삼십오 년, 창작 강의를 하며 후진 양성에 나선 지 꼭 이십 년이 된다. 강산이 두세 번 바뀔 만한 이 세월 동안 여러 권의 수필집과 수필창작지침서를 내었으며, 이런저런 문학상을 받았다. 그러면서 한편으로는 제자들이 수없이 많은 공모전에서 수상함으로써 큰 기쁨과 보람을 안겨주었다.

이 의미 깊은 성과물들을 한자리에 모아 훗날의 증표로 삼아야겠다는 생각을 여러 해 전부터 가졌었다. 창작 강의를 해온 지 스무 해라는 시간은 사람으로 치면 성년이 되는 나이 아닌가. 성년식을 치르듯 그를 기념하는 뜻에서 한 권의 책으로 묶어 세상에 내놓는다.

모든 수상작을 전부 다 아우르기에는 부피가 너무 클 것 같아 하는 수 없이 금상 혹은 최우수상 이상 수상작들만 추렸다. 여간 아쉽지 않지만 어쩔 수 없는 결정이었음을 널리 이해해 주셨으면 한다.

총 4부로 나누어 실었다. 1부는 창작 지도를 담당한 저의 수상작이고, 2부는 신춘문예 당선작이며, 3부는 일반공모전 수상작이고, 4부는 주제가 주어진 공모전 수상작이다. 각 부의 작품 게재 순서는 수상한 연도를 기준으로 삼았음을 밝혀 둔다.

이 책에 글이 실린 작가들은 서로 잘 아는 사이도 있지만 모르는 사이도 있다. 그럼에도 불구하고 모두 저로 해서 맺어져 한 울타리가 된 인연들이다. 앞으로 이 귀한 인연을 아끼고 아름답게 가꾸어 나갔으면 하는 소망을 품는다.

책이 나오기까지 이정화 작가님의 노고가 컸다. 지면을 빌려 수고 많았다는 말과 함께 고마운 마음을 전한다.

그리고 책이 세상에 빛을 볼 수 있게 흔쾌히 손을 잡아주신 도서출판 맑은샘의 김양수 대표님께도 감사의 말씀 드린다.

스승과 제자들이 한자리에 함께한 이 수상작 모음집이, 수필을 아끼고 사랑하는 많은 독자와 작가 지망생 그리고 이런 저런 문학 공모전을 준비하는 분들에게 창작 방향의 작은 길잡이 역할을 할 수 있었으면 하는 바람이다.

2022년 꽃 피는 시절

송림포곡재松林布穀齋에서

곽흥렬 손모음

차례

3부

4부

1부

우시장의 오후

곽흥렬

아버지의 몸에서는 언제나 쇠똥 냄새가 배어났다. 그 냄새는, 비가 오나 눈이 오나 사시장철 소와 함께 방방곡곡으로 떠돌아야 하셨던 아버지의 고단한 세상살이의 체취였다.

그때 나는 그림자처럼 아버지를 따라다니던, 그 말로는 풀어내기 힘든 야릇한 냄새가 너무도 부끄러웠다. "너희 아버지 소 장사 한다며?" 마을의 어른들이, 어린 내가 사랑스러워 건넸을지도 모를 이 말에 쥐구멍이라도 파고들고 싶었다. 그래서 제법 철이 나서까지도 어딜 가든 아버지가 하시는 일을 한사코 숨긴 채 살아야만 했다. 그 쇠똥 냄새가 우리 가족의 생계를 걸머메고 있던 끈이었음이, 그때의 아버지 나이를 한참이나 지나온 지금에서야 비로소 헤아려진다. 이렇듯 삶에의 깨달음에 있어 나는 늘 지각생인가 보다.

시골장의 정취 가운데 압권은 뭐니 뭐니 해도 우시장 풍경이다. 사람들의 왁자그르르한 소란스러움이 없다면 정작 장다운 맛이 날까. 생짜로 뱉어내는 거간꾼들의 걸쭉한 욕지거리가 오히려 정겨움으로 다가드는 곳, 그곳이 바로 삶의 냄새가 물씬 풍겨나는 우시장이다. 특히나 거기서 오가는 대화는 대화라기보다는 숫제 싸움질에 가까워, 그 투박스럽기가 뱃사람들의 악다구니에 하나도 못잖다.

장도막을 이용해 소를 사서는 장날을 기다려 내다 파셨으니, 그러니까 아버지의 한 주일은 닷새였던 셈이다. 오일장이 서는 날이면 아버지는 목 좋은 자리를 차지하기 위해 새벽같이 길을 나서야 했다. 어미 소를 앞장세우고 뿌연 입김을 푸푸 내뿜으며 굽이굽이 산길을 타고 넘을 때, 송아지는 꽁무니에 달라붙어 졸랑졸랑 종종걸음을 친다. 녀석들은 잠시 뒤의 운명을 알지 못하는 슬픈 종족이다. 그저 고분고분 선생님 말씀 잘 듣는 착한 아이들처럼, 주인의 뒤를 따라서 꾸벅꾸벅 발걸음을 떼어놓는다. 이슥고 희붐하게 동녘 하늘이 밝아오면 워낭 소리가 정적에 싸인 산골의 아침을 깨웠다.

사 와서 시장에다 내놓기까지 짧으면 며칠, 길어야 채 보름을 넘기지 못하는 기간이지만, 아버지는 그 동안에도 부지런히 빗기고 쓰다듬고 매만져 주며 정을 붙이셨다. 아마도 그래서였을 것이다. 팔려 가는 소들의 뒷등을 보면 늘 마음이 짠하다고 하셨다. 미혼모의 아기를 맡아 한동안 돌보다가 입양 가정으로 넘겨주는 위탁모의 심정 같다고나 할까. 움머 움머 새끼를 부르는 어미 소의 길고 느릿한 여음 뒤로 음매 음매 어미 소 찾는 송아지의 여린 울음소리가 메아리 되어 울려 퍼지는 우시장의 오후, 생이별한 어미 소의 연신 껌벅거리는 그 커다란 눈망울에 맺혀 있던 그렁그렁한 눈물방울을 나는 지금도 잊을 수가 없다. 사람이든 짐승이든 부디 크고 맑은 눈에는 정 주지 말지어다. 가슴에다 우물 속 같은 공동[空洞]을 내어놓는 까닭에.

팔리는 순간 그들은 운명이 갈린다. 수 좋은 놈은 농우가 되어 융숭한 대접을 받기도 하지만, 수사나운 녀석은 도수장으로 끌려가 육보시[肉布施]로 세상과 하직을 고해야만 한다. 마치 갓 생산된 승합차가 날이 날마다 팔도강산을 유람하는 관광버스가 되기도 하고, 허구한 날 시신을 싣고 다녀야 하는 영구차가 되기도 하는 이치처럼. 수십 년 세월 동안 아버지의 손을 거쳐 간 소만도 어림잡아 수백 마리를 헤아릴 수 있으리라. 그들 가운데 몇 놈이나 타고난 제 명을 다하지 못하고 슬픈 최후를 맞았을까. 그 애들을 생각할 때면, 영화 '워낭 소리'의 마지막 장면이 그려지곤 한다.

소를 사서 파는 일이 아버지에게는 하나의 신앙과도 같은 것이었다. 그 옛날 할머니께서 정화수 떠 놓고 소지를 올리시듯, 아버지는 늘 기도하는 마음으로 장날을 맞이했다. 장이 서는 날이면 꼭두새벽에 일어나 외양간의 불을 밝히고 정성을 들여 쇠죽을 끓였다. 무럭무럭 김이 오르는 걸쭉한 쇠죽으로 소의 배가 어지간히 탱글탱글해졌다 싶으면, 등허리와 목덜미의 잔털을 쓸고 다듬으며 곱게 손질을 하셨다. 반들반들 윤기가 나 보여야 제값을 받을 수 있었기 때문이다. 그러고 보면, 우리 일곱 식구의 생계와 다섯 형제자매의 학비는 고스란히 아버지의 손을 거쳐 간 그 소들이 도맡아 왔던 셈이다. 오늘은 또 어떤 작자가 나타나서 흥정을 붙여올는지……. 매번 장을 맞이할 때마다 아버지의 마음은 설렘 반 걱정 반이었으리라.

이따금 시장길을 지나치다, 좌판을 벌여놓고 애원하는 듯한 눈길로 오가는 길손들을 치어다보는 노점상들의 고단한 표정에서 지난날의 아버지 모습을 만나곤 한다. '저 행인들 가운데 누가 우리 생계에 도움을 줄까.' 그들은 노상 그런 기대와 초조감으로 긴긴 하루해를 보낼 것만 같다. 내 손을 거쳐 건네지는 이 알량한 몇 푼의 돈이 오늘 그들 식구의 한 끼치의 양식이 되어 줄 수도 있으리라. 한 접시의 찬거리를 마련케 해 줄 수도 있으리라. 이런 생각이 들 적마다 마음이 숙연해지곤 한다.

자질구레한 집안일을 대강 두량하고 난 아침나절쯤이면, 어머니는 그때서야 내 손을 잡고 장 구경을 나서곤 했다. 그리고는 제일 먼저 들르는 곳이 우시장이었다. 어머니와 나는 무슨 경기라도 관람하듯 멀찍이서 흥정 장면을 지켜본다. 아녀자가 끼어들면 부정 탄다는 옛말을 어머니는 철석같이 믿고 계셨던 것이다. 한참을 쑤군쑤군 알 수 없는 대화들이 오가고 밀고 당김이 거듭되다, 잠시 후 돈다발이 건네진다. 마침내 흥정이 성사되는 순간이다. 아버지의 얼굴에는 아쉬움인지 만족감인지 모를 엷은 미소가 번져나고, 초조하던 내 마음도 덩달아 울렁울렁 파도를 탄다.

어머니는 기다렸다는 듯이 내 손을 이끌어 아버지께로 다가갔다. 뜨끈뜨끈한 장국밥에다 걸쭉한 왕대포 한 사발로 장판의 열기는 후끈 달아오르고, 기분이 거나해진 아버지로부터 어머니의 손에 지폐 몇 장이 쥐어진다. 우리 모자의 장보기는 그때부터 본격적으로 시작되는 셈이다. 어머니는 그 돈으로 이곳저곳 난전을 돌면서 다음 장도막까지 쓸 찬거리와 생필품을 구입하고, 내 운동화며 누비바지며 그리고 학용품 몇 점을 사 주시는 것도 잊지 않았다. 그 시절의 시장 풍경은 이처럼 따듯하고 정겹고 애틋한 모습으로 기억의 곳간에 고이 갈무리되어 있다.

어쩌다 고향집을 들를 때면, 장터의 정취가 그리워져서 우시장으로 발길이 닿곤 한다. 아직도 여기저기에 아버지의 치열했던 삶의 조각들이 흩어져 있는 듯싶어, 눈으로 쓸며 지나간 세월을 더듬어 본다. 아버지의 부푼 꿈과 쓰디쓴 좌절, 설레는 기대와 아쉬운 한숨이 교차했던 곳, 당신으로서는 이곳이 평생을 바쳐 가족이란 힘겨운 등짐을 짊어지고 거친 세파와 싸우셨던 삶의 터전이 아닌가. 아버지는 만일 소라는 동물이 없었다면 세상살이의 의미 자체를 잃어버리고 말았을는지도 모른다. 재래시장 장사꾼들이 두세 평 남짓한 점포에 자리를 틀고 앉아 꿈을 일궈내듯, 아버지도 이 우시장을 당신의 점포 삼아 팍팍한 삶을 꾸려 나가셨으리라.

거센 세월의 물살을 어찌 이곳인들 피해 갈 수 있었을 것인가. 이제 우시장도 개방화의 파고에 떠밀려 더 이상 지난날의 그 흥성했던 분위기는 어디에서도 찾을 수가 없다. 드문드문 박혀 있는 주인 잃은 빈 말뚝 사이로 휘익 한 줄기 바람이 스치고 지나간다. 해질녘의 쓸쓸한 장터 풍경에서, 십여 년 전

어머니와 사별하고 홀로 늘그막의 외로움을 달래며 조용히 생의 끝자락을 마무르고 계시는 아버지를 만난다.

서산 너머로 뉘엿뉘엿 해그림자가 드리워지고 장꾼들도 썰물처럼 빠져나갔다. 착잡한 마음을 안고 돌아서 나오는 발걸음 뒤로, 소들의 길고 느릿한 울음소리가 환청 되어 들려온다.

– 第27회 성호문학상 수상작(2016년)

명태

곽흥렬

드디어 동해 바닷가 작은 포구를 벗어났다. 차는 헉헉 가쁜 숨을 몰아쉬며 구절양장의 산허리를 휘돌고 돌아 나간다. 대관령의 험준한 고갯마루를 타고 넘어 줄곧 서西로, 서로 걸음을 재촉하고 있다. 롤러코스트를 타는 듯 현기증으로 머리가 어찔어찔하고 속이 메슥거려 온다.

그렇게 얼마를 지났을까, 탁 트인 분지 하나가 눈앞에 펼쳐졌다. 순간 느닷없이 나타난 황태 덕장, 끝 간 데를 모르게 늘어선 명태의 군상들이 사정없이 후려치는 칼바람에 실오라기 하나 걸치지 않은 나신인 채로 꾸덕꾸덕 몸피를 줄여 가는 중이다. 이 깊은 산중에 웬 포로수용소가 있었더란 말인가. 사뭇 절규에 가까운 그들의 고통스런 표정에서, 자유를 갈구하며 몸부림치는 뭇 백성들의 환영幻影을 본다. 한껏 벌린 입에서는 피 끓는 혁명가가 울려 나오는 듯도 싶다. 불현듯 가공할 폭압의 부당성을 붓끝으로 고발했던 피카소의 명화 '성난 군중들'이 떠오르는 것은 어인 까닭인가.

얼었다 녹고 얼었다 녹고 하길 대체 몇 차례이랴. 피골이 상접한 몰골로, 하나같이 고개를 뒤로 젖뜨린 채 하늘에다 대고 자신의 억울함을 하소연이라도 하듯 자못 비장한 얼굴들이다. 사람다운 삶을 부르짖다 붙잡혀 와 가혹한 고문 끝에 교수대에 매달려 학살당한 늘어선 주검들이여! 거친 함성 소리가 저 하늘 끝까지 닿을 듯도 한데……. 환청인가, 상금도 그 외침이 해풍을 가르며 귓전을 난타하는 것 같은 착각을 불러일으킨다.

입술을 떡떡 들러붙게 하는 동지섣달의 매운 산바람에 온몸으로 맞서는 명태들의 항거, 작업부들은 그들의 최후의 부르짖음이 마침내 사위어들었다 싶으면 부지런한 손놀림으로 착착 거두어서 한 두름씩 매듭을 지을 것이다. 이 순간 검푸른 바다 깊은 골 곳을 거침없이 누비며 군무群舞를 즐겼을 그 당당한 모습이 얼핏 눈앞에 어른거린다. 그러나 그것도 잠시, 죽어서까지 끈끈한 동지애를 버리지 못하는 듯 스무 마리씩

스무 마리씩 어깨동무를 하고는 어느 낯선 시장 골목 어물전을 지키며 팔려갈 날을 기다릴 것이다. 자신들을 마지막으로 거두어 줄 임자가 나타나기만을 고대하면서.

예부터 '맛 좋기는 청어, 많이 먹기는 명태'라는 말이 전해온다. 그만큼 이 땅의 사람들은 명태를 즐겨 먹었고, 또 발걸음에 차일 정도로 명태는 아주 흔하디흔한 바닷고기였다. 하지만 꼭 흔해서 많이 먹었던 것만은 아니다. 다양한 건사방법에 따라 북어, 황태, 동태, 코다리 등 여러 가지 형태로 미각을 달리할 수 있었고, 보다 중요한 이유는 단순한 먹을거리 이상으로서의 건강 지킴이 역할을 톡톡히 수행하기 때문이다. 명태는 본시 따뜻한 특질을 지닌 온성식품이 아닌가. 그런 까닭으로 하여 우리 몸속에 쌓인 독성을 풀어내고, 소변보기를 수월케 해 주는가 하면, 소화기능을 도우는 약리작용도 겸한다. 아마도 그래서이리라, 어릴 적부터 체격이 유달리 약골이었던 나를 키운 몇 할도 바로 이 명태가 아닐까 싶다.

난 참 지독스레 입이 짧은 까탈공자였다. 그런 내게 어쩌다 감기몸살 같은 불청객이라도 찾아오는 날이면 아예 절곡을 하기가 일쑤였었다. 불면 날까 쥐면 꺼질까, 손자 사랑이 유다르셨던 할머니의 걱정이야 풀어놓지 않아도 그림이다. 보다 못한 할머니는 궁리궁리 끝에 하로동선夏爐冬扇의 쓰임새를 위해 다락방 깊숙이 건사해 두었던 명태에 생각이 미치셨을 게다. 이때가 캄캄한 어둠 속에서 오래도록 깊은 잠에 취해 있던 그 명태가 비로소 세상 밖으로 나오는 날이다. 할머니는 장작개비같이 빳빳한 건태를 툭툭 방망이질하여 참기름 동동 띄운 북엇국을 끓여선, 종일 까라져 누운 손자의 파리한 입술에다 한 술 두 술 떠 넣으셨다. 하루 세 번의 끼니 해결조차 만만치 않았던 집안 형편으로 병원 치료란 언감생심이었던 시절, 북엇국은 할머니가 당신으로서 하실 수 있는 유일한 처방이었으리라. 할머니의 이 북엇국으로 나는 잃었던 기운을 되찾곤 했다. 그래서 지금도 내 육신의 일부에는 명태의 성정이 배어 흐르고 있을 것만 같다.

생각의 타래를 감고 있으려니 오래된 기억 한 자락이 머릿속에 그려진다. 애송이 선생으로 사회에 첫발을 내디뎠을 무렵의 일이다. 꽃 그림자가 그윽이 운치를 돋우는 어느 화사한 봄밤이었다. 학교 근처의 한 깔밋한 음식점에서 새 식구들을 환영하는 모임자리가 마련되었다. 술이 몇 순배 돌고 차츰 분위기가 무르익어 가자, 동료 교사 가운데 ㅂ이 자청을 하여 노래 한 곡을 선사했다. 그 노래가 바로 〈명태〉였었다. 나는 그때 명태라는 가곡을 처음 알았다. 그리고 첫사랑처럼 너무도 깊이 매료되어 버렸다.

'……어떤 외롭고 가난한 시인이/밤늦게 시를 쓰다가/쇠주를 마실 때/그의 안주가 되어도 좋다/그의 시가 되어도 좋다/짝짝 찢어지어 내 몸은 없어질지라도/ 내 이름만 남아 있으리라/'

마지막 소절에 이르자, 마치 감전이라도 된 듯 온몸이 파르르 떨려오는 야릇한 전율 같은 감흥에 휩싸였었다. 강산이 세 번이나 바뀔 만한 세월이 흘러간 지금도 그 아릿했던 떨림의 순간을 잊지 못한다. 어느 불우한 예술가를 위한 조건 없는 자기희생, 유머러스하면서도 짙은 페이소스가 가슴을 저미게 하는 그 절창을 통해 나는 참된 사랑의 의미를 다시 배울 수 있었다. 오로지 아낌없이 주는 것이 진실한 사랑이라는 것을. 내가 명태에 더욱 애착심을 가지게 된 것도 아마 그때부터가 아닌가 싶다.

몇 해 전 어느 지인으로부터 전해들은 이야기 한 토막이 생각난다. 우리가 바다 건너 제국주의자의 마수에서 고통받고 있던 시절, 일본인들은 식민통치의 효율성을 극대화하기 위해 우리의 민족정기를 말살시키려 들었고, 그 상징적 의미로 명태의 눈알을 모조리 빼버렸다는 것이다. 지맥을 끊어 놓으려는 야욕으로 이름난 산천의 요소요소에다 쇠말뚝을 박은 행태와 상거相距가 어떠할까. 일제가 서른여섯 해 동안 저지른

온갖 비열한 짓들로 볼 때 새삼스러울 것이야 없지만, 어떻든 그들이 명태에 대해 이러한 생각을 가지고 있었다는 사실만 보아도 명태가 그냥 단순한 바닷고기 정도로 여겨지진 않았던 것임은 분명하다.

덕장에 드레드레 걸린 명태들을 다시금 찬찬히 바라다본다. 아까전과는 달리 결기가 많이 가라앉고 표정이 한결 온화해 보인다. 하지만 그들의 입에서는 금방이라도 저주받을 대상을 부끄럽게 하는, 순하지만 가슴에 사무친 말이 튀어나올 것만 같다. '용서해 주자. 용서해 주자. 용서만이 이기는 길이 아니더냐.'

명태에는 조선 사람들의 얼과 혼이 살아 숨 쉰다. 우리와 삶의 애환을 함께해 온 생선, 명태는 우리 몸의 살과 피가 되어 주고 우리 한민족의 정서와 가장 잘 맥이 닿아 있는 바닷고기임에 틀림이 없을 성싶다. 학교마다 제각각 특성을 살려 교화며 교목을 정하듯, 만일 이 땅의 백성들에게 제일 어울림 직한 우리의 물고기를 정한다면 바로 이 명태로 해도 좋으리라.

명태는 그다지 값나가는 생선이 못 된다. 덕분에 주머니 사정이 푼푼치 못한 서민들의 삶의 벗이 되어 주기에는 안성맞춤인 물고기이다. 갈치처럼 비린내를 풍기지 않는다. 고등어처럼 기름기가 번들거리지도 않는다. 그렇다고 상어 같은 늘

씬한 몸매를 자랑하는 것도 아니다. 그저 투박스런 생김생김과 소박하고 담백한 맛으로 늘 우리의 식탁을 지켜주는 터줏대감이다. 일상사에 지친 가난한 월급쟁이들의 퇴근길 대폿집 찌갯거리로 명태만 한 것이 또 있을까.

망망대해를 거침없이 유영하다 어느 파도 거세게 몰아치던 날 어부의 그물에 걸려 올라와 덕장 한 모퉁이를 차지하고서 팔려갈 날을 꿈꾸는 명태, 얼핏 그 까만 눈동자에 어리비친 눈물 자국을 나는 보고 말았다. 영생이 어디 별다른 데 있는가. 사람의 뱃속에 장사지냄으로써 새로운 육신의 일부가 되어 또 다른 삶을 이어 나가면 그게 다름 아닌 영생인 것을……. 마치 식물인간의 장기臟器가 다른 사람의 몸에 이식되어 새로운 삶을 계속해 가는 이치처럼.

저 차디찬 북방 캄차카반도 근해에서 태어나 수천 킬로미터를 남하하면서멀고 먼 항행을 거듭하다 운수 사납게 붙잡힌 신세가 되어 마침내 내 살점의 일부로 승화할 명태의 일생, 오늘 아침 식탁에 오른 북어찜을 보면서 그의 힘에 겨웠을 한살이를 위로한다.

"물고기의 몸을 받아 깊은 바닷속 비경秘境 어린 세계에서 하루를 살아도 오히려 충분하거늘, 몇 년 세월을 종횡무진 마음껏 누비고 다녔으니 너의 한평생은 그래도 괜찮은 편이 아니냐. 훠이 훠이 잘 가거라. 부질없던 삶의 애착일랑 모두 다 내려놓고 부디 부디 좋은 곳에서 다시 태어나거라."

잠시 눈을 감은 채 나는 마음속으로 그의 명복을 빌어 주었다. 그러고 나선 무슨 의식이라도 치르듯 살점 한 조각을 집어 천천히 입 안으로 밀어 넣는다. 혀끝에 전해져 오는 짭조름하면서도 달짝지근하고 매콤하면서도 개운한 뒷맛, 생의 마지막 의지처로 삼은 고향이 내 뱃속이 될 줄이야 그는 생각도 못 했을 것이다. 이것은 명태가 바치는 정갈한 육보시가 아닌가. 그만한 공덕을 쌓았으니 다음 생에는 틀림없이 더 나은 인연으로 환생할 수 있으리라.

명태를 앞에 두고 나는, 먼 훗날 언젠가 내 육신이 사위는 날 박테리아의 몸속에 장사 지내게 될 그 최후의 순간을 그려 본다. 따지고 들면, 어차피 명태나 우리들 인간이나 궁극엔 똑같은 운명이 아닌가. 영원한 강자도 영원한 약자도 없이, 서로가 서로에게 물고 물리면서 돌아가는 간단없는 순환이 대우주의 엄숙한 질서인 것을…….

– 第10회 흑구문학상 수상작(2018년)

2부

바람

박헬레나

바람이 분다. 나뭇잎이 팔랑거린다. 바람은 어디서부터 불어와서 어디쯤서 사라지는가. 인생의 여름철에서 한참 멀어진 지금, 아직도 잠재우지 못한 내 안의 바람이 마중을 나와 함께 일렁인다.

아이들 집에 머물 때 아침마다 산책로를 찾는 것은 꼭 운동을 위함이기보다는 일찍 잠에서 깨어 남아도는 식전 시간을 주체할 수 없어서다. 오랜 습관으로 눈만 뜨면 직행을 하던 주방은 이곳에서만은 나의 영역이 아닐뿐더러 더운 여름날 아침부터 도를 닦는 사람처럼 책을 마주하고 앉았기도 좀 뭣하다. 생존의 전장으로 나가는 젊은이들의 부산한 하루 시작을 방해하지 않으려고 나는 도둑고양이처럼 발소리를 죽여 가며 현관을 빠져나온다.

한강을 지척에 두고 서해바다가 멀지 않은 이곳은 바람이 많다. 바람 없는 날이 거의 없다. 겨울이면 냉기를 머금은 칼바람이 귀를 베어갈 듯 앙칼지지만 여름나기는 그저 그만이다. 숨쉬기조차 힘든 대구분지의 더위를 생각하면 이곳은 신선의 자리에 못지않다.

바람 한 자락이 건들 불어와 내 몸을 휘감는다. 살갗에 스치는 감촉이 산소에 가깝도록 상쾌하다. 그 긴 꼬리에서 언뜻 바다 냄새가 난다. 때로는 몽골의 초원도 실려 오고 남국의 정열을 갖다 쏟아붓기도 한다. 가끔 서풍에 묻어오는 낯선 문명의 냄새는 잠자는 나의 역마살을 건드려 깨운다. 태풍이 바다를 뒤집어 청소를 하듯 때와 분위기에 따라 바람은 내 몸 안의 공기를 한 번씩 흔들어 순환시킨다.

산책로에는 가끔 운동을 하러 나온 사람이 부지런히 팔을 흔들며 지나갈 뿐 사위가 조용하다. 콘크리트 더미에 익숙해진 시선이 녹색의 바다를 만나면 닫혀 있던 가슴이 열리며 내 안의 바람이 회동을 한다. 풍선처럼 부푼 가슴을 안고 나도 둑 위를 걷는다.

바람이 가장 적나라하게 보이는 곳이 천변의 갈대밭이다.

건들마가 쏴 하고 불면 갈대는 은빛 이파리들을 반짝이며 바람결을 따라 비스듬히 드러눕는다. 세찬 바람을 만나면 땅바닥에 완전히 쓰러졌다가도 어느새 가늘고 긴 몸을 꼿꼿이 세우면서 다시 일어선다. 그 강인한 힘은 어디서 나오며 허리의 유연성은 또 무엇인가. 언뜻 보기에 갈대가 무심히 흔들리는 것 같으나 무심한 것은 바람이고 갈대는 바람 앞에 긴장한다. 갈대는 뿌리 깊은 나무임에 틀림이 없다.

후배 한 사람이 남편에게 불어온 바람 때문에 난리다. 집 바깥에 여자가 생겼다고 한다. 배신감으로, 오기로 서로에게 깊은 상처를 내어 아물기 어려운 지경에까지 이르렀다. 서로가 이혼까지 불사하겠다고 벼른다. 바람이란 잠시 지나가는 것이므로 시간이 지나면 제풀에 사그라져 본자리로 돌아올 것이라며 가만히 내버려 두는 것이 상책이란 말밖에 줄 수가 없었다. 불어닥친 광풍에 풍구질할 일 없지 않느냐고. 그것이 바람에 대처하는 내 삶의 방식이고, 바람의 속성이 또한 그런 것 아닌가.

바람 안 부는 곳이 어디 있으랴. 줄기줄기 갈대 사이를 바람이 지나간다. 사람살이도 결국 갈대와 그다지 다를 바가 없다 싶다. 끊임없이 불어오는 바람에 쓰러져 눕기도 하지만, 허리를 꺾이는 것은 큰 굴욕이라도 되는 양 앙버티며 일어선다. 때로는 등 붙이고 드러눕고 싶어도 그것은 패배를 인정하는 것이다. 바깥에서 불어오는 바람 못지않게 내 안의 바람 다스리는 일도 만만치 않다. 붙잡지 못한 꿈에 연연하여 끊임없이 담 밖을 기웃거리게 하는 정체불명의 정신적 허기가 바람이 아니고 무엇이겠는가.

바람이 인다. 바람은 자유의 표상이다. 굴레를 벗어던진 그 기백이 부럽다. 활기차다. 사람의 가슴을 시원하게 뚫어주는 마력을 지닌다. 공기의 움직임이라는 단순한 학술적 해석은 바람의 이미지와 영 어울리지 않는다. 맹수처럼 포효할 때는 못다 채워 쓰린 내 가슴도 함께 곤두박질친다.

바람이고 싶었다. 안개와 어울리고 구름을 희롱하며 거침없이 떠돌고 싶었다. 그리움의 연원을 찾아서. 그러나 갈대처럼 붙박여 살았다. 언제나 발목을 잡는 건 가족과 사회적 통념, 그 틀을 벗어나지 못하는 나의 용기 부족이었다. 이제 내 안의 바람도 제풀에 잦아들어 많이 순해졌다. 억겁의 세월 속에서 찰나에 불과한 한 점 내 삶이 바람이었는지 갈대였는지도 때로는 헷갈린다.

아직도 나의 바람은 선잠을 자고 있다. 툭하면 언제 또 고개를 들고 광기를 부릴지 조심스럽다. 이는 바람을 잠재우기도 하마 힘에 부치거니와 시작점에서 한 발짝도 뛰어넘지 못하고 맴도는 수없는 동그라미를 이제 그만 그렸으면 싶다. 원을 그리자면 시작점이 끝맺음이 되듯이 모든 방황의 끝은 제자리가 아닐까. 발밑에 웅크리고 엎디어 흔들리는 나를 움켜잡고 있던 그 뿌리가 오늘 아프도록 고맙다.

– 〈부산일보〉 신춘문예 당선작(2008년)

박헬레나

2002년 제1회 한국불교문학공모전 최우수상

2004년 《에세이문학》 완료 추천

2008년 〈부산일보〉 신춘문예 당선

2008년 대구시문예공모전 대상

2016년 수필문예 작품상

2017년 제35회 현대수필문학상

2018년 《대구문학》 작품상

한국수필문학진흥회, 대구문인협회, 대구수필가협회, 에세이작가회, 대구가톨릭문학회, 수미문학회, 수필문예회, 수성구문인회 회원

수필집 『바람부는 날』 『꽃이 왔네』

왈바리

주인석

사는 일은 뚜렷한 공식도, 방법도 없다. 스스로 부딪히고 깨지며 웃고 우는 가운데 버려지기도 하고 선택되기도 하여 쌓이는 것이다. 삶의 조각이 크다고 좋은 모양이 나오는 것도 아니고 작다고 쓸모없는 것은 더더욱 아니다. 작은 조각 하나가 인생을 무너지게 할 수도 있기 때문이다.

"얘는 기형이라요."

쿵 하는 소리로 기겁하는 내게 그는 금방 해산한 사람답지 않게 싱글싱글 웃으며 말한다. 끄응 힘을 주며 일어서는 남자 엉덩이 밑에 시커먼 것이 툭 떨어진다. 여자 몸의 진통 끝에 탄생은 보았어도 남자 밑으로 뭣이 쑥 빠지는 일은 생전 처음

본다.

머리와 몸이 한덩어리다. 여자들의 손에서 항아리로 대우받아야 할 것이 제구실을 못 하니 남자 엉덩이 밑에서 의자 노릇을 하고 있는 모양이다. 말 못 하는 것일지라도 안타까운 마음이 들어 사연을 들어본다.

건망증 심한 주인을 만나는 바람에 옹기 팔자 뒤웅박 팔자가 되었다. 뚜껑이 떨어지지 않으니 벙어리 옹기가 된 것이다. 그래서 옹기 구실을 못 하고 의자 신세로 살게 되었다. 옹기를 만드는 여러 과정 중에 작지만, 절대 잊어버리면 안 되는 한 가지가 있다.

처음 흙으로 빚어 그늘에 말린 그릇은 '물그릇'이라 한다. 건아작업을 거쳐 잿물을 입히고 환을 친다. 환을 칠 때는 난초 잎도, 학도, 자잘한 꽃무늬도 일렬로 새긴다. 신이 사람의 쌍꺼풀이나 볼우물을 그려 넣듯이. 환치기가 끝나면 마지막 강정을 한다. 이때는 건아와 달리 햇볕에서 바짝 말린다. 이때부터 이름은 '날그릇'으로 바뀐다.

날그릇은 가마서리가 끝나면 1,300도의 뜨거운 불 속에서 옹기가 된다. 이때 웅심 깊고 넉넉한 옹기가 되기 위해서는 아주 작고 보잘것없는 왈바리의 도움이 있어야 한다. 왈바리는 가마서리 때 옹기 몸과 뚜껑 사이에 놓거나 몸과 몸을 켜

켜이 쌓을 때 반드시 넣어야 하는 완두콩 크기의 돌이다. 왈바리 넣는 것을 잊어버리면 옹기끼리 붙어서 제구실을 할 수 없는 모양이 된다.

왈바리는 옹기의 심장이 제 기능을 할 수 있게 도와 매끈하고 까무잡잡한 피부의 건강한 옹기로 탄생시킨다. 제 무게보다도 수십 배가 되는 뚜껑을 이고 나흘간 가마 속에서 참아내는 왈바리는 작아도 얼마나 다부진지 모른다.

왈바리는 원래 경상도 사투리로 말괄량이를 뜻한다. 자그마한 말괄량이 손에 커다란 옹기의 탄생이 달렸다니 신기할 따름이다. 옹기의 덩치로 보나 쓰임새로 보나 어느 하나 부족한 것이 없어 보이는데 그렇게 큰 탄생의 비밀을 가지고 있을 줄이야. 생각이 이쯤 미치자 우리 집 옹기가 떠올라 슬쩍 웃음이 난다.

내 별명은 어릴 적부터 왈바리다. 나이 차 많은 막내로 태어났으니 왈가닥일 수밖에 없었다. 늘 혼자 놀고 스스로 터득해야 했다. 그나마 큰 흉터가 없는 것이 참 다행이다 싶을 때도 있다.

모내기가 한창인 늦봄이었다. 일꾼들을 위한 잔치국수를 준비한 엄마는 커다란 가마솥에 멸치 육수를 냈다. 엄마가 고명으로 쓸 거섶을 준비하러 나간 사이 가마솥 뚜껑에 올라앉았다. 따뜻한 기운이 엉덩이를 간질거렸다.

가마솥 배꼽을 돛대처럼 잡고 엉덩이를 반쪽씩 달싹거리며 놀았다. 그러다 조금씩 흔들었다. 살짝살짝 뚜껑이 밀리면서 재미있는 뱃놀이가 되었다. 신이 난 나는 돛대를 좀 더 세게 흔들었다. 그때 그만 배가 미끄러지면서 커다란 파도에 휩쓸려 육수에 풍덩 빠지고 말았다.

국수 삶다가 애 삶을 뻔했다며 놀란 엄마, 심장이 제 박동수를 찾기도 전에 또 일을 냈다. 싸리나무로 장난감 지게를 만들다가 나무는 가만두고 애꿎은 손만 내리쳤다. 몸에 피가 거의 다 빠져나갈 때쯤 발견되어 또 한 번 엄마를 기겁시켰다. 그 일 때문인지 아직도 악성빈혈로 고생한다.

파리한 얼굴의 나는 약을 달고 살았다. 어느 날 뒤뜰의 감나무가 꼭 나처럼 생겨 보였다. 핼쑥한 이파리 터실터실한 줄기가 내 얼굴과 입술을 꼭 닮았다고 생각했다. 그래서 감나무에게 내 약을 억지로 다 먹였다. 나중에 엄마한테 들켜 엉덩짝이 불나게 맞기도 했지만, 그 후로도 해봐야 직성이 풀리는 모험심은 끝나지 않았다.

내가 머물다 간 자리는 늘 왈가닥 소리가 났는데, 오빠는 조용하고 침착한 성격에 무게감까지 있다. 오빠 본보라는 말을 고린도전서 13장처럼 들으면서 자랐지만 타고난 성미를 바꾸는 것은 쉽지 않았다. 내가 자잘한 돌이라면 오빠는 옹기였고 속에 웃기 돌까지 품고 있다. 내가 어부렁하다면 오빠는 실속파다. 그래서 오빠는 실수하는 법이 없고 손해 보는 일이 없다.

집안에 일이 생기면 엄마는 내게 바리바리 전화를 한다. 그러니 내가 왈바리를 면치 못하고 사는 것은 당연하다. 일이 이쯤 되어도 오빠는 입을 꾹 다물고 말이 없다. 애가 터져 죽을 지경이 와도 오빠의 입은 열리지 않는다. 어찌 보면 무관심 같고 달리 보면 곰삭아 해결되길 기다리는 것 같기도 하다.

왈가닥 성격인 나는 일처리를 하면서 속이 1,300도 이상 끓어오르지만 끝날 때까지는 뚜껑을 이고 참는다. 일이 끝나고 나면 왈바리는 땅에 버려지고 모든 공은 옹기한테로 돌아간다. 옹기는 모든 걸 혼자 이루어 낸 척 장독대 중간을 차지하고 묵직하게 앉아 있다.

말괄량이가 있어 정숙한 사람이 더 참해 보이듯이 온몸을 던진 왈바리의 희생이 있어 옹기가 돋보이는 것은 틀림없는 사실이다. 왈바리 없이는 제구실을 할 수 없는 운명의 옹기이기에 비밀을 숨기듯 굳게 입을 다물고 있는지도 모를 일이다. 나를 왈가닥이라고 배척할 수도 없고 그렇다고 칭찬할 수도 없는 오빠의 입장이 이와 같지는 않을까.

많은 사람들이 옹기 마을을 다녀간다. 옹기의 장점은 극찬하지만, 옹기를 탄생시킨 왈바리의 존재를 알고 가는 사람은 드물 것이다. 의자가 된 옹기를 보고서 왈바리의 존재를 알게 된 나도 이전에는 세상을 보는 눈이 뭇 사람들과 다를 바가 없었다.

어쩌면 우리 주변에도 옹기 같은 사람보다는 왈바리 같은 사람이 더 많을지도 모른다. 때론 와글거리며 우왕좌왕할 때도 있지만, 그들의 소담스런 삶이 모여 따뜻한 사회가 존재한다. 왈바리를 쓸쓸히 내려다보고 있는 벙어리 옹기를 보니, 삶은 크고 모양 나는 것도 좋지만, 작고 못나도 최선을 다하는 것이 더 아름답게 보일 때가 있다.

왈바리 몇 조각을 주웠다. 나도 모르게 버린 내 삶의 조각들을 줍듯.

– 〈매일신문〉 신춘문예 당선작(2009년)

주인석

계명대 문창과 졸업

2009년 〈매일신문〉 신춘문예 당선

2009년 제주 〈영주신문〉 신춘문예 당선

인문학 스토리텔링 작가, 학교, 도서관, 공공기관, 기업체 등에서 인문학 스토리텔링과 글쓰기 강의

수필집 『낀』, 스토리텔링 이론서 『스토리텔링 작법과 실무』, 관광 스토리텔링서 『강동 사랑길』 『감포 깍지길』 『간절곶 소망길』 『울산 어울길』, 하수처리장 동화 스토리텔링서 『데굴데굴 물꼬마』, 펜션 스토리텔링서 『책 타는 마을 해품달』, 마을 스토리텔링 여우 이야기 「여희 설화」, 오봉 십장생 이야기 「돗밤실 둘레길」, 약초 이야기 「장수 힐링 하우스」, 오동나무 이야기 「오동 마을」

맷돌

주인석

눈이 보살이다. 친정 뒷마당 응달에 측은하게 머리를 박고 있는 맷돌을 발견했다. 박박 얽은 피부에는 집 밖에 산 고생의 흔적으로 이끼가 군데군데 나 있다. 음식 한 번 제대로 못 얻어먹어 그런지 아가리에는 백태처럼 흙이 끼었다.

몰골은 엉망이었지만 아랫돌과 웃돌이 껴안고 있는 모습이 왠지 사람 같아 가엾기 그지없다. 비가 올 때마다 튀어 오른 흙덩이가 곰보 자국에 붙었고 거기에서도 행복할 수 있다고 이끼가 뿌리를 내렸다.

본 김에 제사 지낸다고 전을 폈다. 편리한 믹서기를 두고 쓸데없는 짓 한다며 어머니는 잔사설이 많았지만 그런 소리보다 내 마음이 더 앞섰다. 어머니는 구경만 하시라 큰소리치며 옛날 기억을 떠올려 남편과 나는 어설픈 두부 만들기에 들어갔다.

어린 시절에 맷돌로 곡물 가는 것을 많이 봤다. 그중에서도 콩을 갈아 만든 두부는 일품이었다. 두부 맛이란 암 맷돌과 숫 맷돌의 수많은 충돌과 마찰이 만들어낸 화해의 맛이다. 부대끼며 돌아가는 맷돌에서 여유와 인정을 볼 수 있다.

어머니는 불린 콩을 맷돌 옆으로 가져다 놓는다. 큰 함지박 위에 가지 벌어진 나무를 걸치고 숫 맷돌을 놓고 숫쇠에 잘 맞추어 암 맷돌을 끼운다. 준비가 끝나면 암 맷돌의 아가리로 콩을 한 줌씩 넣고 갈기 시작한다.

맷돌을 가운데 두고 아버지와 어머니는 마주 앉아 어처구니를 잡고 돌리신다. 마치 암 맷돌과 숫 맷돌이 안고 돌듯이. 아버지와 어머니는 맷돌을 사이에 두고 무슨 이야기가 그리 많은지 여덟 식구가 먹을 콩을 다 갈 때까지 주거니 받거니 하신다. 부모님의 이야기가 도란도란거리면 맷돌은 드르륵드르륵 장단을 맞춘다.

맷돌을 가만히 보면 아래쪽의 숫 맷돌은 고정된 상태로 앉아 있다. 숫 맷돌의 뾰족 튀어나온 숫쇠에 암 맷돌은 걸려서 빙빙 돌아간다. 맷돌과 부모님은 참 많이 닮았다. 가만히 앉아 계시면서 이런저런 이야기를 들어 주는 아버지는 아랫돌 같고 말 많고 싹싹한 어머니는 웃돌 같다.

콩을 갈면서도 주로 어머니가 이런저런 이야기를 끄집어내면 아버지는 느긋하게 들어주는 쪽이었다. 맷돌의 아가리로 콩이 들어가 빙빙 돌면서 비벼 갈아내는 것과 같다.

부모님의 맷돌은 콩만 가는 것이 아니다. 콩도 갈고 당신들의 삶도 조곤조곤 갈아내셨다. 한 해에도 수 차례 곡물을 갈아내며 당신들의 애환과 갈등도 가셨던 것이다. 딱딱한 덩어리들이 암 맷돌의 아가리를 통해 들어가면 숫 맷돌은 묵묵히 받아 주었다.

어쩌다 삶이 삐거덕거릴 때 어머니의 잔소리가 종일 계속되어도 아버지는 가만히 받아들이셨다. 그러다가 아가리를 통해 들어온 콩이 덜 갈리고 함지박에 빠지듯 부모님도 한 번씩 심하게 다투셨다. 그때마다 다시 콩을 주워 아가리에 넣는 자식들이 있었기 때문에 멈추지 않고 맷돌을 돌렸을 것이다.

넉넉하지 못한 살림에 여섯 자식을 키우면서 얼마나 갈아낼 것이 많았을까. 말이 없는 아버지와 잔정 많아 말도 많은 어머니 사이엔 갈 것이 또 얼마나 많았을까. 물에 물 탄 듯 싱거운 아버지와 여간 짭짤하지 않은 어머니가 안고 돌아가면서 수도 없이 덜커덩거렸을 것이다.

갈기가 끝나면 가마솥에다 걸쭉한 콩 액을 넣고 푹 끓인다. 솥에서 술술 나는 구수한 냄새와 맛은 마찰이 주는 선물이고 걸쭉한 국물은 당신들이 일구어낸 끈적끈적한 삶의 모습인 것이다.

남편과 나는 부모님처럼 도란도란이 아니라 왁자그르르하다. 서로 잘한다고 혼자서 어처구니를 돌리려 하는 것이며 갈리기도 전에 콩을 넣어 엉망진창이 되고 말았다. 옆에서 보다 못한 어머니가 도와서 겨우 흉내만 내는 꼴이 되고 말았다.

아직까지 우리는 이가 잘 맞지 않는 맷돌이다. 안고 같이 돌기보다는 각각 돌아가고 있다는 표현이 더 맞는 것 같다. 그러니 부대낌에서 화해로 가기보다 공회전으로 힘만 뺄 때가 더 많다. 마음을 맞추고 나면 갈아 낼 것이 지천일 게다.

날마다 머리 굵어지고 영악해져 가는 아이들을 바르게 키우는 일, 위아래로 눌린 중년의 어깨에 얹힌 짐을 함께 들어주는 일이나 각박해진 세상인심에도 따뜻하게 살아가려면 둘이 안고 돌지 않으면 안 될 일이다. 딱딱한 콩을 걸쭉한 국물로 만들어 부드러운 두부로 내기까지 마찰이라는 통과의례를 수도 없이 거쳐 왔던 부모님처럼 우리도 그러해야 하리라.

맷돌이 돌면서 마찰을 일으켜야 제 기능을 하는 것처럼 사람도 사람들끼리 가정과 사회 속에서 비비면서 살 때 사람 냄새가 나는 것이다. 그런 과정에 충돌이야 없지 않겠지만 후에 돌아보면 그것이 사람 사는 재미가 아니겠는가.

평생을 끌어안고 슬근대며 산 부모님은 아직도 갈 것이 남았을까. 아흔의 나이에도 한 번씩 톡탁거리다 화해한다. 당신들의 삶을 보면 우리네 삶이 쉽지만은 않다는 것을 안다. 그러나 그 속에는 행복의 소리가 끊이질 않는다. 갈 것 없어 조용한 빈 맷돌보다 콩이 이리 튀고 저리 튀어도 날마다 드르륵거리는 맷돌이 보기에 좋다. 단번에 갈아버리는 믹스기보다 맷돌로 슬근슬근 갈아낸 것이 훨씬 구수한 맛이 난다. 우리 삶도 이와 같으리.

– 제주 〈영주신문〉 신춘문예 당선작(2009년)

상자

문서정

아이들과 남편이 학교로 일터로 모두 떠나고 난 아침은 세상이 죄다 텅 빈 것 같다. 매일 아침 치러야 하는 잠시 동안의 이별이요 반복되는 일상이지만 아직도 적응하지 못하고 있다. 상자의 내용물이 상자를 남겨 두고 나가버리듯 나는 거실 한복판에 남겨졌다. 속을 다 비워버린 상자 같은 내 안은 언제쯤 다시 채워질 수 있을까? 아파트 안에 우두커니 앉아 있으면 마치 내가 알 수 없는 큰 상자 안에 갇힌 것만 같다. 네모반듯한 큰 상자 안에 갇힌 작은 상자가 된 나를 들여다본다. 상자엔 아무것도 담겨져 있지 않다. 한때 무엇을 담았던 것인지도 생각이 나지 않는다. 나는 이제 아무것도 담을 수 없는 상자가 된 것일까? 책상에 앉아 멍하니 창밖을 바라본다. 막다른 골목길처럼 컴컴하고 오래 입은 옷처럼 후줄근해진 상자 속으로 을씨년스러운 바람 소리만 윙윙 들려온다.

얼마 전 거실이 휑한 것 같아 현관 입구 쪽에 놓을 콘솔을 하나 샀다. 그래도 거실은 여전히 휑뎅그렁했다. 콘솔 위에 걸어 둘 그림도 한 점 구입했다. 그렇지만 자꾸만 집은 비어 보였다. 마음의 빈자리 때문인지 가슴은 겨울 들녘처럼 허허로웠다. 허한 빈틈을 메우기 위해 가구를 장만하고 그림을 사들여도 좀처럼 채워지지 않았다. 오히려 시간이 지날수록 집은 소리 없이 커다란 상자가 되어갔다.

딸아이는 중학생이 되고부터 내게 자주 툴툴거렸다. 학교생활이며 학원 생활에 대해서 물어보면 마지못해 겨우 고개만 주억거렸다. 자신의 생활에 확대경을 들이대며 일일이 알려고 하지 말아 달라고 하는 의미인 것 같았다. 시험 기간을 핑계로 제 방문을 꼭꼭 걸어 잠근 채 누구의 방해도 받지 않고 혼자 있기를 원했다. 아들아이마저 학교 수업을 마치고 곧바로 학원에 다니기 시작했다. 평소 나와 이야기를 많이 나누던 남편도 바깥일이 힘이 드는지 말수가 줄어들었다. 그런 남편에게 먼저 말을 걸기가 어려웠다. 아이들도 남편도 내 곁에서 자꾸만 멀어지고 있었다. 그때부터 내 안의 상자도 조금씩 비워져 갔다.

물론 예상하지 못했던 일은 아니다. '품 안의 자식'이라는 말이 있듯이 때가 되면 아이들 모두 나의 품을 떠날 것이라 생각했다. 그러나 그날이 이렇게 시나브로 다가오고 있을 줄은 몰랐다. 자식들과 가정이 전부였던 엄마로서의 삶, 여자로서의 삶이 서서히 저물어가고 있었다.

식구들이 모두 떠나고 난 뒤 마음의 평안을 잃고 무연히 빈 의자처럼 앉아 있다. 쓸쓸함이 밀물처럼 스며든다. 그런 감정을 느낄 겨를도 잠시, 허전함을 접듯이 여기저기에 널브러져 있는 아이들의 옷을 개킨다. 아직 체온이 남아 있는 옷은 마치 아이들의 그림자 같다. 이 방 저 방 청소기를 돌리면서 집 안에 흐르는 적막감을 빨아들인다. 청소를 하고 나니 집이 더 커진 것 같다. 쉬리릭 처얼썩, 세탁기 돌아가는 소리만이 낯선 방문자처럼 적막을 두드린다.

빈 상자 같은 아파트 거실 안쪽으로 정오의 햇살이 깊숙이 들어온다. 내 안엔 정말 아무것도 없는 것일까? 빨래를 널면서 바라보는 맞은편 아파트도 줄지어 높이 쌓은 빈 상자 같다. 남편과 아이들이 모두 떠나고 난 이후의 시간은 빈 상자들이 설거지를 하고, 빈 상자들이 어디론가 전화를 걸고, 빈 상자들이 어찌할 수 없는 쓸쓸함에 음악을 듣고 차를 마시는 시간이다. 상자들은 스스로 빈 상자가 아니라고 수다를 떨고 타인에게 위로를 받으려 하지만, 언제나 텅텅 비워진 제 자신을 발견하게 된다.

사춘기 시절 나는 늘 혼자였고 외로움을 잘 타는 아이였다. 그런 내게 위안이 되어 준 것은 잡동사니를 모아둔 상자를 꺼내어 보는 일이었다. 거기에는 머리핀이며 친구들한테서 선물 받은 액세서리며 혹은 두근거리면서 누군가에게 썼지만 부치지 못한 편지들이 가득 들어 있었다. 그것들을 꺼내어 보며 알지 못하는 미지의 세계로 혼자 여행을 떠나곤 했다. 상자는 기차가 되어 나를 아프리카의 초원으로, 알프스의 설원으로 태평양의 푸른 바다로 데려가 주었다. 알라딘의 램프 같은 상자 안에 무지갯빛 꿈을 차곡차곡 담았다. 그렇게 작고 예쁜 상자는 다 어디로 간 것일까. 지금 내게는 상자가 없다. 대신 아이들과 남편의 상자로 남아있다. 이젠 예쁜 종이로 포장된 작고 앙증맞은 상자가 아닌, 어머니와 아내로서의 상자가 된 모양이다.

그런데 곰곰이 생각해 보니 이런 상자의 삶도 꼭 쓸쓸한 것만은 아닌 듯싶다. 본래 상자는 제 안에 자신을 담는 것이 아니라 무엇인가 다른 사물을 담는 것 아니던가. 상자 자신은 구겨지고 찢기어져도 최후의 순간까지 그 속에 담긴 것들을 안전하게 지킨다. 상자는 자기만을 위해 사는 이기적인 삶이 아니라 언제나 남을 지향하는 이타적인 삶을 살고 있는 것이다.

상자는 둥지와 같다. 새는 둥지에서 알을 낳고 품는다. 그곳은 새끼들이 창공으로 비상할 수 있을 때까지 비바람과 눈보라로부터 보호막이 되어준다. 또한 상처를 닦아주며 세상을 이겨나갈 수 있는 당당한 힘을 길러주는 곳이기도 하다. 비록 어린 시절 내 꿈을 키우던 상자는 다 잃어버렸지만, 둥지 같은 내 안에서 아이들의 꿈은 새처럼 부화할 것이며 남편도 자신의 꿈을 성취해 나갈 것이다. 사춘기 시절의 상자가 내게 꿈을 심어준 것처럼 이제 내 스스로 상자가 되어 가족의 꿈이 되어 줄 차례다. 그러기에 사춘기 시절 내 안의 상자에 꿈을 담았던 것처럼 아이들과 남편의 꿈을 담기 위해 상자의 뚜껑을 늘 열어두어야겠다.

집 안에 서서히 어둠이 덮이기 시작할 해거름, 아이들이 하나 둘 돌아오기 시작한다. 서둘러 부산스럽게 저녁을 준비한다. 밥솥의 추는 하얀 입김을 내뿜으며 목쉰 기적 소리를 울리고, 도마 위의 칼은 부산스럽게 움직인다. 아이들의 웃음소리가 집 안을 가득 메운다. 서서히 그림자처럼 소리 없이 상자가 채워지는 듯하다. 햇살에 둥지가 따뜻해지듯 상자 안은 다시 훈훈해지기 시작했다. 나는 오래되어 품이 좀 헐렁해진 상자이긴 하지만 마음만은 넉넉한 상자가 됐다. 언젠가는 내 키만 한 나무 상자에 빈 몸으로 누워 우주 어딘가에 안착하게 되리라. 그때까지 가족을 위해, 나를 위해 견고한 상자가 되어야겠다.

작고 하찮은 삶이라고 생각했던 상자가 큰 의미로 다가온다. 그러고 보면 상자로서의 삶도 꽤 괜찮은 것 같다. 내일은 예쁜 상자에 머리핀이며 지갑이며 아이들이 좋아하는 것들을 담아 선물해 볼까? 맞은편 아파트 창에도 하나 둘 불빛이 내걸린다. 어디선가 깔깔거리는 아이들의 웃음소리가 들려오고 종일 빈 상자였던 아파트들이 출렁거리면서 행복으로 가득 채워지고 있다.

– 〈전북도민일보〉 신춘문예 당선작(2009년)

문서정

2009년 〈전북도민일보〉 신춘문예 수필 당선

2010년 〈전북일보〉 신춘문예 수필 당선

2015년 〈불교신문〉 신춘문예 소설 당선

2015년 에스콰이어 몽블랑문학상 소설 대상

2016년 천강문학상 소설 대상

2020년 스마트소설박인성문학상 수상

2018년 아르코문학창작기금 수혜

소설집 『눈물은 어떻게 존재하는가』와 공동소설집 『나, 거기 살아』 『여행 시절』 『당신의 가장 중심』

지저깨비

조현태

웅장한 조각품 앞에서 입이 딱 벌어진다. 간단하게 구경만 하기는 너무 미안한 작품들이다. 책 속에서 흑백사진으로 보던 얼굴을 화강석 조각품으로 마주하니 더 그러하다. 이루 헤아릴 수 없을 만큼 많은 작품 대부분이 훌륭한 인물 얼굴이다. '큰바위얼굴 조각공원'이란 이름답게 국내외 역사에 길이 남을 만한 인물전시장이다. 이토록 흠잡을 데 없는 인물로 남기 위해 얼마나 자신을 다듬었으며, 잡다한 것들을 얼마나 많이 버렸을까 싶다.

내게는 석수장이 친구가 있다. 그 엄청난 작품들을 둘러보면서 친구가 조각하는 현장에서 보았던 일이 떠올랐다. 채석

장에서 나온 원석이 작게는 몇 톤, 크게는 수백 톤이나 되는 것도 있었다. 원석에다 쪼개고 싶은 부분에 먹줄을 놓고 정으로 작은 홈을 여러 군데 팠다. 그 홈에다 '야'라고 이름하는 쇳조각을 하나씩 끼워놓고 큰 해머로 차례차례 번갈아 가면서 두들겼다. 신기하게도 집채만큼 큰 돌이 맥없이 쩍 갈라졌다.

조각품을 다듬기에 알맞은 크기로 쪼개졌을 때 모서리와 면을 뜯어내고, 파내고 하여 전체적인 윤곽을 만들어갔다. 그리고 더 세밀하게 다듬고, 갈고, 광택도 내고 해서 거의 실물에 가까운 형상을 갖추어갔다.

석수장이가 돌로 조각하는 과정을 보면 쪼개고, 뜯어내고, 파내고, 갈고, 광내는 작업의 연속이었다. 바꿔 말하면 어떤 형태로든 뜯겨 나가기만 했지 덧대거나 붙이는 일은 없었다. 정과 망치로 모양을 잡아가는 작업은 대단히 많은 날 동안 계속되었다. 서두르지도 않았고, 실수하여 다시 작업하는 경우도 없었다. 어느 부분을 어떻게 쪼아내고 갈아야 할지 여러 각도에서 살펴보고 행하는 것이 곧 조각하는 과정이었다.

완성된 조각 작품 주변에는 크고 작은 돌 부스러기와 가루가 너저분하게 쌓여 있었다. 이 모든 부스러기들을 일본식 명칭으로 '곱바'라고 불렀다. 그때는 아무 생각 없이 들었으나 이제 다시 생각난 이 외래어가 무슨 뜻인지 알고 싶었다. 비슷한 의미의 우리말을 찾아냈다. 지저깨비. 그것은 조각품을 이루는 데 전혀 쓸모없는 부분을 뜯어내 놓은 허섭스레기를 가리키는 말이었다.

우리네 인생도 이러한 과정을 거치면서 올바른 모습을 갖추어가는 것이 아닐까. 한 삶을 결정지을 분야가 설정되기에는 거대한 꿈으로 획을 긋고 그 선을 따라 생의 갈래를 정할 것이다. 획에서 빗나가지 않게 열과 성을 다하여 꿈의 테두리를 만들고 미리 그려둔 투시도에 맞춰 열심히 인생을 조각할 것이다. 생채기가 나고 헐어진 자국에 크나큰 충격도 받아 가며 한 사람의 바탕이 마련될 것이다.

삶을 다듬기 위하여 쪼아내고 갈아야 할 인생 조각 작업은 생을 마감하는 날까지 쓸모없는 부분을 뜯어내고 후벼 파는 일이다. 게다가 더 아름다운 모습이 되기 위해서 갈고 닦는 훈련은 물론이요, 필요에 따라서 반짝반짝 광택도 내야 한다. 방망이에 맞은 충격이 큰 공을 홈런볼이라 했던가. 이 모든 과정은 결코 아픔이 없이는 불가능하리라.

나도 아파하며 몹쓸 것을 떼어낸 경험이 있다. 언젠가 내 가게에 찾아온 손님에게 불쑥 화를 낸 적이 있었다. 농기계를 가지고 와서 고칠 수 있겠느냐고 물었다. 농기계 수리점에 와서 농기계를 고칠 수 있느냐는 질문은 왜 할까 싶었다. 나는 슬며시 화가 났다. 하찮은 기술로 수리하다 망가뜨리지나 않을까 염려하는 투로 들렸던 것이다. 더 세밀히 말하자면 경운기 같은 소형 기계나 고치는 실력으로는 대형 트랙터나 콤바인 같은 기계를 제대로 정비하지 못하리라는 의구심이 자존심을 상하게 했다. 그렇게 기술이 못 미더우면 시내 믿을 만한 전문 정비업체로 갈 일이지 여긴 무엇 하러 왔느냐는 투로 말했다. 그러자 손님에게 과민반응을 보이며 대드는 태도는 영업에 있을 수 없는 행동이니 당장 고치라고 으름장을 놓았다. 가만히 되새겨 보았다. 솔직히 고칠 수 있느냐는 질문도 할 수 있고, 내 기술을 믿지 못할 수도 있지 않은가. 뭐 그리 대단한 기술이라고 목을 곧추세웠는가. 차분하게 생각해보니 갑자기 부끄러워졌다.

잘못했으니 용서해 달라고 빌 수밖에 없었다. 또 앞으로 이런 태도는 보이지 않겠노라고 다짐할 수밖에 없었다. 자존심 때문에 화가 났을 때 아팠고, 부끄러우면서 아팠고, 빌면서 또 아팠다. 아파서 버리지 못했다면 조각되지 않은 생에서 오점으로 영원히 남을 수밖에 없었을 게다. 어쩌면 내가 지니고 있으면서도 알지 못했던 알량한 자존심을 떨쳐버리도록 손님이 나의 지저깨비에 정을 들이대고 과감한 망치질을 했는지도 모른다.

불편하고 쓸모없는 부분일지라도 스스로는 발견하기가 매우 어렵다. 나쁜 것은 자신에게 붙어 있지만 좋지 않은 것인 줄 모르는 점도 조각품과 견주어 볼 수 있다. 누군가가 판단하여 흉한 점이나 못된 습관을 지적하고 버리기를 강요하면 상처받아 아파하고 속상해하기 일쑤다. 하지만 남의 눈살을 찌푸리게 하는 허접한 모습을 버리지 않고서야 어찌 좋은 삶으로 평가받겠는가.

나쁜 것을 얼마나 깨끗하게 버렸느냐 하는 것은 좋은 것이 얼마나 남았느냐와 같다. 큰바위얼굴 조각공원에 있는 그 많은 인물도 지저깨비를 다 떨쳐버리지 않았는가. 작은 흠집까지도 찾아내어 빠짐없이 버리고 다듬어 올바른 면모를 갖춘 조각품들이 여기저기에서 노려보고 있다. 지저깨비를 잔뜩 붙이고 있는 나를 향해 훌륭한 인물들이 무엇을 버렸는지 깨우쳐 보라는 눈짓이다.

– 〈동양일보〉 신춘문예 당선작(2009년)

조현태

한국방송통신대학교 국어국문학과 졸업

〈동양일보〉 신춘문예 수필 부문 당선

포항 소재 문학 공모전 수필 부문 우수상

2010년 계간 《수필세계》 신인상 당선

수필집 『지저깨비』 출간

경주수필문학회, 경주문인협회 회원

누드nude

문서정

모두들 옷을 벗고 있다. 실오라기 하나 걸치지 않은 걸 부끄러워하긴 커녕 깔깔대며 웃는 소리까지 들린다. 나는 잠시 어리둥절해진다. 내연산 수목원, 화단에 핀 야생초들이 모두 누드다. 구절초, 꿩의비름, 물옥잠들이 나체로 피어 저마다 아름다운 몸매를 자랑하고 있다.

꽃들뿐만이 아니다. 울타리처럼 둘러선 물푸레나무, 서어나무, 오동나무들도 모두 나체다. 수목원 연못으로 흘러드는 시냇물 소리도, 화단 가에 잠든 고양이털을 슬쩍 만지고 가는 바람도 누드다. 지금 막 덤불 위로 날아오르는 새들이며 백양나무 꼭대기 위로 흘러가는 솜털구름, 이 모든 것들이 누드다. 지금 이곳에서 누드가 아닌 것은 나쁜이다.

한때 누드열풍이 유행한 적이 있었다. 누드화장품, 누드폰, 누드속옷. 너나없이 누드를 표방하며 상품화했다. 누드가 풍기는 에로티시즘과 자연으로의 회귀본능이 상품구매 욕구를 북돋운 건지는 모르겠지만 사람들은 누드에 열광했으며 다투어 누드 상품을 구매했다. 그건 어쩌면 문명화된 현대인들이 문명 이전의 원시를 그리워하는 마음 때문이었는지도 모르겠다.

나는 사리가 분명해져 어떤 것에도 혹함이 없어야 한다는 불혹지년不惑之年을 몇 해 전에 지났다. 그러나 여전히 욕망과 허영의 덩어리를 벗어버리지 못하고 있다. 특히 지인들의 모임에 갔다 온 날에는 마음에 끊임없이 물결이 일기 일쑤이다. 오래간만에 만난 반가움보다는 건네받은 명함의 지위에 따라 서로를 대하는 품격이 달라지는 것 같아 자리가 불편하다. 걸치고 있는 보석, 들고 있는 가방이나 입고 있는 옷에 따라 묘한 괴리감을 느끼기도 한다. 살고 있는 거주지와 집의 크기, 타고 온 차의 종류에 따라 대화의 소재도 달라지는 것을 보면서 왠지 모르게 마음이 씁쓸해진다. 출발은 똑같이 했건만 이미 속한 세계도, 생활상도, 성취의 결과도 확연히 달라진 친구들을 보며 인생의 성패에 대한 성급한 판단과 그로 인한 열패감 때문에 가슴앓이를 하기도 한다.

그러고 보니 나는 너무 많은 옷을 입고 있다. 하나도 모자라 여러 겹의 옷을 덧입고 있다. 어디 옷들뿐이겠는가. 몸을 치장하고 있는 장신구며, 학벌, 명예, 권력, 아이와 남편에 대한 욕심까지. 나는 너무 두꺼운 가식과 위선의 옷으로 나를 휘감고 있었다. 그런 내가 슬며시 부끄러워진다.

존 클리어의 걸작인 '레이디 고디바'는 고디바가 실오라기 하나 걸치지 않고 하얀 말을 타고 가는 그림이다. 고디바의 남편 레오프릭은 11세기 중엽 영국의 백작으로 지방 영주였다. 당시 그는 농노들에게 가혹한 세금을 매기기로 악명이 높았다. 꽃다운 열여섯 살의 고디바는 남편의 세금 정책을 과감히 비판하고 세금을 낮추어 달라고 요구했다. 백작은 "알몸으로 말을 타고 영지를 한 바퀴 돌면 세금 감면을 고려하겠다."라고 빈정댔다. 그녀는 정말 그렇게 했다. 그날 주민들은 창문과 커튼을 닫고 밖을 내다보지 않았다고 한다.

나비는 애벌레의 몸을 벗지 않으면 나비가 될 수 없다. 뱀은 일생 동안 여러 차례 허물을 벗는다고 한다. 누드는 이처럼 제 자신을 덜어내는 일이다. 덜어내어서 본래의 자연 상태인 자신을 회복하는 일이다. 법정 스님은 무소유의 철학을 이야기했다. 무소유란 모든 번뇌와 욕심으로부터 자신을 덜어내는 일이 아닌가. 무위자연의 도道를 설파한 노자도, 자연으로 돌아가라고 외친 루소도 결국은 누드에 닿아 있다.

쉽지 않은 일인 줄 알면서도 나는 요즘 벗는 연습을 자주 해본다. 손톱의 매니큐어를 벗겨낸다든지, 집 안의 잡다한 장식품을 떼어내고 빈 공간을 많이 만든다든지, 살림살이를 조금씩 줄이는 일이 그것들이다. 그건 아주 작고 사소한 일이겠지만 작은 것들을 비워내야만 큰 것들도 비워낼 수 있다. 더 나은 성적을 위하여 아이들을 밤늦게까지 학원으로 내모는 일이며, 더 높은 지위를 위하여 남편을 다그치는 것들도 요즘은 조금씩 자제를 한다. 그러다 문득 비워낸 공간에 다른 것들이 들어와 있는 것을 알게 되었다. 빈 벽으로 빗살무늬처럼 비쳐드는 햇살이며, 출렁이며 창을 넘어오는 노을이며, 아이들의 웃음소리와 남편의 사랑이 빈자리를 따뜻하게 채워주고 있었다.

김미루는 누드사진작가이다. 폐쇄된 기차역, 버려진 건물, 지하철, 터널 같은 도시의 폐허 속에서 자신의 누드를 직접 촬영한 작품들로 개인전을 열었다. 그녀는 문명의 더께를 벗고 벌거벗음으로써 오히려 자유로웠고, 놀이터에서 뛰어놀던 어린 시절로 돌아간 느낌이었다고 밝혔다. 동양화에선 여백을 중요시한다. 화폭을 가득 채우는 것보다 비우는 것의 아름다움을 추구한 때문이리라. 수묵화법도 먹의 농도를 풀어

풍경을 투명하게 함으로써 사물의 본래 모습을 들여다보려는 것이다.

올해도 어김없이 환경운동가들이 모피 반대 시위를 벌였다. TV 뉴스를 통해 거리에서 전라全裸의 몸으로 데모를 하는 시위대의 모습을 본다. 인간의 벗은 몸 중에서 가장 아름다운 때가 이 순간이 아닐까 생각한다. 그들은 자신들의 이익을 위해 거리로 나서지 않았다. 사회적 약자를 위해 스스로 옷을 벗은 고디바처럼 이들은 개인의 이익이 아닌 생태 보호라는 큰 의미를 위해 옷을 벗었다.

요즘 들어 누드 열풍이 사라진 것이 개인적으론 무척 아쉽다. 누드 열풍을 조금 더 연장했으면 좋겠다는 생각이다. 누드학교, 누드국회, 누드정상회담. 이처럼 갈등과 분쟁이 있는 곳에 누드를 놓으면 어떨까? 그렇게 된다면 개인과 개인, 나라와 나라, 종교와 종교 간의 거리가 훨씬 줄어들 것이고 서로의 존재를 인정하며 평화와 화해를 모색하게 될 것이다.

아이들의 깔깔대는 웃음소리가 저만치 수목원을 뛰어다닌다. 꾸미지 않은 아이들의 천진한 모습이야말로 누드일 것이다. 이런저런 생각에 잠긴 내게 꽃들과 나무와 바람이 손을 내민다. 나는 하나 둘 옷을 벗는다. 어느새 나도 누드가 되었다. 어느 시인은 민둥산에서 옷을 벗고 구름의 자식들을 낳고 싶다고 했지만, 나는 지금 수목원에서 옷을 벗고 꽃의 자식들을 낳는다. 나무와 바람의 자식들을 낳는다. 훌쩍 커버린 꽃과 나무와 바람들이 내 젖꼭지를 빤다. 어느덧 나는 꽃이 되어 있었다. 나무와 바람이 되어 있었다.

– 〈전북일보〉 신춘문예 당선작(2010년)

구석

허효남

아이와 숨바꼭질을 한다. 술래인 엄마를 뒤로하며 녀석이 은신처를 찾아 나선다. 콘크리트 사이를 뛰어다니고 네모난 미로 사이를 달려가며 드디어 자취를 감추어 버렸다.

잠깐의 정적이 흐른 후, 고양이마냥 살금살금 녀석의 꼬리를 밟아간다. 도대체 못 찾겠다고 엄살을 부리며 아들의 비밀 장소인 장롱 곁으로 다가간다. 내 발소리가 가까워져 오자 녀석은 까르르르 웃음을 연발하면서 제가 먼저 장롱에서 뛰쳐나온다. 뭐가 그리 재미있는지 깔깔깔 숨이 넘어가도록 웃다가는 저를 따라오라고 손짓을 한다. 발끝에 4분음표를 달고 팔랑거리며 앞서가는 아이를 다시 뒤쫓는다. 이번에는 소파와

벽 가운데의 작은 틈 사이에 난 구석자리를 차지하고 앉는다.

아이는 평소에도 구석을 참 좋아했다. 택배 박스의 작은 배를 타고 해외 유람을 하고, 장난감 바구니를 엎어 자동차를 만들고는 전국 일주를 하기도 한다. 그림책을 병풍처럼 세워 아늑한 자신만의 집을 만드는가 하면, 빨랫바구니에 들어갔다 나오기를 반복하며 멍멍멍 강아지 흉내를 내기도 즐긴다. 열 달 동안 태 안에서 느끼던 작고 좁은 구석이 주는 아늑함 때문인지, 아니면 제 어미의 구석 사랑을 물려받은 유전적 습성 때문인지 모를 일이다.

사실 나도 아들만큼이나 구석을 즐기는 편이다. 아니, 즐긴다기보다는 구석에 길들어져 이제는 구석을 내 운명인 양 받아들이고 산다. 어려서부터 유난히 내성적이었던 나는 아들처럼 뛰어놀았던 기억이 별로 없다. 수줍음이 많아 혼자 책을 보거나 그림을 그리며 조용히 놀았던 기억이 대부분이다. 어디에서든 자연히 눈에 띄지 않아, 있는지 없는지조차 알 수 없는 유령 같은 존재로 학창시절을 보냈다. 어쩌다 동창생들을 만나 인사를 나누면 지금도 내가 누구인지 모르는 사람이 더 많다.

게다가 뭐 하나 빼어나게 잘하는 게 없다 보니 언제나 구석자리를 차지하고 앉아 있을 수밖에 없었다. 굳이 숨바꼭질을 즐기지 않아도 나는 늘 눈에 띄지 않는 곳에 안전하게 숨어 있었다. 누군가의 인생에 잠시 스쳐 가는 그림자였고, 누군가를 돋보이게 하는 오케스트라 단원의 한 명에 불과했다. 스포트라이트를 받으며 주인공이 되고 싶다고 생각한 적도 없고, 귀퉁이의 삶에 불평을 품어 보지도 않았다. 그저 있는 듯 없는 듯 그렇게 하루하루를 살아가는 것이 내 운명이라 여겼다. 네모나고 각진 모서리에 닻을 내리고 누구의 관심도 받지 못하며 조용히 지내는 것이 내 팔자려니 하면서 말이다.

이런 구석 습관이 몸에 익어서인지 어딜 가나 나는 구석부터 찾는 버릇이 생겼다. 음식점에 가서 식사를 할 때도 늘 외진 곳에 자리를 잡고, 지하철을 타면 항상 출입구 쪽의 끝자리부터 눈길이 간다. 어느 모임에서건 앞서서 감투 쓰기를 꺼리고, 그냥 머리수나 채워주는 일원으로 자리매김하고 싶어 한다. 아이를 데리고 공원에 나가도 사람들이 몰려드는 곳보다는 조금 외지고 한적한 곳을 찾는다. 가운데 자리의 수선스러움을 피하고 싶고, 구석이 주는 익숙함이 편하기 때문이다.

한 번은 공원에서 아이와 숨바꼭질을 하다가 불현듯 또 다른 구석에 있는 나를 만났다. 헌책과 곡식들, 자질구레한 잡동사니가 가득한 다락방에 어린 내가 있다. 심심하거나 마음이 울적할 때 늘 그곳에 들어가서 나는 혼자 놀이를 즐겼다.

아름다운 그림이 가득한 책을 보며 미소 짓고, 가끔은 엎드리고 앉아 다락방에 난 작은 창을 통해 지나가는 사람들을 관찰하기도 했다. 그들은 나를 볼 수 없지만 나는 세상을 훤히 볼 수 있었다. 언제나 중심은 아니었지만 먼 발치에 서서 전체적인 윤곽과 구도를 훑어 내리며, 비록 구석 자리에 있지만 가장 정확히 모든 것을 볼 수 있었는지도 모른다.

창밖을 내려다보면 산으로 둘러싸인 작은 마을을 배경으로 사람들이 연극을 하는 것처럼 보였다. 동구마당에는 고무줄놀이를 하는 친구들이 있고, 한창 힘겨루기를 벌이다 골목길 뒤로 퇴장하는 형과 동생의 모습도 눈에 들어왔다. 점차 무대가 어두워지면 해거름에 논둑길을 지나 집으로 돌아오는 아버지의 애처로운 표정 연기가 펼쳐진다. 매일 똑같이 전개되는 일상의 연극에는 주연과 조연이 따로 없었다. 비중이 크든 작든 정해진 분량만큼의 대본으로 연기했고, 아무도 불평을 갖지 않았다. 그들은 다락방의 나를 눈치 채지 못했겠지만, 구석자리의 나는 작은 풍경 하나 하나를 무심히 흘려버릴 수 없었다. 암표를 구해 다락방에서 훔쳐보는 삶의 연극이기에 더 감동적이었던 것 같다.

유유상종이라고나 할까. 본연의 내 모습에 대한 안타까움 혹은 애처로움과 동정의 심정 때문이었을까. 언제나 구석진

자리에 있을 때가 많았던 내가 '특수교사'라는 직업을 가지게 된 것도 어쩌면 구석 팔자의 운명 때문인지도 모른다. 크고 화려하게 빛나서 무대의 중심에 서기보다는 단역이나 조연으로 제 몫을 해내는 아이들과 지내는 일은 스스로를 연마하는 과정이나 다름없다. 무심히 지나치게 되는 들꽃들이 모여 숲을 이루며, 그들이 없으면 온전한 숲과 들이 이루어질 수 없다고 늘 아이들에게 이야기하곤 한다. 아니, 그것은 아이들에게 당부하는 것이 아니라 내 스스로를 위로하고 격려하는 말이다. 또 자신의 삶에 대한 자부심이자 구석 인생에 대해 스스로가 거는 최면이기도 하다.

있는 듯 없는 듯 구석이 존재하기에 세상은 모서리와 모서리가 맞닿으며 나름의 모양을 만들어가는 게 아닐까. 누구나 세상의 한가운데에 서고 싶어 하며, 뒷전으로 물러나 있는 것들보다는 항상 눈에 보이는 앞자리를 원한다. 구석구석의 작은 것들이 모여 세상의 큰 틀을 이루며, 때로는 외지고 후미진 구석이 세상을 그려내는 꼭짓점이 된다는 것을 잊을 때가 많다.

찬란하게 빛날 누군가의 삶을 위해 구석의 주춧돌이 필요하다면 나는 그 구석 자리를 기꺼이 받아들일 것이다. 구석에서 조용히, 있는 듯 없는 듯 살아갈 것이다. 이제까지 그래왔던 것처럼 앞으로도 구석을 사랑하며 인생을 꾸며 갈 것이다.

아들 녀석이 다시 숨바꼭질을 하자고 손을 잡아 이끈다. 얼마나 구석이 좋았으면 양수가 터지고도 하루가 지나도록 나오지 않아 수술로 겨우 세상 구경을 한 아이다. 어느 구석을 그리도 찾아 헤매는지 모르겠다. 나도 따라나선다, 숨바꼭질 같은 인생에서 내가 정착할 아름다운 구석을 찾아서.

– 〈전북도민일보〉 신춘문예 당선작(2010년)

허효남

2008년 제20회 신라문학대상

2010년 〈전북도민일보〉 신춘문예 당선

청람수필문학회 회원

실크로드

이미영

가끔씩 산길을 오른다. 그 길은 봄이어도 좋고 겨울이어도 상관이 없다. 그저 참고 숨이 턱에 차오르는 것을 즐기며 발걸음을 옮길 뿐이다. 정상에 다다르기까지 쉬는 일도 거의 없다. 신체의 한계를 알고 싶은 것인지 목적은 오직 꼭대기 그곳이다. 계절을 느끼게 해 주는 나무들의 변화도, 산새의 지저귐도 귓전에서 사라진다. 시간이 흐를수록 무거워 오는 다리를 당겨 놓으며 인내하는 스스로를 대견해한다. 함께하는 동행들은 한마디 건네지도 않고 걷기만 하는 내 모습이 비구니 같다고 놀려댄다.

드디어 견디어 낸 이유를 찾는다. 더 오를 곳 없음이 정상이 아니라 시선 닿는 전부가 발아래인 지점이다. 멀리, 더 멀리 겹겹이 싸인 산들 저 너머가 보고 싶다. 사방 어디에도 솟은 봉우리와 골짜기뿐이다. 가슴 깊은 곳에서 숨겨놓은 빛바랜 꿈이 의지와 관계없이 새어 나온다. 어떤 유혹에도 흔들림이 없어야 한다는 불혹을 지났음에도 그곳은 예외 없이 마음을 요동치게 한다.

대학 졸업을 앞두고 취업 준비로 도서관을 드나들 때이다. 어느 날 신문에서 본 벽화 하나가 행로를 바꾸어 놓았다. 끝도 없는 산등성을 지나 메마르고 뜨거운 모래바람이 부는 중앙아시아 사막을 밟고 싶었다. 모래언덕을 뚫고 물 한 방울 찾아보기 힘든 척박한 곳에 숨겨진 동굴, 부식시킬 습기조차 허락되지 않아 오랜 세월에도 고이 간직될 수 있었던 벽화, 그 그림이 그려진 둔황 막고굴을 동경했다. 모래태풍이 이는 험난한 길을 오고 간 이들의 옛이야기가 궁금했다.

낙타 등에 짐을 싣고 걷기만 했을 터이다. 얼마나 걸릴지 기약 없는 교역 길을 지나며 고단한 시간을 위로하기 위해 벽을 종이 삼아 그림을 그렸을까. 목숨을 담보한 고행길에 안전하게 인도해 달라고 신들에게 염원을 그려 바쳤을까. 잠시의 휴식으로 용기를 얻으며 다시 묵묵히 걷기 시작했을지도 모른다. 그 길이 이어져 중국에서 유럽까지 다다른 비단길이 되었다. 실크로드라는 단어 자체야 얼마나 매혹적인가. 누구라도 보드랍고 매끈한 그 길 위로 가고 싶지 않겠는가. 비단이 전해진 통상로는 삶의 몸부림의 흔적은 아닌지. 어디 사막뿐이랴, 몸 하나로 버티며 지구의 지붕을 가로지르기도 했으리라. 험준한 산맥을 오르내리고 모래바다를 건너면서 비단을 나르고 종이를 옮겼을 것이다. 자신들의 행로가 훗날 인류의 문명을 실어 나른 위대한 발걸음이 되리라는 사명감 따위는 없었을지도 모른다. 그저 척박한 삶을 이어가기 위한 수단에 불과했으리라.

실크로드로 가기 위해 채비를 차렸다. 대학원에 진학했다. 신기루처럼 손짓하는 비단길은 눈을 가리게 만들었다. 오직 그곳으로만 향하고 있었다. 한 학기를 지나면 그만큼 꿈의 길에 가까워진 듯했다. 함께 가고 싶은 사람도 만났다. 같이 가면 더 쉬운 줄 알았다.

준비 없이 달려간 길에서 부딪힌 일들을 감당하기에는 너무 어리석은 사람이었다. 새로운 가족을 만든다는 것은 응원군을 만난다는 사실이 아니다. 꿈길을 위해 배낭을 꾸려주고 나침반을 손에 쥐여주는 가이드를 가지게 되는 것이 아니다. 서로를 알아가는 시간과 각자에 대한 배려와 때로는 희생을 필요로 한다. 친정 부모님은 언제나 무조건적인 지지자였다.

당신들의 헌신이 특별하다 여겨 본 적이 없었다. 지독한 이기심에 사로잡혀 혼자서만 질주하는 모습이 부끄러운 것인지 알지 못했다.

18세기 말경 신화 속에 묻혀 있던 트로이를 발굴해 낸 독일인 하인리히 슐리만이 떠오른다. 그는 어릴 적 동화책 속에서 불타는 트로이를 보고 언젠가는 그곳을 찾아내고야 말겠다고 결심한다. 소년 시절의 목표를 실현하기 위해 먼저 엄청난 부를 축적하고 그리스 여인과 결혼한다. 모은 재산을 바탕으로 그리스어를 할 줄 아는 안내자를 아내로 맞이하고 열정을 다해 발굴 작업에 몸을 던진다. 준비된 열정은 결국 전설 속의 호메로스 이야기를 역사로 만들었다.

욕망만 가득하고 현실감 없는 자신을 돌아보지 못한 형벌은 가혹했다. 학교생활 이외에는 모든 것에서 어설펐다. 받는 것밖에는 모르는 나이 든 어린아이였다. 설 자리를 제대로 파악하지 못하고 지은 모래성은 금세 흘러내린다. 하늘이 주신 첫 번째 생명을 지키지 못하고 떠나보냈다. 이기심에 갇혀 있던 내게 하느님은 살이 찢기는 형벌을 주셨다. 이천여 년 전 돌아올 기약도 없이 수레와 낙타에 비단을 싣고 떠나던 사람들은 조금이라도 더 벌어오기 위해 자신들의 먹거리는 줄여서 짐을 꾸렸는지도 모른다. 모래가 얼굴을 때리고 광풍이 발걸음을 막아도 기어이 뚫고 돌아가고자 했으리라. 손꼽아 기다리는 피붙이들에게 허리가 휘어져라 등짐을 지고 돌아가고자 하지는 않았는지…. 목숨을 건 행로에는 오직 처자식들이 있었으리라.

내 모습을 비춰 본다. 남편과 친정 부모님이 주시지 않으면 책 한 권 살 수 없는 무능력자였다. 아이를 가진다 해도 시부모님이 돌봐주시지 않는다는 것은 상상조차 할 수 없었다. 손을 잡고 함께해야 하는 생활인이 되었으면서도 업혀 있으려고만 했다. 가야 할 방향을, 생명을 잃고 나서야 비로소 찾을 수 있었다.

낮에는 뜨거운 태양의 열기를 받아 불같이 타오르고 밤이면 송두리째 빼앗겨 강풍이 몰아친다. 아무리 둘러봐야 몸뚱이 하나 숨길 곳이 없다. 모래와 불과 바람이 몰아치는 땅으로 가고자 신기루를 좇았다가 다시 얻은 아이를 지키려고 현실로 돌아왔다. 돌아선 길에서 비스듬히 보이는 예전의 실크로드는 가끔씩 달콤한 속삭임으로 살아나기도 한다.

가지 못한 길은 더 아름다워 보이는 법이 아닌가. 자신만을 위해 걸어가기를 포기하니 성장시켜야 할 아이들과 같은 곳을 바라보는 동반자가 옆에 있었다. 스스로를 빛내려 애쓰기보다 앞날을 밝혀주고 안내해 주는 도우미로 살아간다. 산

들바람이 일다가 태풍이 불다가 모래 산이 옮겨진다. 두 발로 걷는다. 참는 것이 아니라 이겨낸다. 묵묵히 견디다 만나는 오아시스는 생활의 활력소이다. 삶의 시간은 쌓여서 지혜가 된다. 고통은 상처로만 남는 것이 아니라 때에 맞춰 감당할 줄 아는 책임감 지닌 존재로 만든다.

나는 인생의 비단길을 가는 카라반이다.

– 〈매일신문〉 신춘문예 당선작(2011년)

이미영

2011년 〈매일신문〉 신춘문예 당선

2014년 수필집 『행복은 말이야』

2019년 『너에게 가는 길』

2019년 대구문화재단 문예진흥기금 수혜

2019년 대구수필가협회 문학상 수상

바디와 북

류현서

집 안 정리를 하기 위해 창고 문을 열었다. 창고 안에는 이것저것 밀려난 살림살이들로 발 디딜 틈이 없다. 한쪽에는 크고 작은 솥들과 대나무 소쿠리들이 즐비하게 널려 있고, 또 한쪽 구석에는 커다란 상자가 입을 봉하고 있다. 상자를 열자 언제 넣어 두었던지 북과 바디가 보인다. 길쌈을 할 때 날실을 끼울 수 있도록 대나무를 가늘게 쪼개어 만든 것이 바디다. 바디는 날줄 사이로 씨줄이 담긴 북이 왔다 갔다 할 수 있게 길을 터주는 역할을 한다.

참빗처럼 촘촘하게 생긴 바디 사이에 날줄을 끼우면 베 짜기는 시작된다. 이때부터 씨실을 문 북과 날줄을 문 바디는 떨어질 수 없는 사이가 된다. 북이 가로 길로 지나가면 바디가 세로 길로 내려오고 다시 북이 돌아오면 바디 역시 시차를 두고 내려와 앉는다. 한 필의 베를 짜기 위해서는 한 올의 씨줄과 날줄이라도 어긋나면 베가 안 되듯이 우리네 삶도 이와 같으리라.

남편이 북이라면 나는 바디가 아니었나 싶다. 천지사방 옷자락을 휘날리며 다니는 남편이야말로 매끈한 몸으로 바람처럼 베틀을 누비는 북과 다를 바 없다. 밤낮없이 문을 벗어나지 못하고 속을 태우는 나는 베틀에 매여 있는 바디와 닮은꼴이다. 하나, 부드럽지 못하고 꼿꼿한 성격끼리 만난 우리는 여태 수더분하게 살아가기가 쉽지 않았다.

어느 해 부부 모임에서 단풍놀이를 갔을 때였다. 붉은 단풍만큼이나 우리 부부의 젊음도 곱던 시절이었다. 단풍에 취해서 가을의 짧은 해가 야속하게만 느껴졌다. 산속의 새들도 제 집을 찾아들 시간, 집에 올 때가 되었는데 그제야 남편이 사라진 것을 알게 되었다. 일행들이 산 계곡을 훑고 다녀도 보이지 않았다. 큰 소리로 불러도 돌아오는 것은 메아리였다. 같이 노래 부르고 놀던 이들 보기가 민망하여 산새처럼 날아가 버리고 싶은 마음뿐이었다. 조금 전에 흥에 겨워 부른 노래가 마음속에서는 울분으로 바뀌어 가고 있었다. 아무리 찾아도 없으니 어쩌랴. 집으로 올 수밖에 없었다. 돌아오면서 생각하니 남편이 밉다가도 제발 무사하게 와주기만을 바랐다.

집에 도착하니 캄캄해야 할 방에 환하게 불이 켜져 있었다. 안도의 한숨이 나오는 한편 화가 머리끝까지 치솟았다. 말도 하기 싫었지만 "왜 먼저 왔냐"고 물었다. 다른 사람들과 신나게 놀고 있는 것에 화가 나더라고 하였다. 가만히 생각해 보니 닐리리 맘보춤을 춘 것이 화근이 되었던 것 같았다. 그 시절에는 야외에서 노래는 물론이고 춤을 추면서 즐기던 때였다.

그래도 그렇지 어떻게 혼자 돌아온단 말인가. 그날의 내 마음은 남편이 아니라면 있는 힘을 다해 때려주고 싶었다. 두 번 다시 보기도 싫었지만 그래도 없어져서 애를 태우던 것을 생각하면 마음을 다스려야 했다.

강산이 두어 번 바뀌고 중년이 되어서도 남편의 너그러움은 늘어날 줄 몰랐다. 집안의 크고 작은 일도 자기주장만 밀고 나갔다.

사람의 성격은 조금은 변할 수 있으나 많이 바뀌기는 어렵다. 지난날을 돌이켜 보면 북이 달아나지 않게 하려고 안간힘을 쓰며 살아온 느낌이다. 남편은 나와는 언제나 생각이 다른 사람이었다. 내가 의견을 제시하면 반대론을 펼친다. 희망적인 것보다 염려하는 쪽으로 생각하는 편이다. 그러니 한 사람이 산이라면 한쪽은 강이 아니었나 싶다.

몇 년 전 친정어머니 생신이라 형제들이 우리 집에 모이기로 했다. 그날 아침 남편과 대화를 하다가 의견 차이가 났다. 대화가 다 일맥상통하면 좋겠지만 그렇지 않을 때도 있지 않은가. 음식을 준비하다 보니 남편이 보이지 않았다. 바깥에 나가 찾아보아도 없었다. 전화를 해 보니 아예 받지도 않는다. 대문에는 언니 동생들이 짝을 지어 몰려들었다. 그들이 알기라도 하면 얼마나 마음이 무거울까 싶어 말을 할 수도 없는 노릇이었다. 드디어 눈치를 읽었는지 전화를 하고 문자를 보내고 해서 객이 주인이 되어 집으로 들어오게 하였다.

예전에는 마당에서 베를 맸다. 바디에 실을 끼우는 일로서 베를 짜기 위한 마지막 작업이다. 바디의 섬세한 틈 사이에 한 올이라도 빠뜨리지 않아야 바디와 날줄이 맞물려 제자리를 찾아 바로 앉게 된다. 날줄은 너무 말라도, 젖어도 안 된다. 혹 마르기라도 하면 물을 축여 꼽꼽하게 만들어야 실이 잘 끊어지지도 않고 바디 사이로 북이 순조롭게 들락날락한다. 그리고 베를 짤 때마다 북질을 몇 번 하고는 늘 바디집을 탁탁 쳤다. 그렇게 해야 베 올이 느슨하지 않고 올이 성긴 데가 없이 곱게 짜지기 때문이다.

바디집을 치는 것은 우리 인생의 긴장감 같은 것이리라. 바디집을 친 뒤에야 엉성하지 않고 야무진 베가 되듯이, 평탄한 가정을 위해서는 서로가 고삐를 당기기도, 늦추기도 해가며 이제껏 살았다. 그렇게 이래저래 살다 보니 마음을 조금씩 넓게 가지면서 인내를 쌓아가게 되었다. 그것이 집안이 편해질 수 있다는 것을 살아가면서 터득한다.

바디를 닦아본다. 긴 시간이 지났는데도 색깔만 좀 짙어졌을 뿐 모습은 변하지 않았다. 오래된 세월에도 삐뚤어지지 않고 간결한 그대로이다. 어쩌면 이토록 좁고 넓은 데가 없이 한결같은지…. 그것 역시 삶에서 이탈하지 않고 무난하게 살아온 내 모습을 보는 것 같다. 북이 제멋대로 날줄 위로 왔다 갔다 할 수 있게 길을 터주는 바디가 될 수밖에 없었지만, 그것이 내 몫이라 여기며 기꺼이 거부하지 않고 살아왔다. 하지만 바디가 아무리 틀을 잡고 있다 하더라도 북이 없으면 저 혼자 베를 짤 수 없고, 북 또한 씨실을 물고 다녀도 바디가 받쳐주지 않으면 자유롭게 드나들지 못한다.

가지런한 바디의 모습은 아직도 냉정함을 잃지 않고 있다. 그래도 주어진 몫에 마다하지 않고 묵묵히 지켜온 세월이 그립다. 그 세월 뒤에는 밀고 당기는 북과의 긴 시간들이 있었다. 북과 바디는 붙어서 함께 가야 하는 끈끈한 운명이었다. 바디살처럼 내리는 빗속으로 지난날이 얼비친다. 대지를 적시는 비처럼 내 마음도 감회에 젖어드는 오후다.

– 〈부산일보〉 신춘문예 당선작(2012년)

류현서

2012년 〈부산일보〉 신춘문예(수필)

2016년 〈전북도민일보〉 신춘문예(수필) 당선

2013년 《월간문학》 신인상(시조)

2016년 청림남구문학상

2017년 포항스틸에세이 대상

2019년 원종린수필문학작품상

2019년 울산시조작품상

2020년 경북문화체험 전국수필대전 대상

수필집 『지워지지 않는 무늬』 『물미장』, 시조집 『흘림체로 읽는 바다』 『태화강을 거닐며』

이명耳鳴

이상렬

남겨진 풍경마다 어둠이 내렸다. 또 밤이다. 부산하게 오가던 골목에 인기척이 사라졌다. 모든 것이 흐릿한 형체로 남겨질 무렵에서야 서재로 돌아왔다. 나의 지문을 화석처럼 안고 있는 빼곡한 책장의 책들, 수많은 생각과 번뇌를 기억의 저편으로 잠재우게 했던 책상, 가장 가까이에서 체온을 나누며 몸을 의지한 의자, 모든 풍경이 오랫동안 묵혀 두어 익숙함에도 오늘따라 낯설어 보인다.

의자에 앉아 두 손을 책상 위에 모은다. 하루가 주마등처럼 스쳐 가고, 오늘과 내일이 교차된다. 생각의 덩어리가 커지고 한없이 깊어지는 시간이다. 때론 마음의 향방이 거미줄처럼 여러 갈래로 나누어져 혼돈스러워질 때면 조용히 눈을 감는다.

현실과 멀어져 가는 이상들은 꿈결인지 생각인지도 모를 무아無我의 세상으로 나를 몰고 간다. 빛과 파장, 소리와 형태, 느낌과 흐름이 함께 공존하는 곳.

윙–, 윙–, 윙–, 삐–––, 한 줄 소리가 바늘처럼 뇌리를 뚫고 지나간다. 누군가가 라디오 주파수를 돌려대며 이 밤을 지새울 작정인가 보다. 쉽게 사라지지 않는 소리를 피해 더 깊은 곳으로 몸을 옮긴다.

숲이다. 생명이 움트기 위해 잠시 웅크리고 있는 시간은 사방을 분간할 수 없을 만큼 어둡다. 고요하다. 먼지 하나 일어나지 않는 숲의 적막을 방해하고 싶지 않아 길 위로 천천히 발을 옮겨 놓는다. 풀들이 몸에 부딪힌다. 조용하면 더 뚜렷해지는 것이 소리일까. 스윽–, 신경을 곤두세운 소리들이 나를 올려다본다. 지금 나는 불청객처럼 흘러들어 숲의 고요를 깨뜨리고 있다. 찌르르–, 찌르레기가 울고, 매앰 맴–, 끼르끼르–, 매미, 귀뚜라미가 사방에서 소리를 내기 시작한다. 둘러보아도 그들의 형체는 보이지 않는다.

땅이 울렁이고 사방이 흔들린다. 온 숲을 밀어붙이는 굴착기 소리, 찌익찌익– 쇠를 갈아내는 잔인한 소리들이 나를 공격한다. 주저앉아 귀를 틀어막아도 소용이 없다. 그들은 나를 용서하질 않는다. 모두가 나를 향해 원망하고 있는 듯하다.

시간을 따라 얼마나 몸부림을 쳤던 걸까. 숨통을 죄어오던 숲이 멀리 있음을 직감으로 알았다. 여전히 사방은 실루엣으로만 형체를 내보이고 있다. 어디선가 비릿한 바다 냄새가 난다. 뻗으면 손에 닿을 것 같은 거리에 물결이 서 있는 듯하다. 차르르–, 수면은 잔잔했다. 바다의 놀음에 심취되어 몇 발자국 옮겨 놓는다. 차르르르–, 자갈을 밟는 발자국 소리에 파도가 나의 침입을 눈치챈 듯했다. 쏴아–, 나를 집어삼킬 듯 고개를 쳐들고 기세등등하게 소리쳤다. 높이 일어선 파도는 위협이라도 하듯 달려와 바위에 장쾌히 부서지며 제 형체를 드러낸다.

자리에 누웠지만 소리의 여행은 아직 끝나지 않았다. 하루 중 마지막 고비다. 깊은 밤이면 더 선명하게 들려오는 소리에 지쳐 몸은 바닥으로 스르르 녹아든다. 소리의 무릎을 베고 잠이 든다.

첫 소리의 여행이 시작된 것은 스무 해 전이었다. 어느 날 귓가에 생면부지의 수상한 객이 찾아왔다. 처음엔 그저 조금 거슬릴 뿐 고통은 아니었다. 시간이 가면 잠잠해지리라 믿었지만 서서히 마수를 뻗어 온갖 소리로 제 본색을 드러냈다. 잠시 잠잠하다 싶다가도 몸뚱이가 지치면 스멀스멀 기어 나와 정신을 교란시킨다. 그럴 때마다 현기증이 일어 바닥에 주저앉곤 했다. 불면의 날이 지속되면 될수록 내 영혼은 소리로부터 유린당하고 있었다.

얼마를 더 견디면 오늘이 지난단 말인가. 오늘만 참으면 내일이 올까. 동 트기가 얼마나 힘에 겨운가를 이명을 지독하게 앓아본 사람은 알리라. 새벽을 깨우며 일어날 때, 이제 제발 멈추길 바라는 그 희미한 기대가 깨어지는 순간, 오죽했으면 연명延命의 꿈마저 풀어버리고 싶은 생각도 해보았으랴.

세상의 소리들은 물속에서 들려오는 바깥의 소리처럼 웅웅거렸다. 바닥까지 가라앉은 마음은 혼탁해져서 표정마저 일그러뜨렸다. 진저리를 치며 돌아서도 메아리치는 건 매한가지였다. 누구의 눈에도 보이지 않고 들리지 않는 소리들은 삶의 흐름을 건드리며 나를 조롱하기까지 했다. 세상의 소리가 자유자재로 나부대는 낮에는 그나마 잊을 수 있다지만, 밤은 쇠사슬에 묶인 듯 고통의 세계로 끌려가고 있었다. 칭칭 감고 있는 지긋지긋한 소리의 사슬에서 벗어나고 싶었다.

산 능선 위에 낮달이 희멀겋게 걸려 있던 어느 가을, 밤새 소리에 난타 당한 몸을 이끌고 밖으로 나갔다. 초점 없는 눈, 맛을 잃은 입, 세상 어디에서도 대접 받지 못할 야윈 몸으로 버스에 올랐다. 창문으로 내려다보이는 아양교의 물결은 단정했다. 잠시 고요에 빠져 있을 때 다시금 집채만 한 파도가 밀려오는 듯 요란했다. 창문에 머리를 기댔다. 목으로 넘어가는 뜨거운 눈물을 머금고 힘없이 무너지는 한 남자가 차창 속에 있었다. 결핵을 앓아 핏기없고, 퀭한 두 눈과 광대뼈만이 덩그러니 자리 잡아 얼굴임을 말해주던 남자, 깡마른 체구에 폐 구석구석까지 균들에게 내어 준 그 남자는 어쩌면 물결의 소용돌이 속에 빨려 들어가고 싶었을는지도 모른다.

시간은 고통도 잠재우는 묘약이었을까. 소리와 동거하는 스무 해 동안 고목이 되어가고 있는 듯했다. 나는 아직도 건재하다. 그러고 보니 군데군데 옹이 여럿 품고서 중년의 고개를 넘어가고 있음이 참 다행스럽다.

소리는 단지 소리일 뿐이다. 마치 실체 없이 평생을 따라다니는 그림자와 같은 것, 그것은 허상이었다. 지난 세월 동안 숱하게 나를 위협했다지만, 따지고 보면 단 한 번도 나를 문밖으로 내몰지 못했다. 내 안에서 만든 소리는 그럴 힘이 없다. 안에서는 소리의 폭군이라지만 바깥에서는 맥을 못 춘다. 그래서 소리는 무형의 포효다. 나를 찢고 파괴할 발톱도 가지지 않았다. 어쩌면 그간 내 스스로 자신을 얽어매며, 가두며 더 크게 고통의 소굴로 내몬 것인지도 모른다.

고통도 오랜 세월 같이 살다 보면 벗이 되는 것인가. 이제

나는 이명에 대한 익숙하고도 자연스러운 생존법을 터득했다. 처음엔 금은방의 저울처럼 미세한 소리의 무게에도 휘청거렸으나, 이제는 넉살 좋고 인심 후덕한 재래시장의 방앗간 저울처럼 큰 보릿자루 서너 개쯤 올려놓아도 거뜬히 소화해내는 여유가 생겼다. 이명은 나를 산 채로 굴복시키기 위한 덫이 아니라, 어쩌면 긴 생의 여정을 함께 걸으며 나를 더 단단하게 만든 동반자였는지도 모른다.

요즘 이명을 대하는 내 뱃심이 제법 두둑해졌다. 소리를 삼시 세끼로 먹고, 내 걸음의 디딤돌로 여기며 인생의 강물을 저벅저벅 걸어 여기까지 살아서 다다랐다. 우리네 삶이 언제 고통이 없었던 적이 있었던가. 노력하여 바꾸지 못한다면 받아들이는 지혜를 터득하는 것이 옳으리라. 뼈에 사무치는 아픔보다 더 위대한 것은 그것에 대한 건강한 해석이 아닐까.

그랬다. 이명은 세상과 나를 단절시키는 장벽이 아니었다. 이명耳鳴은 이명異鳴을 듣게 한다는 것을 어렴풋이 깨닫기 시작했다. 내 귀의 소음이 커질수록 상대의 세밀한 소리에 귀를 기울이는 것은 당연한 이치이리라. 온갖 고민을 끌어안고 사는 사람들의 소리가 이윽고 들리기 시작했다. 그 소리에 얼마나 아픔이 서려 있는지, 무거운 인생의 짐이 얹혀 욱신거리는지 이명耳鳴을 앓고 나서야 알게 되었다.

사르륵 사륵, 소리가 먼저 일어나 여명을 밝힌다. 오늘도 긴 소리의 여행길에 오른다. 이젠 제법 여행을 즐길 배낭 하나쯤 거뜬히 꾸려 나선다. 숲을 걸으며 만나게 될 바람, 물, 새, 매미, 귀뚜라미들, 바다가 들려주는 파도의 속삭임, 이제 그들의 이야기를 가만히 귀 기울이고 들어볼 참이다. 때로는 나의 이야기도 그들에게 들려줘 볼까 한다. 모든 것이 허상이어도 좋다. 남들과 공유할 수 없는 소리들이 내 안에 기거하는 동안 나는 더 넓어지고, 더 여물어지는 여행을 떠날 것이다. 아프지만 깊은, 쓸쓸하지만 아직도 가야 할 여행을.

– 제주 〈영주일보〉 신춘문예 당선작(2012년)

이상렬

2012년 제주 〈영주일보〉 신춘문예 당선

2015년 《에세이스트》 평론 당선

물미장

류현서

객주 문학관에 농기구가 가지런히 진열되어 있다. 다들 투박하면서도 고집스러운 그 시대의 사내를 닮았다. 지게 앞에 작대기 하나가 길게 누웠는데, 밑 부분에 뾰족하게 박힌 쇠가 보인다. 지게와 작대기를 보니 평생 짐을 진 아버지의 삶에 가 닿는다.

한국전쟁 때 아버지는 군번도 없이 전장에 배치되었다. 낯선 골짜기에서 전우들이 하나둘 쓰러져도 아버지는 구사일생으로 살아 돌아오셨다. 전쟁이 휩쓸고 간 뒤라서 남은 것이라고는 기근과 상처뿐이었다. 식솔들이 먹고살려면 산골짜기 비탈이라도 개간해야 했다. 물길을 따라 일구다 보니 천 평이

될까 말까 한 논이 자그마치 쉰하고도 다섯 다랑이나 되었다.

말이 좋아 논이지 기름진 밭보다 못했다. 계곡 가장자리를 따라 만들었기에 논바닥이라야 함지박만 했다. 가족에게 목숨 줄과 같기에 아버지는 문전옥답으로 여기며 농사를 지었다. 살얼음이 녹기도 전에, 못자리를 하고 나서부터 논으로 가는 날이 잦아졌다. 안방보다는 산골짜기가 편한지, 아버지가 논에 가지 않는 날은 밥에 뉘같이 드물었다.

아버지의 지게는 유난스레 높았다. 짐을 많이 싣기 위해 지겟가지 중간을 가로지르는 까막서리 양쪽으로 다른 막대를 덧대 묶어 높이를 더했다. 그러고는 누렇게 익은 나락을 지게 위에 쌓아 올렸다. 우기가 감도는 날이면 베어놓은 나락이 비에 젖을세라 꼭두새벽부터 어두워질 때까지 집과 논을 오갔다. 멀리서 보면, 아버지는 보이지 않고 나락 볏가리가 공중에 뜬 채 아슬아슬하게 움직이는 것 같았다.

골짜기에 있는 외딴집이다 보니, 밤마다 빨갱이들이 와서 괴롭혔다. 자칫 식구들에게 해를 입힐까 봐 아버지는 집을 버리고 큰 마을로 이사하였다. 그리하여 애써 개간한 논과 멀리 떨어지게 되었다. 산모퉁이를 몇 개를 돌고 개울을 두 개나 건너야 논에 닿을 수 있었다. 가는 길은 오르막이라서 숨이 턱에 닿아 입에서 단내가 났고, 오는 길은 내리막이라서 산짐

승에게 쫓기기라도 하듯 후르르 뛰어 내려왔다. 빈 몸으로 다니기에도 힘든 길이었다. 그런 길에서 나락을 지고 후들후들 다리를 떨던 아버지가 잠시 쉴 때는 지게가 넘어지지 않도록 작대기로 받쳐 놓았다.

아버지는 분답잖게 봄비가 오는 날이면 창고 앞에서 지게 만들기에 열중했다. 끌과 자귀로 뚝딱뚝딱 나무를 다듬는 소리가 늦잠 자는 내게 자장가처럼 들렸다. 지겟가지 두 개를 바로 세워 놓고 중앙에 세장을 붙여 몸체를 맞댔다. 정으로 지게 목발에 구멍을 뚫은 다음, 짚을 물에 축여 꼽꼽해지면 나무망치로 토닥토닥 두드려 등석을 엮어 붙였다. 어깨에 메는 미끈은 긴 머리를 땋듯 정성스레 땋아 지게에 달았다.

지게를 손보고 나면 아버지는 지겟작대기를 만들었다. 위쪽이 가위처럼 벌어진 나무를 골라 아버지의 키에 맞게 잘랐다. 겉을 매끈하게 다듬은 다음 송곳처럼 뾰족한 쇠를 끝부분에 박았다. 아버지는 빈 지게를 진 채 작대기로 땅을 몇 번 짚어보고는 흡족한 미소를 마당을 향해 뿌렸다.

작은 촉에는 자루가 들어가도록 둥글게 말아놓은 놀구멍이 없다. 슴베가 잘 들어가게 하는 괴구멍도 파지 않는다. 작대기 끝에 쇠를 박으면 그것이 물미장이다. 호미나 낫에는 힘을 받도록 테두리를 감싸주는 신쇠가 있지만, 물미장에는 아무런 치장도 없다. 오직 있는 그대로 꾸밈없이 묵묵하게 삶을 지탱하는 내 아버지처럼.

아버지는 농사일밖에 몰랐다. 땀에 젖은 베적삼에 논 갈고 밭을 갈았다. 동이 트면 아침이 되고 해가 지면 밤이 오듯, 자고새고 하는 일이 지겹지도 않은지 우직하게 일만 하였다. 밤이면 끙끙 앓아도 날이 밝으면 들로 나가는 일벌레가 따로 없었다. 오직 땅만 아는 샌님처럼 땅 한 뙈기 늘이는 일을 최고의 기쁨으로 삼았다. 그런 아버지는 일을 놓으면 밥숟가락을 놓는 것과 같다고 여기셨는지도 모른다.

무거운 짐을 지고 일어날 때 작대기는 요긴했다. 촉이 땅에 쏙 들어가라고 아버지는 작대기에 힘주어 꽂았다. 그런 다음 한 손으로 작대기를 짚고 한 손으로는 지게 목발을 잡고 무릎을 천천히 세웠다. 비탈진 길에서는 작대기로 지탱하며 한 발 두 발 조심스럽게 내디뎠다. 발이 부르트고 다리가 아파도 묵묵히 버틴 아버지에게 지게와 작대기는 한몸이었다.

아버지는 새벽이슬을 맞으며 길도 아닌 비탈 섶을 넘나들었다. 촉이 박힌 작대기로 땅을 짚으며 산속의 적요를 발걸음으로 사각사각 깨워가던 길, 아버지의 발바닥에 굳은살을 덧대게 한 그 길엔 이제 울울창창 숲이 우거져 있으리라. 산골짜기 하나를 길게 차지했던 논은 주인의 부재를 알까. 여름이면 어김없이 하얀 벼꽃을 피우는지 궁금하다.

가끔 작대기가 사립 안에 있으면, 우리 형제들은 그것으로 마당에 금을 그었다. 반대차기나 땅따먹기를 할 때 몸을 구부리지 않고 금을 그을 수 있었다. 물미장으로 그은 금은 밟아도 여간해서는 지워지지 않았다. 그뿐만 아니었다. 뒷밭에 독사라도 나오면, 화들짝 놀란 어머니는 김을 매다가도 촉이 박힌 작대기를 가져오라고 소리쳤다. 창처럼 뾰족한 물미장에게 죽임을 당한 독사는 개울가에 있는 가시나무에 연 꼬리처럼 걸리기도 했다.

삶을 배우는 데 일생이 걸리고, 죽음을 배우는 데도 그만큼 걸린다고 한다. 사람은 늙어야 사방이 보인다는 성인의 말이 있듯, 머리에 서리가 하얗게 내리고 나서야 아버지를 여러 면에서 볼 수 있었다. 노부모의 장남이었으며, 한 여자의 남편이었고, 여러 식솔을 거느린 가장이었다. 마을에서는 척박한 땅을 억척같이 일궈 옥토로 바꾼 농사꾼이었다. 아버지가 벼슬이 높아 권세를 내세우며 거드름을 피웠다면, 오늘 이처럼 애틋하게 기억되지 않을지도 모른다.

아버지도 아버지이기 전에 평범한 남자였다. 누구에게나 청춘은 소낙비 지나가듯 가버리는 것이고 보면, 아무리 바동거려도 살림에 주름이 펴지지 않으면 다 던져버리고 싶을 때도 있지 않았겠는가. 맛있는 음식을 보면 먹고 싶었을 것이며, 친구들이 요사스런 자리에서 장단에 맞춰 가무를 즐길 때면 왜 휩싸이고 싶지 않았으랴. 약주를 좋아하는 옆집 아저씨처럼 취생몽사로 적당히 살아갈 수도 있었겠지만, 아버지는 보지 않고, 듣지 않고, 말하지 않는, 삼불주의三不主義를 지켰기에 오늘 내가 있다. 그러고 보면 아버지는 가족을 위해서 어떠한 일도 뿌리쳤을 것이다.

철부지 때는 지게를 지고 다니는 아버지를 보고도 아무런 느낌도 들지 않았다. 나이가 들어가면서 아버지를 생각하면 가슴이 찡하다. 내 삶에 있어 이러한 기억의 화첩은 비밀의 유산이 아니었을까 싶다. 살면서 힘든 일에 부닥쳐도 옛 그림을 떠올리며 거뜬히 견뎌낼 수 있었다.

물미장을 가만히 바라본다. 연필심 같은 촉으로 기억을 다시 쓴다. 아득한 풍경이 연막처럼 퍼지다가 복통처럼 가슴을 내리누른다. 아버지의 삶이 납덩이같이 머릿속에 남아 무거운 공기를 타고 서서히 퍼진다. 평평한 일상이 아니라, 자신의 뜻과는 상관없이 벼랑에서 피운 삶. 비탈길을 오르고 아찔한 낭떠러지 옆을 조심스레 걸어온 아버지의 삶이 전시관 유리 안에 박제되어 있다.

오늘 아버지의 삶을 다시 읽는다. 그 시절의 화첩을 몇 장

넘기다가 덮는데, 마음의 골짜기에서 아버지의 거친 숨소리가 들려온다. 꾸다 만 꿈처럼 손을 뻗어도 잡히지 않는….

– 〈전북도민일보〉 신춘문예 당선작(2016년)

먹감나무

신정애

한 폭의 수묵화가 펼쳐진다. 시간이 응축된 결 사이로 먹빛 농담들이 그윽하게 번져 있다. 백 년의 세월 속에 잠시 머물렀던 시간들이 망설이듯 멈춰 섰다간 일필휘지 굽이쳐 흘렀다. 마을회관을 지으려고 빈집을 허물면서 베어진 감나무였다. 차탁으로 귀히 쓰인다는 지인의 말을 듣고 찾아간 자리였다. 반으로 자른 단면을 손으로 쓰다듬으니 아릿한 기억들이 묻어나온다.

감이 주렁주렁 달린 시골 마을이 열두 폭 병풍처럼 펼쳐진다. 가을걷이가 끝날 무렵이면 담장을 넘어온 가지마다 홍시가 탐스럽게 익었다. 초가집 일색인 마을에서 단 하나뿐인 기와집이 할머니의 집이다. 고샅길 막다른 곳에 이르면 솟을대문이 어린 나를 압도했다. 거동을 제대로 하지 못하는 증조할아버지가 아래채에 기거했고 본채의 큰 방이 할머니 방이었다. 대문을 들어서면 문고리가 달린 방문이 열리며 긴 곰방대를 문 할머니의 무표정한 얼굴이 담배 연기와 함께 앉아 있었다. 무거운 침묵에 주눅이 들기도 했지만 살가운 큰어머니가 부엌에서 뛰어나와 반겨주었다. 그럴 땐 아래채와 본채 사이로 등이 굽은 작은아버지가 설핏 그림자처럼 지나가곤 했다.

아름드리 감나무 속에 검은 무늬가 들어간 것을 먹감나무라고 한다. 먹감나무는 타닌 성분이 많아서 오래 묵은 심재일수록 무늬가 더 검다. 감을 딸 때 가지를 함께 꺾게 되면 이때 생긴 상처를 타고 빗물이 나무속으로 스며들어 간다. 스며든 빗물이 나뭇결을 따라 추상적인 무늬를 만들어낸다. 나무 안에 먹물을 들인 것 같은 자국은 상처가 크고 깊을수록 더 아름다워진다고 한다. 스스로의 고통을 치유하며 자연이 만들어 낸 담채화이다. 그런 먹감나무는 기품이 있고 아름다워 조각이나 가구 등에 많이 쓰인다고 한다.

작은아버지는 선천적 척추 장애인이다. 늘 땅만 보고 걸어 다녔다. 철없는 동네 아이들이 곱사등이 흉내를 내고 다니면 할머니는 아궁이 속에 지피던 솔가지 연기로 눈물을 감추었다. 제때 호적에도 못 올려 소학교 들어갈 나이가 되고 나서야 몰래 출생신고를 했었다. 증조할아버지는 곱사등이 손자를 부정하고 싶었겠지만, 할머니에게는 평생 품어야 할 가슴 아픈 상처였다.

손이 귀한 종가였다. 아들 셋을 낳고도 집안에 병신 자식을 두어 가문에 흠집을 남겼다는 이유로 시아버지는 며느리에게 마음을 닫아버렸다. 어쩌다 손자가 눈에 띄기라도 하면 도포 자락 젖히며 돌아앉아 눈길도 주지 않았다고 했다. 커다란 바위를 안고 살얼음판을 걷는 시집살이였다. 가슴에 응어리가 맺혀 있던 할머니는 세월이 흐르면서 장수하신 당신의 시아버지와는 등을 돌리며 살았다. 아래채에서 기침 소리가 나면 본채에서 방문 닫히는 소리가 들렸다.

어린 아들을 업고 할머니는 용하다는 곳이면 천리 길도 마다하지 않고 침술원과 한약방을 찾아다녔다. 발품을 판 보람은 없었지만, 덕분에 작은아버지는 냄새만으로도 약초를 구분했다. 침과 뜸을 뜨는 것을 몸으로 익혔고 나중에는 한약을 조제해서 직접 달여 먹었다. 그 당시 시골에 약이라고는 빨간 옥도정기와 종기에 바르는 고약 따위가 전부였다. 마을에서 급체라도 나면 환자 가족들이 찾아와 작은아버지를 업고 갔다. 때로는 이웃 마을에서 침을 맞으러 오기도 하였다. 집

안에 침쟁이를 두었다는 역정이 잦아지면서 용하다는 소문도 담을 넘어 퍼져나갔다. 싸늘한 도포 자락에 서릿발이 날려도 할머니는 집으로 찾아오는 환자들을 애써 막지 않았다.

재주가 많고 돈이 있어도 꼽추에게 시집올 처녀가 없었다. 가끔 혼담이 오갔지만, 병신이라는 결점 탓에 번번이 깨어졌다. 낙담한 할머니의 가슴속에 멍만 깊어져 갔다. 하는 수 없이 꼽추라는 것을 속이고 먼 곳에서 처녀를 사 오다시피 데려와 혼사를 치렀다. 놀란 숙모가 도망이라도 갈까 봐 할머니는 매일 밤 문밖에서 잔기침하면서 밤을 새웠다. 친정집에 논 세 마지기를 안겨주고 시집온 숙모는 행랑채에서 있는 듯 없는 듯 살았다. 해마다 시아버지 눈을 피해 찢어지게 가난했던 사돈집으로 소달구지에 쌀가마니를 실어 보냈다. 자신이 세상을 떠나고 없는 날이면 장애를 안고 홀로 남겨질 아들이었다. 못마땅한 혼사로 망신스럽다는 집안의 냉대가 먹감나무에 빗물이 스며들 듯 가슴에 젖어들어도 묵묵히 견뎌낼 수밖에 없었다.

증조할아버지가 돌아가시자 할머니는 그 이듬해 한약방을 차려서 작은아버지 내외를 분가시켰다. 장애가 죄인이 아니건만 땅만 보고 살던 아들을 새처럼 훨훨 세상 밖으로 날려 보내준 것이다. 뒷마당에 자라던 오래된 감나무 한 그루를 베어 거기에 '감나무한약방'이라는 글씨를 새겼다. 살림나던 날, 큰절 올리는 작은아버지 등을 만지며 할머니는 생전 처음으로 환하게 웃었다. 작은아버지는 먹감나무의 상처 속에 스며든 당신의 소중한 수묵화였다. 눈물과 회한과 아픔과 고통이 어우러진, 세상에 하나뿐인 그림이었다.

검은 멍 자국이 무늬가 되기는 어렵다. 나무는 고통을 제 안으로 온전히 껴안은 후에라야 비로소 한 폭의 수묵화를 완성할 수 있었다. 할머니는 시아버지의 냉대와 동네 사람들의 손가락질과 멸시가 힘들어 비루한 목숨을 아들과 함께 놓아버리고 싶었던 순간도 있었다고 했다. 그러나 그때마다 할머니는 이를 악물고 자신의 힘으로 한 많은 운명을 이겨내었다. 오늘날 작은아버지의 성취는 오롯이 할머니의 지극정성 때문이었다.

상처 없는 삶이 어디 있을까. 조개는 제 살 속을 파고든 모래를 감싸 안아 오랜 시간 고통을 감내한 뒤 아름다운 진주를 만들어낸다. 장애아들은 할머니의 살 속에 파고든 모래알이었다. 고통을 참으며 자신 안의 상처를 조개처럼 감싸 안았다. 인고의 시간을 견디며 작은아버지를 한 가정의 어엿한 가장으로 세상에 내어놓은 것이었다. 상처를 승화시켜 만든 할머니만의 진주였다.

상처받고 힘들었던 날들 속으로 스며든 빗물은 내 삶에 어떤 무늬를 그려 놓았을까? 때로는 감당할 수 없는 빗물이 새어들지라도 참고 견뎌낸다면 언젠가 나만의 무늬가 새겨지리라. 상처가 깊을수록 더 아름다워지는 먹감나무처럼.

길게 가로누운 나무 위에 오후의 햇살이 따사롭다. 검은 무늬 사이로 그 옛날 할머니 집으로 가던 고샅길이 떠오르고 감나무 잎 사이로 바람 소리가 들린다. 정갈하게 가르마를 쪽진 할머니가 곰방대를 물고 미소 짓는다. 햇살 아래 펼쳐진 수묵화가 일순 환해진다.

– 〈동양일보〉 신춘문예 당선작(2017년)

신정애

2016년 신라문학대상

2017년 〈동양일보〉 신춘문예 당선

2020년 〈경북일보〉 문학대전 가작

2020년 《동리목월》 문예대전 장원

한국문인협회, 경북문인협회, 포항문인협회 회원, 보리수필 동인

시애틀의 백 년 된 치킨집 이야기

박지영

가게 앞에는 주인공인 휴대폰보다 조연들이 북적인다. 출연하는 조연도 자주 바뀐다. 라면, 각티슈, 세제 등 저가의 생필품에서 노란 장바구니가 달린 고가의 자전거까지 다양하다.

우리 동네에는 '백년통신'이란 이름의 휴대폰 대리점이 있다. 하루가 멀다 하고 신제품이 쏟아지는 IT 업종에 '백년'이란 상호는 어울리지 않는다 생각하면서도 동시에 묘한 신뢰감을 준다. 몇 달이 못 되어 사라지는 가게들과 달리 백 년 동안 든든히 이 자리를 지키고 있을 것 같은 기분 좋은 착각도 하게 만든다. 당연한 얘기지만 백년통신은 백 년 전부터 우리 동네에서 휴대폰을 판 건 아니다. 개업 1주년 기념 사은행사도 못 하고 문을 닫은 '시애틀'이란 미용실 뒤를 이은 가게다.

재작년 '시애틀'이란 미용실이 동네에 문을 열었다. 비슷한 이름의 카페 프랜차이저가 있어서인지 미용실 상호로는 좀 생뚱맞다 싶었지만, 난 그 시애틀에 호기심이 생겼다. 몇 해 전 영화 '만추'에서 주인공 연인이 시애틀에서 멋진 이별의 키스를 나눈 장면을 보았다. 언젠가 나도 안개 자욱한 날 바바리 깃 세우고 시애틀을 가보리라는 다짐을 해서일까? 그때부터 시애틀은 내게 각별한 도시가 되었다.

미용실 안은 유리 틈 사이로 정탐한 것보다 훨씬 세련되고 아늑했다. 경박하지 않은 탄성으로 편안함을 주는 패브릭 소파, 고급스러운 색감의 천들이 조화를 이룬 퀼트 방석 그리고 정수기 옆에는 주인의 안목이 잘 드러난 격조 높은 커피 잔까지 마련되어 있었다. 미용실에서만큼은 공주 또는 여왕 대접받고 싶은 여자 마음을 잘 읽은 원장의 상술이겠지 라며 괜한 트집을 잡은 나는, 원장이 내어 오는 빛깔 고운 홍차 한 잔에 홀라당 마음이 바꼈다. 시애틀은 인테리어와 소품은 물론이거니와 그에 못지않은 원장의 실력으로 나를 실망시키지 않았다.

시애틀 원장과 나는 파마를 하는 동안 미용실 인테리어와 소품에 대한 이야기를 나누며 서로 취향이 비슷하다고 좋아했다. 유유상종이라고 했든가 비슷한 취향 때문인지 우리는 오래지 않아 속내 털어놓을 만큼 가까운 사이가 되었다. 원장은 꿈이 있다고 했다. 돈 많이 벌면 나중에 딸과 단둘이 제주도 내려가서 여생을 보내고 싶다는 꿈이었다. 제주도 살게 되면 나 초대해 줄 거냐 물었고 원장은 당연히 그러겠다며 환히 웃었다. 우리는 기분 좋은 공약空約을 서로에게 건넸고, 나는 종업원도 없이 혼자 동동거리며 애쓰는 원장의 꿈이 빨리 이루어지길 바랐다.

그러던 어느 날, 예사롭지 않은 광경이 벌어졌다. 시애틀 앞이 인도까지 침범한 공사 트럭과 자재들로 어지러웠다. 단골 미용실을 바꾸게 만들 만큼 마음에 들었던 소품들이 빨간 코팅 장갑 낀 아저씨들의 무심한 손놀림에 트럭으로 던져지고 있다. 파마할 때면 꼭 무릎에 놓고 책을 보던 쿠션에 수놓인 어린 왕자 얼굴도 얼룩덜룩했다. 작은 테이블이나 소품용 조화는 아직 쓸 만한데 아까웠다. 아저씨 그거 버릴 거면 제가 가져가면 안 돼요? 라고 평소 오지랖이면 물어봤겠지만, 묵언수행 하듯 말 없는 아저씨들의 표정에 기죽어 아무 말도 못 했다.

단골을 바꾼 배신행위는 나도 종종 하면서 이번 시애틀 원장의 예고 없음이 그리 서운할 수 없었다. 구경할 만큼 기분 좋은 일이 아닌 줄 알면서도 얼른 자리를 뜨지 못하고 눈앞에서 사라져가는 시애틀을 보다가 동네 아줌마들의 수군거리는 얘기를 듣게 되었다. 점포의 새 주인이 가게를 비워달라고 몇 달을 독촉했다고. 결국 버티다 못해 가게를 접었다는 얘기다. 못 들은 척 서둘러 시애틀을 벗어났다. 가위질할 때보다 홍차 들고 올 때가 더 예뻤던 원장의 하얀 손이 제주도 이름 없는 작은 해변의 물안개마냥 어른거린다. 이젠 가짜 시애틀조차 갈 수 없게 되었다.

한 달 뒤 폐허가 된 시애틀에 Lte급 속도로 공사를 마친 '백년통신'이란 휴대폰 대리점이 문을 열었다. 힘들게 닫힌 문들이 참 발랄하고도 쉽게 열리는구나 생각하며 먼지 하나 없이 깨끗하게 단장한 가게를 보고 있으니 아쉬움과 반가움이 뒤엉켰다. 아장아장 걷는 아들 녀석이 엄마와 함께 가게에 있는 걸 지나다 몇 번 보기도 했다. 그런데 웬일일까? 가게 돌잔치도 못 하고 접은 것이다. 터가 안 좋은 걸까? 가게 이름에 걸맞게 백 년은 아니어도 최소 몇 년은 해야지…. 일 년 만에 또 인테리어 공사 차량이 보인다. 매장 안에는 주연인 휴대폰은 귀하신 몸 감추고 조연인 사은품들만 널브러져 있다. 사장님 아기의 불자동차도 보인다. 맞은편 휴대폰 가게의 투명한 유리문이 오늘따라 활짝 열려 있다.

미용실, 휴대폰 대리점, 이번에는 또 뭘까? 시애틀, 백년통신, 그 다음은 또 어떤 이름의 간판이 파란 하늘 위에 매달릴까? 인테리어 업자의 트럭은 시애틀 원장의 제주도 꿈도, 아들 대학 보낼 만큼 오래 하고 싶었던 젊은 부부의 꿈도 모두 실어 갔다. 이번에는 또 어떤 꿈을 입주시킬까? 한 달 정도 분주하게 공사하고 들어선 가게는 그리 신선하지 않은 업종인 치킨집이었다. 간판에는 한 쌍의 닭이 그려져 있었다. 가게 이름은 '토종치킨'이었다.

토종닭은 풍광 좋은 산중턱 요릿집에나 어울리지 아파트 빽빽한 도심 치킨집에 토종닭이라니. 영원히 손익분기점을 넘기지 못하는 건 아닐까? 치킨을 별로 좋아하지 않는 나였지만, 맛도 궁금하고 간판의 사연도 궁금해 가게 오픈을 기다렸다. 게다가 일주일 동안 오픈 행사로 3,000원 할인에다, 매장으로 가지러 가면 2,000원 중복할인까지 된다고 했다. 돈 쓰는 거 알면서도 돈 버는 것 같은 기분 좋은 착각을 하며 가장 비싼 치킨을 주문했다. 10평 남짓한 가게에는 속된 말로 '오픈빨'인지 주문 전화가 많았다. 50대 후반으로 보이는 아저씨는 전화와 포장을, 아내분으로 보이는 아주머니는 요리를 담당하고 있었다. 메뉴와 주소를 재차 확인하고 전화를 끊은 사장님은 나를 보고 "어서 오세요"라며 입꼬리만 올라가는 어색한 웃음을 지었다. 사장님은 치킨집과는 다소 어울리지 않아 보였다. 열심히 하겠다는 의지는 있으나 아직 적응 못 한 인턴 같다고나 할까? 밤색 재킷은 가게 구석에 쌓여 있는 커다란 철제 기름통과도, 차례를 기다리고 있는 털 뽑힌 닭들과도 조화를 이루지 못했다.

주문한 닭이 먹음직스러운 빛깔로 아주머니의 손에 들려 나왔고 사장님은 서툴지만 꼼꼼하게 포장을 시작하였다. 그런데 그때 사장님의 재킷 깃에서 무언가 반짝였다. 자세히 보니 우리나라 대기업 배지였다. 그제서야 부조화의 비밀을 짐작할 수 있었다. 사장님은 대기업에서 이름만 명예로운 '명예' 퇴직을 하고 인생 2모작으로 치킨집을 시작했나 보다. 그런데 재킷에서 절대 떨어질 수 없다는 듯 매달린 저 배지는 어떻게 된 걸까? 몇 달이 지나도록 배지 빼는 일을 잊은 것도 아닐 텐데 말이다. 혹, 기생 천관에게로 김유신을 데려간 애마처럼, 퇴직한 회사에 아직도 미련을 버리지 못한 사장님 속마음을 두 손이 알아채고 재킷에 매달린 것일까?

"사장님. 치킨집 이름 정말 잘 지으셨네요!"라고 마음에도 없는 말을 하고 서둘러 나왔다.

우리 집에도 그 사장님을 롤모델로 하고 있는 인생 후배가 있다. 작년, 남편은 회사에서 특별히 희망을 가지라고 이름

붙여준 '특별희망퇴직'을 하였다. 생각과 달리 '특별한 희망'은 아직 우리 앞에 모습을 드러내지 않고 있다. 남편은 퇴직 후, 창업이다 세계여행이다 견적 뽑느라 회사 다닐 때보다 더 바빴다. 기약 없는 여행을 위한 안내 책자와 시니어 창업지원센터 등의 안내문들이 수북이 쌓여갔다. 세계여행이다 창업이다 꿈도 많더니 견적만 일 년째다. 그도 그럴만하다. 세상은 남편의 희망을 북돋우기는커녕 절망으로 바꾸는 뉴스들로 넘쳐난다. 무엇 하나 만만치 않아 이러지도 저러지도 못하는 남편은 손바닥만 한 집에서 종종걸음이다.

꿈을 실어 나르는 인테리어 아저씨의 트럭이 동네에 몇 차례 더 오가는 동안 토종치킨집 간판의 닭 한 쌍은 프랜차이즈 가게의 닭들보다 더 오동통하게 살이 올랐다. 남편도 기나긴 정보 사냥을 끝냈는지 평소 관심 있었던 3D 프린터 강좌를 신청했다고 한다. 서둘러야겠다. 언젠가 혼자 바바리 깃 세우고 가겠노라 마음먹었던 시애틀을 남편과 함께 다녀와야겠다. 생각보다 빨리 선물 받아 아직은 낯선 우리의 '황혼신혼'과 '특별'한 '희망'을 찾아 나선 남편의 용기를 응원하러 말이다. 돌아오는 길엔 영화 속 연인보다 더 깊고, 더 긴 입맞춤을 하리라.

백 년 뒤에도 시애틀의 백 년 된 토종치킨집에 주문 전화를 걸면 밤색 콤비 입은 사장님의 목소리를 들을 수 있을까?

– 〈머니투데이〉 경제신춘문예 당선작(2017년)

박지영

2017년 〈머니투데이〉 경제신춘문예 당선

2019년 〈매일신문〉 신춘문예 동시 당선

황동나비경첩

이상수

화초장 위에 황동나비가 고요히 앉아 있다. 흡밀吸密이라도 하듯 미동이 없다. 철심鐵心 박힌 나비의 반쪽은 몸판에, 다른 쪽은 문짝에 단단히 고정되어 있다. 문을 여닫을 때마다 황금빛 날개가 팔랑거린다.

친정 안방에 놓인 화초장은 어머니가 시집올 때 가져왔다. 두 칸짜리 문판에 단아하게 매화가 그려졌고 황동나비 세 마리가 돋을새김 되어 있다. 안쪽엔 해충의 침입을 막으려 한지를 덧발라 놓았다. 위 칸엔 모시적삼을 비롯해 두루마기와 유건이 걸리고, 아래 칸엔 치마저고리며 처녀 때 손수 수놓은 베갯잇이 포개져 있다.

친정 부모님이 부부의 연을 맺은 것은 육십 년 전이었다. 열다섯에 가장이 된 책임감 강한 아버지와 놀기 좋아하던 철없는 막내딸 어머니는 초례청에서 처음 만났다. 당시엔 으레 그랬듯, 연애 기간을 갖지 못한 동갑내기 부부의 성격은 판이했다. 아버지는 섬세하며 꼼꼼했고 어머니는 대범하고 쾌활했다. 한번 일을 시작하면 끝을 보는 아버지와 싫증나면 바로 그만두는 어머니의 동상이몽이 시작되었다.

두 분이 일하는 방식은 매우 달랐다. 어머니는 부지런히 몸을 놀리는 편이었고 아버지는 몸보다 머리가 부지런했다. 아버지가 차근차근 계획을 세우고 있는 동안 어머니는 호미를 들고 논밭으로 내달렸다. 어머니가 보기에 아버지는 지나치게 굼떠 보이고 아버지가 보기에 어머니는 너무 조급해 보였다. 농촌에서 몸을 쓰지 않는 일을 찾기란 여간 어려운 일이 아니었다. 그러던 어느 날, 아버지는 돈을 많이 벌어 식구들을 편안하게 해주겠다며 대처로 나가 옷가게를 차렸다. 머릿속으로 셈해 본 이익은 컸겠지만 날이 갈수록 손실이 났다. 한번 시작한 일이라 어떻게든 성공하고 싶은 마음에 다급히 논밭을 팔아 메웠으나 더욱 밑 빠진 독이 되어갔다.

어머니가 눈물로 아버지를 말렸지만 본전 생각은 당신을 깊숙한 늪 속으로 끌어당겼다. 결국 마지막 남은 땅마저 넘기려 하자 어머니는 논바닥에 드러누웠다. 차가운 비가 야윈 몸을 파고들었고 죽을지도 모른다는 공포가 어린 우리 마음에 파고들었다. 울며불며 매달리는 자식들을 보더니 결국 아버지는 가게를 정리했다.

한동안 잠잠하던, 사업에 대한 꿈은 쉽사리 접히지 않았다. 어느 해, 초등학교 근처에 있는 땅을 세내어 시멘트블록 공장을 차렸다. 건물 한 채 없고 직원은 달랑 어머니뿐이라 딱히 공장이랄 것도 없었다. 학교를 파하고 돌아오면 어머니는 혼자서 젖은 블록을 나르고 있었다. 갓 찍어낸 블록은 살짝 건드리기만 해도 귀퉁이가 무너져 쓸 수 없게 된다. 어쩌면 어머니의 두 손에 들린 것은 젖은 블록이 아니라 위태로운 사업인지도 몰랐다. 아버지는 미수금을 거두기 위해 사방팔방 뛰어다녔지만, 사고로 몸을 다쳐 일 년도 못 넘기고 공장을 접을 수밖에 없었다. 결국 다시 농부의 삶으로 돌아왔다.

육십여 년, 온갖 풍상을 겪은 화초장에는 세월의 더께가 앉아 있다. 문짝은 헐거워지고 나비는 녹이 슬어 빛이 바랬다. 군데군데 갈라진 틈을 메운 흔적이 우툴두툴하다. 손바닥으로 쓸어보면 쓸쓸함이 분가루처럼 묻어난다. 한사코 밖으로만 떠돌던 아버지와 그걸 말리려던 어머니의 시간이 아릿하게 전해져온다.

신혼 때 남편과 나는 아귀가 잘 맞았다. 언제나 그러리라 의심하지 않았지만, 시간이 지날수록 관계는 헐거워지고 말았다. 쌓인 피로로 집안을 제대로 챙기지 못할 때가 많았고 육아와 맞벌이로 괜스레 짜증을 부린 적도 있었다. 아귀가 잘 맞지 않아 자주 삐거덕거렸다.

그즈음이었을까? 친정집 윗목에 묵묵히 앉아 있는 화초장이 새삼 눈에 들어온 것이. 전에는 낡고 색이 바래 별로 대수롭잖게 보았다. 친정에 들를 때마다 하도 낡아서 새것으로 바꾸는 게 좋겠다며 괜히 어머니를 핀잔했다. 하지만 당신은 한사코 손사래를 쳤다.

어릴 적, 잠결에 무슨 기척이 느껴져 눈을 떠보면 어머니가 화초장에 기대앉아 있곤 했다. 아버지와 고성이 오간 날이었을 것이다. 입으로는 무언가를 되뇌며 화초장을 연거푸 문지르고 있었다. 마치 어떤 의식을 치르는 사람 같아 보여 엄숙하기까지 했다. 아침에 일어나 보면 경첩에서는 반짝반짝 윤이 났고 어머닌 언제 그랬냐는 듯 우리 도시락을 쌌다.

여닫는 문은 물론이고 안경다리를 접었다 펴거나 피아노 뚜껑을 여닫는 데도 경첩이 쓰인다. 만약 그것들이 풀이나 노끈으로 만들어졌다면 얼마나 쉽게 망가질 것인가. 사교댄스에서 회전하는 축을 어느 한쪽 발끝에 두고 체중을 옮기면서 회전하는 것도 경첩이라 한다. 그러고 보면 어느 한쪽이 자신의 궤도에서 이탈하지 않도록 잡아주는 것은 모두 경첩이라 할 수 있겠다.

반백 년을 함께 산 친정 부모는 이제 서로가 단단히 연결되는 방법을 안다. 헐거워진 화초장 문짝처럼 어느 한쪽이 떨어져 나가려 할 때 다른 한쪽은 그것을 단단히 붙잡아주어야 한다는 것을. 상대방을 신뢰하며 끝까지 기다려주어야 한다는 것을. 아버지는 안정된 가계를 위해 여러 가지 일을 벌였다. 생각대로 풀리지 않아 절망도 했고 그대로 주저앉아 일어서고 싶지 않을 때도 있었지만, 어머니는 그때마다 경첩이 되어 주었다.

그동안 밖으로 나돌던 나는 여러 가지 일을 전전했다. 한 가지를 오래 하지 못하는 탓에 여러 직업을 가져야 했고 적응하는 동안 온 힘을 쏟았다. 그만큼 집안일은 소홀할 수밖에 없었다. 저녁 끗거리며 아이들 챙기는 일까지 도맡아 했을 때 남편의 심정은 어땠을까? 변화를 싫어하고 질서정연한 것을 좋아하는 그는, 어질러진 집 안을 치우고 나의 빈자리를 메우면서 늦은 귀가를 반갑게 맞아주었다.

잦은 사업실패로 헐거워지려는 아버지를 붙들어준 것은 어머니이고, 내가 돈을 번다는 핑계로 밖으로 나돌 때 붙들어준 것은 남편이었다. 그렇게 두 사람이 경첩이 되어 주었기에 화초장처럼 든든하게 가정을 지탱할 수 있게 된 것이 아닐까.

기와 가루를 가져와 나비의 날개를 닦는다. 세 마리 황동나비는 여전히 단단하게 문짝을 붙잡고 있다. 녹슬어 있던 황동나비가 천천히 날갯짓을 한다. 매화나무 위에 앉았다간 팔랑팔랑 안방을 날아다닌다. 나비가 날아간 자리마다 매화향이 가득 퍼진다.

– 〈영주일보〉 신춘문예 당선작(2020년)

이상수

2019년 신라문학대상 수필 부문 수상

2020년 《에세이문학》 추천 완료

2020년 제주 〈영주일보〉 신춘문예 당선

2022년 더 수필 빛나는 수필가, 좋은수필 10선 선정

현 〈울산신문〉 '금요일에 읽는 에세이' 필진

종이접기

이춘희

색종이 위에 온 마음을 담는다. 모서리를 맞추어 엄지로 지그시 누른다. 멀리 떨어진 꼭짓점을 맞대고 힘주어 문지른다. 접을수록 좁아지는 종이를 따라 마음도 쪼그라든다.

종이접기는 유년의 나를 다양한 상상의 나라로 데려갔다. 비행기를 타고 구름 위를 올라 손오공을 만나고, 돛단배를 타고 무인도에 발을 디뎠다. 종이 인형에 빨간 저고리와 초록 바지를 입히며 엄마가 된 듯 흐뭇했다. 완성품을 만날 때마다 동심은 꿈속을 걸었다. 그 뒤로 성취감과 자신감이 따라왔다.

사춘기에 접어들면서 색종이는 시야에서 멀어졌다. 하지만 보이지 않는 종이가 마음속에 자리 잡고 있었다. 옳고 그름을 분별하지 못해 좌충우돌하며 마음의 종이를 무던히도 접었다. 교과서적인 자를 들이대고 접은 모서리는 칼날처럼 날카로웠다.

결혼 후 사 년 만에 우리 부부는 생명의 싹을 얻었다. 마음속에 드리워져 있던 무거운 커튼이 걷혔다. 하지만, 쏟아져 들어오는 기쁨을 느끼는 것은 잠시였다. 어머님과 남편은 내 몸속의'점'이 훌쩍 자라서 고등학생이 되기까지 성장 과정을 짚어가며 직장을 그만두도록 다그쳤다. 아이는 엄마가 키워야 한다는 어머님의 생각은 단호했다.

팔 년 동안의 교직 생활은 어려움도 많았지만, 아이들과 만남에서 생기를 얻었고 보람도 적지 않았다. 어려운 일을 함께 헤쳐나가고 꿈을 심어주는 일이 신나고 재미있었다. 직장을 그만두면 나는 없어지고 남편과 아이의 조력자로서 살아가는 것이 아닐까 하는 두려움이 몰려왔다. 며느리와 아내의 삶에는 안중에도 없는 것 같아 시어머님과 남편에게 서운한 마음도 들었다. 나도 모르게 마음을 눌러 접었다.

퇴직 결정을 해야 하는 한 달 동안 온갖 생각이 머릿속을 드나들었다. 어린 시절의 날들이 스쳐 지나갔다. 학교가 끝나고 집에 왔을 때 혹시라도 엄마가 없는 날은 텅 빈 마음을 달래느라 괜히 문풍지를 뜯었다. 태어나는 아이에게 허전한 마음을 주고 싶지 않았다. 서늘했던 유년의 기억들이 접었던 마음을 펴라고 재촉했다. 마지막 출근하던 날 교정을 나서는 나를 향해 창문에 옹기종기 붙어서 손을 흔들던 아이들 모습이 아직도 눈에 선하다.

크고 작은 차이는 있지만 사람살이가 끊임없는 접고 펴기의 연속이 아닐까. 주먹을 꼭 쥐고 태어났지만 펴는 것은 나의 몫일 게다. 종이를 접을 때는 머리와 손이 속삭이며 신중하게 접는다. 하지만 펴는 것은 책장 한 장 넘기는 만큼이나 쉽다. 마음접기는 나도 모르게 접히고, 펴기는 너럭바위를 옮기는 만큼이나 어렵다. 이해, 용서, 사랑 같은 넓은 품이 필요해서이리라.

몸속의 관절은 쉴새 없이 오므리고 펴는 곳에서 새로운 길을 만난다고 말한다. 관절의 접고 펴는 작동이 없으면 한시라도 살아갈 수가 없을 게다. 기지개를 켜면 혈관이 유연해지면서 온몸 구석구석으로 피가 흐른다. 새도 날개를 펼쳐야 높이 날아올라 먹이를 쉽게 찾을 수 있지 않은가. 마음을 편 길 위에 건강하게 성장하여 사회인이 된 두 아들이 서 있다. 내 이름을 남길만한 큰일은 못 했지만, 세상을 떠나더라도 나의 흔적이 남아 있다고 생각하니 든든하다.

종이가 된 나무도 비바람과 해충, 아래로 향하는 자연의 힘을 견디려고 무던히도 접고 펴는 생이 있었으리라. 인고忍苦의 세월을 보낸 섬유소가 물에 부풀려져 체에 걸러지고 압착을 받아 종이가 되었다. 어쩌면 삶의 이정표가 되어 내 앞에 놓여있었는지도 모른다.

바램을 실어 띄우던 종이배를 만든다. 접었던 흔적의 선들이 다음 접기의 기준이 되기도 한다. 살면서 마음접기로 그어진 선들이 내가 가야 할 길을 안내해 주었던 게 아닐까. 접고 펼치기가 반복되는 과정이 있어야 작품을 완성할 수 있음을 다시 깨닫는다.

요양보호센터 어르신들이 종이접기 하는 프로그램을 보았다. 굵은 주름이 생겨 고랑을 이룬 손으로 느리게 종이를 쓸어내린다. 신은 인간에게 빌려주었던 능력을 시간이 지나면 서서히 거두어가는 듯하다. 두뇌의 유연성, 고막의 탄성, 뼈의 강도, 근육의 힘을 반납 중이신 어르신들은 이 세상에 첫발을 디딜 때의 모습처럼 어눌하다. 신의 섭리 앞에서, 말라가는 줄기 끝에 물기를 공급하려는 듯 어르신들의 온 마음이 종이 위에 놓여있다.

간단한 꽃을 만들고 나자 얼굴에 웃음이 가득하다. 종이 색깔만큼이나 다양한 웃음 속에는 다사다난했던 인생이 보인다. 고단했던 삶을 이어준 힘은 종이접기가 끝났을 때 찾아온 기쁨이 아니었을까. 인생의 미로를 걸으며 마음을 접고 펴면서 수많은 완성품을 만들었지 싶다. 어르신들의 기억은 접촉불량의 형광등처럼 불규칙적이지만, 느릿하게 종이접기를 하며 아직도 마음 접기를 하고 있으리라.

책꽂이 한 편에 인생의 보물이 놓여있다. 교직 사 년째 새로운 보금자리를 틀던 날 아이들이 가져온 선물이다. 이사 다닐 때도 천 마리의 학이 든 유리병은 가장 먼저 자리를 잡았다.'천 마리의 종이학을 접으면 소원이 이루어진다.'라는 소문을 아이들은 믿었던 모양이다. 선생님의 행복을 바라며 유리병 속에 수천 번의 접고 펴기를 담았으리라. 생각이 실타래처럼 엉길 때 병을 보며 마음 펴자고 스스로 다독였다.

헤르만 헤세는 세상에서 영원한 것은 변화와 도피뿐이다고 말하지 않았던가. 수십 번의 생일을 맞으며 끝이 없었던 나의 도피처는 마음속의 종이접기였다. 이순이 넘도록 꾸민 동산에 갖가지 꽃과 벌, 나비가 보인다. 꿈을 실어나르던 비행기와 배가 느리게 움직이며 여유로움을 운반한다. 마음을 접고 펴면서 만났던 다양한 인생길이 이제는 삶의 의미와 멋으로 다가온다.

접었던 종이를 편다. 덩달아 넓어지는 마음 위에 한 마리의 학이 날개를 펼친다.

– 〈전북도민일보〉 신춘문예 당선작(2022년)

이춘희

2018년 동서커피문학상

2019년 계간 《문장》 신인상

2020년 경북문화체험 전국수필대전

2021년 경북이야기보따리 공모전

2022년 〈전북도민일보〉 신춘문예 당선

3부

우리 집 상어 이야기

박지평

상어를 두고 '시카고의 갱'이라 부른다. 검은 등과 흰 뱃살, 날카로운 이빨과 지느러미, 거친 바다를 제 세상인 양 유영하는 모습은 과연 바다의 '갱'이라 불릴 만하다.

'영천 장 돔배기*'라는 상어를 처음 본 것은 결혼해서다. 시댁의 곳간에는 시래기며 토란 등 말린 채소를 걸어두는 바람벽이 있었다. 돔배기는 그곳 한 편에 매달려 있었는데 새끼줄에 꿰인 채였다. 독 간으로 딱딱해진 베개 뭉치 같은 것을 본 순간, 맛보다는 외양이 더 궁금했다. 살덩어리일 뿐 머리도,

---

* 돔배기: 돔발상어의 경상도 사투리

꼬리도, 뼈조차 없었기 때문이다.

푸줏간 주인이 쇠고기를 자르듯 저며 와 쌀뜨물에 담근다. 밥이 뜸 들기를 기다려 뚝배기에 담아 찐다. 지금도 생각하지만, 어르신의 찬으로 그만한 것이 더 있을 성싶지 않다.

시누이를 시집보낼 때는 '두치'라고 하는 커다란 상어 머리를 아예 통째로 샀었다. 푹 삶아 연골을 발라낸 후 실고추를 섞어 삼베보자기에 굳혔던 기억이 난다. 지금도 포항이나 경주 지방의 잔치에 가면 그 수육을 맛본다. 비리지 않고 담백한 것이 초고추장과 어울려 육류와는 다른 맛으로 구미를 사로잡는다.

제사 때면 믿느니 상어다. 우선 요리가 쉽다. 알맞은 토막으로 간까지 챙겨주므로 꼬치에 꿰어 구우면 된다. 레몬즙이나 와인을 뿌려보나, 그대로가 나았다. 반석처럼 평평해서 높이 괴고 보면, 선비가 진솔 두루마기를 입고 좌정한 듯 태깔이 여간 엄전해 뵈지 않는다. 산적만으로도 제사상은 효성스러워 보인다.

마피아처럼 무지막지한 물고기가 온마리 아닌데도 일약 백작의 품계로 홍동백서 곁에 올라 숭앙을 받는 데는 그만한 이유가 있을 것이다. 먹이 사냥 함부로 한 죗값으로, 내 한 몸 토막토막 대꼬챙이에 꿰져 끝없이 제물로 바치겠다는 보시의 뜻이 거울처럼 맑디맑은 맛으로 응집된 게 아닐까. 조상님의 젓가락이 조기를 제치고 돔배기 적에 빈번할 거란 짐작은 잘 굽힌 상어를 제기에 담을 때마다 느껴지는 생각이다. 경상도 이외에는 흔치 않다 보니 떠나는 제관의 보퉁이에 두어 꼬치 찔러 넣고 보면, 돌아오는 인사 역시 살점처럼 푸지고 오달지다.

시집와서 얼마 되지 않아서다. 시어머니는 제삿날이 쭉 적힌 한지 한 장을 내밀며 앉음새를 꼿꼿이 하셨다. "찬물 안 떠 놓을 바에는 이 정도는 괴야 하느니." 방바닥과 당신의 손바닥 사이는 30센티쯤이었다. 돔배기 산적은 그 말씀을 따르는 우리 집 제수 중의 대표 주자이다.

어느 해였다. 시어머니가 갑자기 상어를 피하셨다. 밥상에 올린 상어구이가 그대로였다. "이제 내 상에는 상어란 놈은 올리지 말거라. 원, 해녀를 해치지 않나, 아이 무서워." 아기처럼 두 주먹을 쥐고 몸을 떠셨다. 동해안 방어진에 백상아리가 나타났다는 거다. 뉴스를 들으셨단다. 나는 그때, 상어의 출현보다 당신의 "아이 무서워"가 더 뉴스감이라 여겼다. 당신이 무서워하는 것이 있으리라곤 한 번도 생각해 본 적 없었다. 당신은 최 가에 반곱슬머리, 거기다 옥니가 아니던가.

상어의 이빨도 옥니다. 백상아리는 삼각형의 톱날 같은 이빨로 물개나 바다사자를 갈기갈기 찢는다. 영화 '죠스'에 등장하는 무법자다. 그 위협적인 이빨 앞에서는 잠수부나 해녀도 당해낼 재주가 없다. 「노인과 바다」에 나오는 청상아리 역시 난폭함이 백상아리 못지않다. 그러나 우리가 즐겨 먹는 악상어는 사람을 공격하는 경우가 거의 없다. 오히려 달아나기 바쁘다. 익으면 줄어드는 준다리나 양지기의 배폭지는 악상어 중에서도 맛과 식감을 일품으로 친다. 주로 그들을 고른다. 이 모든 걸 말씀드린다 해도 이해하실 것 같지 않았다.

상어를 제사상에 올려오고 있다. 죽은 이도 부모니까 자식들이 잘 먹는 걸 보면 좋아하실 테지, 그래서 눈감아 주실 것이란 게 내 생각이다. 그러나 "아이 무서워"가 생각나 찜찜한 마음을 금할 수 없었다.

애써 영정의 시선을 피한다. 어쩌다 마주치면 때로는 꾸짖는 듯하고 어떨 땐 웃으시는 듯하다. 꾸짖는 모습일 때는 "내가 너를 시집 좀 살렸기로 이것으로 복수하느냐."는 일갈이 금방이라도 내릴 것 같다. 웃으시면 보통의 어머니다.

상어는 완벽한 물질을 만들어내는 자연이므로 우리는 그들로부터 많은 것을 얻는다. 간유로 스쾰렌을, 껍질로는 가죽을, 이빨은 장식품이 된다. 지느러미는 값비싼 삭스핀으로 거듭난다.

껍질로 삭스핀 수프 흉내를 낼 때가 있다. 껄끄러운 표면을 뜨거운 물로 벗겨 낸 후 게살을 섞어 수프를 끓이면, 조각은 대서양 심해의 상어 떼로 솟구친다. 잘 푼 계란의 흰자위를 조용히 드리우면, 바다 가까이에 내려앉은 흰 구름이 나를 이끈다. 마음 놓을 순간 없이 밀려오던 생의 파도들, 휴식도 없어 숨고만 싶던 일상을 깨고 나는 무한 속 저 광활한 자연의 품에 안겨 여행을 떠난다. 박진감 있는 몸놀림으로 멀리 산호초가 있는 곳으로. 돌아오는 날은 단잠을 깬 겨울 아침처럼 밀린 책무가 오히려 고맙게 여겨지리.

남편은 그리 효자랄 수 없었다. 자상하지도, 곰살궂지도 못했다. 이제야 철이 드는지 부모님의 기일이 오면 유별난 구석이 보인다. '귀신같이 찾아온다.'는 말도 있는 만큼 그러지 말라 해도 막무가내다. 1층까지 내려가 엘리베이터로 모셔온다. 포옹한 듯 손잡은 듯 허리 굽혀 안내하는 동작이 흡사 판토마임을 보는 듯하다.

몇 년 전부터는 축문 순서를 아예 가정사 보고 시간으로 바꾸고는 "아버님, 어머님 저 아무개올시다."로 시작해서 날씨 이야기로 이어졌다. "밖이 쌀쌀합니다. 옷은 따뜻이 입고 오셨는지요." 비가 오면, "젖지나 않으셨는지요."다. 몸 만나는 기쁨에 말투까지 생기가 넘친다. 그럴 때는 촛불마저 일렁거려 조명을 더한다. 죽음과 삶의 경계가 허물어지는 모호한 기분에 휩싸여 나는 코끝이 시큰해져 오건만, 일찍부터 웃음을 참던 손아랫동서는 기어이 입을 막고 밖으로 뛰쳐나간다. 배웅도 그렇다. 어깨를 감싸는 자세로 어디까지 갔다 오는지 한참 만에야 들어온다.

부모에게 알뜰치 못한 이가 아내에겐들 살뜰했으랴. 물 만난 개구쟁이처럼 저지레만 일삼는다고 여겨질 때가 많았다. 그 물장구에 짓눌린 수초와도 같다는 생각을 한다. 감정은 믿을 게 못 되어 그것으로 잣대를 잡을 순 없다 하더라도, 혼자만의 자유분방은 내 삶을 얼마나 막막한 짐으로 만들던가. 그러나 제사 때의 그의 행동은 이 모든 것을 쓸어버릴 정도의 순수로 다가온다. 내가 흉내조차 내지 못할 믿음이 그의 안에 존재하고 있었던 거다. 그것은 너무 신선해서 떠올리기만 해도 나는 삭막하고 그는 아름답다.

어저께는 시어머니의 기일이었다. 사신을 마친 후 두 분을 부축해 나가던 그가 황급히 도로 앉으시게 한다. 철상을 서두르던 모두가 의아해하며 다시 엎드렸다. 담배와 커피를 잊었다는 거다. 담배에 불을 댕겨 시아버지 앞에 올리고 커피는 시어머니께 드렸다.

낮게 엎드려 눈 감은 그의 주위로 꺾인 향과 음식의 냄새가 진하게 번져왔다. 요람처럼 포근한지 일어날 기척이 없다. 등에 눈길이 갔다. 돔배기 적처럼 4각 져 있다. 태평양 바닷길을 종횡무진 누비던 상어다.

영정의 시어머니가 웃고 계셨다. 나는 상어의 진설을 놓고, 이젠 더 이상 당신의 눈치를 보지 않아도 되겠다는 생각이 슬며시 들었다.

– 제16회 신라문학대상 수상작(2004년)

박지평

2004년 제16회 신라문학상 수필 부문 수상

《월간문학》 등단

대구매일 생활수기 금상

대구문인협회, 대구여성문인협회, 대구수필가협회 회원

물풀과 딱풀

허효남

월말이면 습관처럼 편지를 보낸다. 고작해야 작은 문학회의 월례회 안내장에 불과하지만, 그것은 내게 번거롭고도 소중한 시간을 선물한다. 풀로 회원들의 주소를 하나하나 붙이다 보면 가끔씩은 받는 이의 안부가 궁금해질 때도 있고, 작품을 발표할 사람의 차례에는 새 글에 대한 기대로 벌써부터 가슴이 뛰기도 한다. 끈적끈적한 풀로 봉투를 모두 붙이고 나면 내 마음마저 끈끈하게 동인들 곁에 다가간 것 같아 이 일은 늘 귀찮으면서도 즐겁기 그지없다.

어느 달엔가는 봉투를 붙이다가 풀이 다 되어버린 적도 있다. 슬리퍼를 신고 동네 문구점으로 급하게 뛰어갔다. 하지만, 정작 풀은 사지도 못한 채 오히려 고민에 빠져 버렸다. 신랑각시처럼 나란히 붙은 물풀과 딱풀, 그 중 어느 것을 고를지 갈등이 된 까닭이다. 언제부터인가 뒷마무리가 깔끔한 딱풀이 등장하면서 물풀은 오래된 유물인 양 뒤 안으로 물러나게 되었다. 그것은 잘못 누르면 흥청망청 갈지자의 취객이 될 뿐 아니라, 손에 쩍쩍 감기는 추태까지 부린다. 오히려 그런 칠칠맞고 세련되지 못한 느낌 때문인지 나는 이날 물풀을 집어 들었다. 모질지 못하고 무른 데다 수필 공부 한답시고 흐느적흐느적 감정을 흘려대는 꼴이 꼭 나와 닮았다고 여겨져서이다.

물풀 같은 사람이 있는가 하면 딱풀 같은 사람도 존재한다. 천성이 우유부단해서인지 나는 누구의 부탁을 거절하거나 딱 부러지게 내 의사를 잘 드러내는 데 서툴다. 이런 감정의 흐리멍덩함으로 인해 오해도 많이 받았지만, 어쩌면 이 흐리터분함 덕분에 결국 남편과의 만남도 이루어진 것 같다.

매사에 끊고 맺음이 분명한 그이는 연애 시절 경기도에서 주말마다 꽃을 사 들고 대구로 오곤 했다. 먼 거리를 왕복하는 고마운 마음에 미안함과 호감이 섞여 만남을 이어갔고, 일 년 후에는 부부라는 이름으로 그와 내가 한집에서 살게 되었다. 그이가 사 들고 온 노란 프리지어처럼 결혼은 모든 것을 화사하게 밝혀 줄 거라 기대했었다. 하지만 물풀 같은 나와 딱풀을 닮은 그의 결혼 생활은 순탄하지만은 않았다.

나는 물풀 같은 진밥을 좋아하고 그이는 딱풀 같은 고두밥을 즐긴다. 물컹물컹 씹혀서 부드럽게 잘 넘어가는 죽밥을 내어놓으면, 그는 알갱이가 톡톡 톡 살아있는 밥이 먹고 싶다고 타박을 한다. 계량컵을 들고 부산을 떤 지 서너 달이 지나도 상 위에 진밥만 오르자, 결국 그것 때문에 우리는 다투고 말았다.

물풀처럼 끈적끈적한 인정이 넘쳐흐르는 재래시장을 나는 좋아하지만, 딱풀처럼 잘 정돈되고 깨끗한 대형마트를 그는 더 선호한다. 계절마다 바뀌는 시장의 모습을 내가 넋 잃은 듯 바라보면, 그이는 볼멘소리로 꼭 한 마디씩 초 치는 말을 던지고 만다. 고등어 눈이 이렇게 흐리멍덩해서 어디 사 먹겠느냐, 국내산이라고 할머니들이 내놓은 콩은 모조리 중국산일 거라고 말이다. 그이의 청대로 다음번에는 대형마트에 가보지만, 두 시간에 걸친 충동구매 끝에 양손 무겁게 짐을 들고 돌아오자 또다시 말다툼을 하고 말았다.

나는 물풀같이 물크러진 성격 탓에 따지기를 꺼려하지만 그는 딱풀처럼 딱따그르 말싸움도 서슴지 않는다. 식당에서 머리카락이 나오면 그럴 수도 있다며 내가 얼버무리는 데 반해, 그이는 단골식당의 복어찜에서 다른 때보다 고기가 적게 나온 날에는 어김없이 주방장과 다투고야 만다. 하물며 극장에서 담배를 피우는 학생들을 발견하고는 고래고래 소리를 질러 주변 사람의 눈총을 한꺼번에 받은 적도 있다.

주말이면 나는 물풀 모양으로 끈질끈질한 이웃들의 모습이 정겨워 어머님과 전국노래자랑을 본다. 반면 그이는 젊은 사람이 뭐 그런 걸 보냐며 한마디 툭 던지고는 안방으로 들어가 홀로 박자가 딱딱 떨어지는 최신가요 채널을 돌린다. 어머님과 둘이서 끈지근한 트로트를 흥얼거리면, 그는 혼자서 딱따개비 마냥 리듬 빠른 인기가요를 엉덩이춤까지 곁들여 신나게 따라 부른다.

어쩌다 외출을 할 때도 그렇다. 나는 물풀처럼 가는 곳마다 감정을 철철 흘리고 다니고, 딱풀 같은 그이는 딴딴한 표정으로 내 감상이 멎기만을 기다린다. 붕어빵을 보면 나는 호떡 굽는 농아인 부부를 소재로 한 「침묵」이라는 수필이 떠올라 그에게 전해주고 싶어 하지만, 그이는 다른 곳보다 호떡이 비싸다는 한마디 말로 내 입을 막아 놓고서야 직성이 풀린다.

문구점의 물풀과 딱풀은 나란히 붙어 있어도 항상 선택되기 위해 자리다툼을 벌인다. 통상적으로 많이 사용되는 딱풀에게 밀려날까 봐 물풀이 향기를 머금는가 하면, 고운 색으로 몸을 물들이고 반짝이를 바를 때도 있다. 이에 뒤질세라 딱풀은 더욱 세련된 디자인으로 겉옷을 갈아입고, 우둔한 물풀보다 자신이 현대적이라며 광고까지 한다. 기득권을 가지기 위해 둘은 가까워도 먼 채로, 또는 멀어도 가까운 채로 늘 거리를 두며 살아간다.

우리 부부도 마찬가지다. 물풀은 딱풀이 처음부터 저렇진 않았다며 실망의 감정을 쏟아냈고, 딱풀은 물풀이 계속해서 축축 처진 물풀인 채로 살아가는 게 못마땅하다며 투덜댔다. 물풀은 딱풀이 되기를, 딱풀은 물풀로 살기를 원했기에 둘은 다투고 또 다투었다. 이기지 못하면 도태되어 버린다는 불안감에 기를 쓰고 맞서고, 양보해 버리면 서로의 자리를 잃어버릴지도 모른다는 오기에 악을 내어 달려들었다.

물풀은 액체이고 딱풀은 고체라는 것을 미처 몰랐다. 액체와 고체의 다툼은 늘 칼로 물 베기며, 물로 칼 베기에 불과하다는 것도 깨닫지 못했다. 흐름을 가진 물풀은 본래 부드럽고 감성적이며, 형태가 있는 딱풀은 천성이 딴딴하고 지적이라는 것도 몰랐다. 늘 곁에 있으면서도, 서로 다른 물풀 공장과 딱풀 회사에서 납품되어 온 탓에 상대방을 전혀 이해하려 들지 않았던 것이다.

또다시 월례회 편지를 보내는 날이다. 겉봉투에 회원들의 주소를 붙이는 물풀 곁에, 어쩐 일인지 딱풀이 다가와서 봉투 시접을 마무리해 준다. 그간 종잇장처럼 찢어졌던 마음을 물풀과 딱풀이 어루만져 주자 한결 편해지기 시작했다. 또, 그때 처음으로 알 것만 같았다. 물풀과 딱풀은 생김새부터 시작해서 서로가 하나같이 다르다고 여겼지만, 무엇인가를 붙인다는 공통점도 있다는 사실을 말이다.

아흔아홉 개의 다른 점 가운데도 한 개의 같음이 존재하기에 숱한 허물은 모두 덮어질 수 있는 것인가. 비밀 같은 아흔아홉 개의 문을 모두 열고 들어가면 그 끝에는 정녕 무엇이 있단 말인가. 오늘 같은 날에는 누군가 내게 그 비밀의 문을 열 수 있는 작은 열쇠라도 던져 주었으면 좋겠다. 물풀과 딱풀이 하나 될 수 있는 그 좁은 문으로 들어가기 위하여.

– 제20회 신라문학대상 수상작(2008년)

인생학교

정성희

그 학교에는 유독 통과해야 할 문들이 많다. 나는 그곳을 지키는 파수병이다. 사람들은 두터운 성벽으로 둘러싸인 그곳을 큰집이라고도 부른다. 그 주벽主壁은 견고한 '배타排他'라는 벽돌담으로 높이 울타리 쳐져 있기에 밖에서는 아무것도 보이지 않는다. 하늘도 무너져 있고 땅도 간 곳이 없다. 짙은 안개 속의 마법에 걸린 듯 모든 사물들이 실종되어 있다. 마치 사차원의 블랙홀 세계로 말려가는 착각 속에 시간이 기화되고 공간마저 증발한다. 세상이 한순간 그렇게 정지된 채 정박해 있다.

'철커덕' 하며 철문 닫히는 소리가 들린다. 순간 주위에 있는 사람들을 둘러본다. 모든 상품에 찍힌 바코드처럼 그들 존재를 저울질하는 고유번호가 각각의 가슴 위에 붙여져 있다. 모두들 초조하고 불안한 표정들이다. 사무실 천장 위에 매달린 백청색 형광등 불빛들의 산만한 움직임마저 숨 막힐 듯한 긴장감을 불러일으킨다. 극심한 단절감이 가슴 밑바닥을 스치며 지나간다. 그들을 향한 나의 눈빛은 단호한 선입감과 딱딱한 편견으로 굳어 있다. 애써 감추려 해도 무채색의 공간 속에 무채색의 고독과 무채색의 절망을 끌어안고 입소한 그들의 예민한 눈이 어찌 그것을 모르겠는가.

철문을 통과한 어둠의 혼령은 신분 대조를 마친 그들을 앞세워 지옥문 같은 빗장이 질린 감방 쪽으로 성큼성큼 걸어가고 있다. 주변은 철시한 상가처럼 쓸쓸하다. 그 속을 서러운 고요만이 종종걸음으로 그들 뒤를 따라 들어와 이 척박한 뒷방으로 유배시킨다. 시간이 뒷걸음질 치면 칠수록 꾸리에 감긴 명주실마냥 사연 사연들은 되살아난다. 잊어버리고자 애쓰던 일들, 떠올리면 마음만 아픈 일들이 갑작스럽게 발작을 일으키면서 그들을 옥죈다. 바람이 스치면 나뭇잎이 흔들리고 배가 지나가면 물결이 일듯이, 그들은 자신이 남긴 잘못된 흔적 때문에 늘어나는 회한으로 가슴을 적신다. 거실 구석구석마다 설치된 감시 장치는 그들의 일거수일투족에 초점을 맞추지만, 그 어느 것도 그들 내면에 쌓인 번뇌는 투시하지 못한다.

나는 사동문을 잠그는 열쇠로 그들의 인생을 단단히 옭아맨다. 지정된 거실에 들어선 그들은 불가항력적인 운명의 사슬에 의해 에누리 없이 돌돌 말려 포박된 꿈을 안고 더욱더 몸부림친다. 밤낮으로 날아오는 빚 독촉 고소장은 날을 바짝 세운 채 그들을 이 좁은 방으로 몰아붙였을 것이다. 그 허탈감은 정수리에 돋아나는 새치보다 더 빠른 걸음으로 그들 속을 휘젓는다. 이젠 그들은 줄에 묶인 염소처럼 말뚝 바깥의 세상으로 더 이상 나갈 수가 없다. 무력감은 장마철 먹구름이 되어 그들 영혼을 점령하고 희망은 이미 거세되어 요절 당한다. 문을 열면 눈부신 하늘이 갇혀진 창들의 횡포에 손수건 한 장 크기만도 못하게 남아 있다. 삭막한 대지를 훑고 몰아치는 메마른 바람만이 육중한 철문에 부딪히면서 날카로운 '쉿' 소리를 연신 뿜어댄다.

밤이 깊어지면 해묵은 시간들이 슬며시 기어 나와 갇힌 자들의 희망과 좌절, 고통의 시간들을 응축시킨다. 순리를 베어버린 한순간의 실수로 뒤틀린 자신의 인생을 원망하며 이 밤 잠 못 드는 것일까. 하나 값지게 보낸 하루는 잘못을 저지른 십 년보다 나은 것이라며 창살 밖으로 스쳐가는 어둠이 전해

준다. 또한 신은 한쪽 문을 열어놓지 않고는 절대로 다른 쪽 문을 닫지 않으신다고. 그들의 굳은 입술에는 여전히 '꿈이라는 믿음이 삐져나온다. 비록 그것이 신기루처럼 허망할지라도 그러한 욕망 때문에 그들은 삶을 지켜갈 수 있다. 그리하여 그들은 현실 속에서 꿈을 간직하고, 꿈을 그리면서 현실을 덤으로 살아가게 된다.

멀리서 '꼬끼오' 하는 닭울음소리가 들린다. 하늘을 흔들어 여명을 부르는 그 소리에 사람들은 아득했던 의식의 세계에서 기도와 명상으로 신이 준 아침을 연다. 영 풀릴 것 같지 않았던 운명의 고리가 벗겨지듯 조여든 햇빛이 감방 안의 어둠을 걷는다. 창살 밖 사각형의 먼 하늘에는 불그레한 조각해가 구름을 딛고 불쑥 솟아오른다. 빗장으로 덧대어진 문이 열리는 소리가 새벽의 정적을 깨운다.

싸늘한 공기를 코끝으로 맡으면서 커다란 싸리비로 널브러진 앞마당의 오물들을 쓴다. 욕망의 시샘을, 금전에 대한 쟁취를 싸악싸악 쓸어버린다. 마음속에 비좁게 차지했던 조각난 삶들, 묵은 회한들을 말끔히 털어낸다. 겨울 동안 빛을 잃고 향기를 잃고 그 모습마저도 잃어버린 꽃들이 다시 만개하듯, 그들은 억압된 공간에서 차단의 고통을 성숙된 거듭남으로 두터운 철문을 박차고 다시금 비상하고 싶어 한다.

그곳 벽 안에 사는 사람들은 아주 잘난 사람들과 아주 못난 사람들, 이렇게 두 부류로 나눠진다. 수많은 애환을 세월의 더께 속에 묻어두고 그저 평범하게 사는 것이 그들의 소망이기도 하다. 소나 양 같은 초식동물이 반추라는 과정을 통해 소화를 완성시키듯, 그들은 겨울과 같은 내면의 침묵을 통해 인생을 다시 한 번 이모작하고 싶어 한다. 잘못 끼워진 첫 단추 때문에 웃옷 전체를 일그러지게 만들 수는 없지 않은가.

그들은 담장 안에서의 공동생활을 통해 세파에 지쳐 생채기가 난 마음의 상처를 서로의 진물로 보듬어주면서 작은 사랑의 정을 나눈다. 비록 남아 있는 돈은 얼마 되지 않지만, 아직도 이를 악물고 참아낼 수 있는 몇 개의 희망에다 하루 하루치 남은 자투리행복을 더하면 벽 밖에 사는 사람들보다 못할 바가 없다. 이러한 깨달음은 수많은 모퉁이를 돌아 모든 뒤척임을 잠재운 뒤에 얻게 되는 숭고한 해탈이다. 그리하여 창틈으로 새어나오는 잘디잔 햇살과 구김살 없는 자유로운 공기를 마시면서 세상을 향한 그들 안을 만들어가는 것이다. 나는 그들의 부식되지 않은 삶의 의지가 이 벽 안에 고스란히 남아 있음을 본다.

우주는 자연 만물의 조화를 이룬 신의 창조물이라고 한다. 그러면 감옥은, 그 질서에서 벗어난 지상의 인간들에 대한 조물주의 이변적인 통치기관일까. 신으로부터 최종심판을 받은 영혼들을 가두는 창살이 하늘 문에도 있단 말인가. 왜 창조주는 그들을 시험하려고 감금의 시련을 제물로 바치게 한 것일까. 만 가지의 의문들이 가슴속에서 춤을 춘다.

모든 살아있는 생명체는 고유한 신의 지문이 있다. 신은 왜 시험이라는 것을 통해 선악을 판단하여 그들에게는 전과자라는 지문을 기록하려 했을까. 아담과 이브에게 무화과 열매를 따먹지 말라고 경고하면서 그들을 시험했던 하느님의 처세는, 위험한 나무에 올라가게 해놓고 그것을 흔드는 격이 아닐까. 우리네 인생살이에 함정이라는 선악과나무를 도처에 심어 놓은 하느님의 의도는 무엇이란 말인가. 연습이 없는 일회분의 삶만을 허락한 신은 감금이라는 응보를 통해 그들을 환생시키려 했던 것일까. 하나 순리인 줄 알면서도 거역할 수밖에 없는 인생이 있다는 것을 신은 그저 간과했단 말인가. 사람의 한살이에 예상치 못한 순간이 얼마든지 일어날 수 있고 또 그것으로 인하여 삶이 크게 변할 수 있다는 것을 신은 그저 묵시한 것일까.

어느새 나는 사물을 보는 시각이 많이 달라져 있는 자신을 간파한다. 사막에서는 한마디의 명언보다 한 방울의 물을 나눠 마시는 것이 더 소중하듯이, 감방에서는 매서운 눈초리보다 젖은 가슴으로 그들을 보듬어주는 것이 더 중요하다는 것을 알게 되었다. 선인장 가시와 같은 경계의 촉수를 곧추세우며 그들을 감시하고 있는 경직된 자신이 문득 부끄러워진다. 얼마나 많은 걸림돌들을 건너야 선 긋기와 같은 뿌리 깊은 경계 의식을 넘어서 그들의 머리 위에 얹힌 먼지 한 점까지도 사랑할 수 있을까. 모든 것을 잃고서도 그런 현실을 눈물겹게 사랑하며 촉촉한 웃음을 나눠 가진 그들은 내 깨달음의 등불이요 인생의 진정한 스승이다.

정규적인 학교는 내게 너무 작은 것들을 가르쳤다. 수많은 공식들과 법칙들로 입력된 그곳에서 나는 학문을 통한 경쟁의 원칙과 무리를 통한 갈등의 원리를 배웠었다. 체계적인 책상 이론은 마음보다는 머리를 중시하는 가장 협소한 지식의 감옥이었음을 많은 세월이 지난 후에야 깨우치게 되었다. 아름다운 세상은 머리로 만들어지는 것이 아니라 마음으로 이루어지는 것이고, 내 인생의 진정한 학교는 바로 그 큰집이었다.

교도소 안에는 스승 아닌 것이 없었다. 갇힌 사람들의 제반 문제들은 하루하루 연습과제물이 되었고, 그들의 인생은 곧 교과서가 되었다. 책장을 넘기면 문밖에도 문안에도 어디에도 삶은 있었다. 곱고 순정한 것뿐만 아니라 추하고 혼탁한 것들도 아울러 응축하여 무색과 무언으로 내 안에서 거듭남을 배우게 하는 숭고한 고행의 현장이었다. 소홀했던 것으로부터, 또 자신으로 인해 조금이나마 상처받았던 모든 것들로부터 새로운 푸른 거듭남으로 부활시키려는 신의 죄 사함이었으리라.

한 생각 돌이키니 그곳은 감옥이 아니라 사람을, 자연을, 인생을, 우주를 바라볼 수 있는, 그런 폭넓은 가슴을 담게 해주는 국립선원이었다. 용서와 사랑을 몸소 실천하게 될 즈음이면, 그 인생학교로부터 졸업장이 수여되지 않을까 싶다. 하나 그 증서를 받기 위해서는 평생의 마음수련이 필요할 것 같기에 오늘도 여전히 나는 그 학교로 등교한다.

– 제8회 평사리문학대상 수상작(2008년)

정성희

2008년 평사리문학대상

2009년 공무원문예대전 최우수상

2009년 중봉 조헌문학상 우수상

2010년 천강문학대상

2012년 사계 김장생문학상 본상

2013년 등대문학상 우수상

2015년 〈경북일보〉 문학대전 동상

풍선

문서정

풍선을 한 묶음 샀다. 여러 가지 색깔의 풍선들이 가득 들어 있다. 풍선을 꺼내 하나씩 분다. "푸―우, 푸―후우, 푸푸―훕." 노랑 풍선, 파랑 풍선, 빨강 풍선들이 거실 천장으로 쑥 날아오르는 것을 바라본다. 나는 종종 혼자서 풍선을 분다. 남들은 어른이 하기에는 멋쩍은 놀이라고 말할 수도 있겠지만 아버지에 대한 그리움이 뭉게뭉게 부풀어 올라 가슴이 먹먹해져 오면 풍선을 분다. 바람 빠진 풍선처럼 늙은 아버지가 꿈에 보이는 날에도 온종일 풍선을 분다. 왠지 모를 불안감이 물밀듯이 밀려와 숨이 가빠져 올 때엔 더 빨리 풍선을 분다. 풍선을 불면 숨이 가빠지는 증상이 잦아들고 무언지 모를 불안감도 줄어든다.

몇 해 전 겨울, 나는 병원에 누워 있었다. 겨울바람이 웅웅웅 소리를 지르며 달려들어 창문을 날카롭게 할퀴고 있었다. 퀴퀴한 약품 냄새가 나는 병실에서 가혹하게 불어대는 바람 소리를 듣고 있으면 소름이 돋았다. 빗자루에 휴지조각이 쓸려가듯 저 바람이 나를 이 세상에서 쓸어가 버리지나 않을까 하는 불안감이 온몸을 엄습해왔다. 잠을 이룰 수가 없었다. 눈을 감고 잠자리에 들었다가 다시는 깨어나지 못하면 어쩌나 하는 불안감 때문이었다. 잠을 잔다는 것은 나에게는 숫제 고역이었다. 이리저리 한동안 뒤척이다 운이 좋게 잠이 들었다 하더라도 거의 발작하듯 일어나야 했다. 원인을 알 수 없는 호흡곤란 증상이 나타나 누워있을 수가 없었다. 창문을 온 사방 다 열어 살을 도려낼 것 같은 바람을 흠씬 들이쉬고 나면 겨우 숨통이 트였다. 그 순간은 내가 출산한 지 얼마 지나지 않은 산모라 찬바람을 쐬면 안 된다는 사실도 까마득히 잊었다. 수시로 숨이 턱에 찰 정도로 가빠지는 증상은 내가 막내를 출산하던 날 밤부터 생긴 증상이었다.

난산 끝에 제왕절개 수술로 아들을 출산한 날 밤, 나는 이승과 저승의 문을 오가며 사투를 벌이고 있었다. 가느다란 산소 유리관으로 세상과 겨우 소통하면서 생生의 끈을 가까스로

그러쥐고 있었다. 눈만 감으면, 풍선 끈을 놓쳐버린 딸아이들이 하늘 높이 날아간 풍선을 바라보며 목 놓아 우는 장면이 나타났다. 소스라치게 놀라 눈을 떠보면 온몸엔 식은땀이 흐르고 있었다. 아직 아들 녀석을 한 번도 품어 보지 못했는데 이대로 줄을 놓아 버릴 순 없었다. 이제 겨우 걸음마를 시작한 둘째와 다섯 살배기 첫째가 내 명줄을 바투 쥐고선 놓아주지 않았다.

그렇게 생사고비를 넘긴 다음 날 아침, 아버지가 병실로 찾아왔다. 목발을 짚은 채로 아주 힘겹게 병실 문턱을 넘었다.

"고생했다. 사돈어른이 워낙 손자를 기다리시지 않았냐. 이젠 어깨 펴고 살아라."

그러곤 장미꽃 한 송이를 내게 건넸다. 순간 슬며시 웃음이 나왔다. 평소 그렇게 무감하고 엄하던 아버지가 장미꽃이라니. 그것이, 바로 그 말씀이, 생전에 내게 준 마지막 선물이요, 마지막 말씀이 될 줄이야…. 바로 그날 저녁 한 통의 소식이 날아들었다.

"아버지, 돌아가셨다."

그 비보는 예리한 칼날이 되어 내 늑골 사이사이를 깊숙이 찔러댔다. 내가 열 달 내내 유산기와 조산기의 위험 속에서 새 생명과의 끈을 놓지 않으려 안간힘을 쓰는 동안, 아버지의 생의 끈은 서서히 풀리고 있었던 것이다.

어린 시절, 아버지는 언니나 오빠들에겐 언제나 과묵하고 엄했지만 막내인 나에게는 풍선만 한 웃음을 푸후후 자주 웃었다. 오빠들이 짓궂게 놀리며 야단을 치려 할 때도 아버지의 등 뒤에만 숨으면 그만이었다. 끈 하나에 매여 높이 떠있는 풍선처럼 아버지의 시선에만 매여 있으면 이 세상 무엇도 무섭지 않았다.

아버지는 오랫동안 암으로 누워 있었다. 여러 차례의 대수술과 항암치료로 아버지는 급속도로 몸이 쪼그라들었다. 나중에는 걷는 것조차 힘들게 되었다. 그러던 그날 아침, 생사의 고비를 막 넘긴 막내딸을 보기 위해 그렇게 힘겨운 걸음을 병원으로 옮긴 것이었다. 아버지는 막내딸을 보지 않고선 도저히 생의 끈을 놓지 못했던 것일까?

'사람의 나고 죽음이 종이 한 장 차이만도 못하다니….' 눈만 감으면 시간 너머에 있는 아버지가 걸어 나왔다. 낙타처럼 등이 굽은 아버지가 나를 애처로이 바라보고 있었다. 어떤 날은 바람 빠진 풍선처럼 쪼글쪼글해진 아버지가 하늘 높이 날아가는 것을 보고, 보이지도 않는 아버지를 찾아서 꿈속을 걷고 또 걸었다. 잠을 이룰 수가 없었다. 아버지를 여읜 극도의 슬픔에다 내가 잠든 사이 누군가 내 생의 끈을 잘라가 버리지는 않을까 하는 두려움 때문이었다. 가슴이 답답해지며 숨을 들이쉬기가 곤란한 증상이 그때부터 계속되었다. 출산한 지 몇 주가 지났지만 퇴원을 할 수가 없었다. 여러 가지 검사를 다 받아보았지만 의외의 진단 결과가 나왔다. 임상적인 문제보다는 산후우울증과 심리적인 공황 상태가 더 크다는 소견이었다.

어느 날, 출근을 서두르던 남편이 내게 무언가를 불쑥 내밀었다. 귀찮은 표정으로 떨떠름하게 받았다. 예쁘게 포장된 작은 상자였다. 별로 궁금하지도 않아 식탁 한쪽으로 밀쳐두었다. 오후 다섯 시쯤이 되자 거실 창문으로 어둠이 서서히 몰려들기 시작했다. 나는 식탁 의자에 앉아 짙은 녹색으로 다가오는 어둠을 쳐다보고 있었다. 갑자기 아버지가 그리워졌다. 아버지가 가신 그 외로운 길을 생각하니 가슴이 먹먹했다. 이어 숨이 가빠져 왔다. 그때 작은 상자가 손끝에 닿았다. 숨을 가쁘게 들이쉬고 내쉬며 열어보았다. 거기엔 갖가지 색상의 풍선이 가득 들어 있었다. 작은 메모지엔 '전문가에게 물어보니 당신과 같은 증상에는 자가 치료 방법 중 하나인 풍선을 부는 것이 좋다고 함.'이라고 적혀 있었다.

나는 풍선을 불었다. 주황 풍선, 검정 풍선, 초록 풍선을 자꾸자꾸 불었다. 너무 빵빵하게 불어 터질 것 같았다. 가슴이 좀 덜 답답했다. 풍선 부는 데 집중하느라 아버지도 잠시 잊어버렸다. 온 집안 가득 풍선이 떠 있는 것을 보고 아이들은 박수를 치며 좋아했다. 퇴근해 돌아온 남편도 말없이 웃었다.

그 후 몇 해 동안 나는 풍선을 참 많이 불었다. 아버지의 기일이 다가올 때쯤엔 온 집 안이 풍선으로 가득 찼다. 비가 내리는 날에는 한 방울 한 방울 유리창에 부딪히는 빗방울 소리를 들으며 풍선을 불었다. 차가운 바람이 강하게 불어 펄펄 종잇조각들이 하늘을 날아다닐 때에도 풍선을 불었다.

하늘이 티끌 한 점 없이 맑은 어느 주말, 풍선을 한 묶음 샀다. 그리고 세 아이들을 데리고 강가로 나갔다. 휀하게 터진 강심에서 선선한 바람이 불었다. 수없이 많은 빛의 입자들이 강 낯바닥에 반사되어 서로 부딪치면서 조용히 흐르고 있었다. 그 강물 위로 하얀 학들이 천천히 날아가고 있었다. 내 마음도 잔잔한 강의 수면처럼 고요해졌다. 아이들과 나는 갖가지 색깔의 풍선을 불었다.

'아버지, 안녕히 가세요.'

'아버지, 이제는 아버지 시선의 줄에 매달려 있는 끈을 놓으려 해요.'

나는 풍선을 날렸다. 풍선은 인연의 줄을 끊고 강바람을 타고 높이 날아가고 있었다. 아무것도 걸릴 것이 없는 창공蒼空

에서 하얀 학처럼 너울너울 춤을 추듯이 날아가는 풍선을 오랫동안 바라보았다. 이제 풍선은 슬픔의 노래, 아픔의 노래가 아니라 그리움의 노래가 될 것이다. 나는 세 아이의 손을 바투 그러잡았다.

– 제9회 시흥문학상 금상 수상작(2008년)

뿌리

정성희

어깨너머로 바다가 한눈에 모여든다. 쪽빛으로 흥건히 물들인 비단보자기가 구겨진 듯한 바닷가, 그 너럭바위에 앉아 처얼썩 처얼썩 화음을 내며 물 위로 널뛰는 파도의 날렵한 춤사위를 바라본다. 뱃고동 소리보다 더 크게 포효하는 파도는 공중을 향해 포물선을 그리며 그 너머의 세상을 기웃거리기라도 하듯 해면 밖의 유희를 즐긴다. 바구니에 담아둔 게마냥 담 너머 검푸른 물살이 요동치는 더 먼 바다로, 더 넓은 세상으로 소용돌이치고 싶었던 것은 아닐까. 원추형의 꼭짓점이 닿는 미지의 세계를 향해 암호 같은 삶을 살다 간 이상의 날개처럼 날아보고 싶었던 것도 아닐까.

어디선가 바람 한 자락이 불어와 내 몸을 휘감고 있던 대처에의 그리움을 건드린다. 그 긴 꼬리에 묻은 낯선 문명의 냄새는 갇힌 액자 속의 풍경 같은 고답적인 틀에 얽매인 자신을 풀어주고 싶은 욕망으로 꿈틀거린다. 거대한 멍석말이로 밀려왔다 부서지는 희뿌연 물테를 보며 어제가 오늘인 양 밋밋한 내 삶의 제한된 반경에 염증이 도진다. 색주가의 수박등 같은 화려한 문명의 자궁을 그리며 수평선으로 테두리 쳐진 궁륭 저편 닿을 수 없는 먼 곳을 향해 해파리처럼 떠다니고 싶었다.

내가 있는 땅은 너무 비좁았다. 모둠발로 훌쩍 뛰어도 북한산에 닿을 만큼 좁다란 땅이 발아래 어설프기만 했다. 거대한 서구 문명과 아름다운 인공의 조화가 어우러진 드넓은 땅을 향해 줄달음치고 싶었다. 서쪽바다를 자맥질하며 건너온, 흰 치마를 두른 보헤미안은 그렇게 내 안의 잠을 깨웠다. 나는 수평선 너머 태평양의 푸른 바다를 향해 눈썹을 휘날리며 찬란한 유채색의 꼬드김 속으로 힘차게 페달을 밟았다.

그 바람대로 한국에 주둔한 미 군속 남편을 만나 그의 호적에 이름을 올렸다. 성조기를 배경으로 몽고족의 후예임을 애써 감춘 흔하디흔한 동양인의 얼굴이 새겨진 신분증을 건네받았다. 한국 땅 안에 있는 그들만의 치외법권 지역을 내 집인 양 자유롭게 드나들며 새로운 환경과 이국의 풍물에 촉수를 모아 그 별천지세계로 숨는 것이 흥미로웠다. 발정 난 구렁이처럼 온몸을 뒤틀며 파고드는 미합중국의 화려한 관능의 색채를 기웃거리며 그 원색의 도발적인 요란스러움에 발 놓을 틈 없이 신났다.

추자벌레가 살아 꿈틀거릴 것 같은 짙은 눈썹을 쌓아둔 코큰 사내들이 황소개구리처럼 와글와글 떠들어댄다. 몸통둘레만큼이나 우렁차게 새어나온 목소리는 미국의 젊은 역사를 대변해주는 듯 당당하고 자신만만하게 들린다. 나른한 햇살을 즐기는, 가늘고 긴 목에 화려한 장신구를 단 여인들은 그들의 강력한 경제력을 말해주는 듯 어딘지 모르게 귀티가 난다. 꽃무늬를 그려놓은 것 같은 정원에 잘 다듬어진 잔디와 눈부시게 청청한 수목들로 울타리 쳐진 녹색의 조경은 바깥세상 잡목들의 출입을 허락하지 않겠다는 도도함이 엿보인다. 마치 도시 한복판에 위치한 미군 부대가 우리 땅의 우듬지 자리를 차지하고선, 그 주변과 구획을 지어 경계를 하듯이.

나는 알롱달롱 색들인 머리에 무르팍이 찢어진 청바지를 입고 검정고무신을 신은 한국인이다. 거울 속에 비대칭적으로 비친 모습을 보며 내 삶에 녹아있던 값싼 서구문화에 대한 숭배의식을 축출해 내려는 내적 혁신도 없이 세계화만을 부르짖으며 대한민국을 '대한미국'으로 전환시키는 데 큰 공을 세웠다. 허나 내가 만든 신미국은 낯선 표정으로 갈옷을 입은 한민족의 조상을 닮은 어설픈 이방인을 냉랭하게 구분하는 듯했다. 바람에 휩쓸려 땅 위에 정착하지도 못하고 허공 속을 떠돌다가 길가 한구석으로 패대기쳐진 쓰레기처럼, 나는 객지의 추녀 밑을 깃드는 나그네 꼴이 되고 말았다. 그제서야 미국 사회가 쌓아놓은, 낮지만 두터운 장벽을 죽는 날까지 부수어버릴 수 없다는 걸 직감하였다. 아무리 서양 사람의 흉내를 내어도 빈대떡에 케첩을 발라먹는 격이었음을 깨닫게 되었다.

미군부대 담벼락을 따라 걷는다. 육중한 시멘트 숲 사이로 휑한 공허가 보인다. 마을조차 없는 허허벌판에 혼자 남겨진 듯한 느낌이다. 나는 광야에 홀로 선 외로운 문명인이 되어 풀기 잃은 고개를 아래로 떨군다. 잔디 사이에 돋은 잡풀에 두 눈이 머문다. 뿌리째 뽑으려 하니 막무가내다. 그 흔한 풀들조차 죄다 뿌리를 갖고 있는데, 나는 왜 어디에도 뿌리를 내리지 못하고 떠돌기만 했단 말인가. 내 그림자가 길게 자리를 잡힐 때서야 나의 존재에 대한 정체성이 고슴도치 가시처럼 돋아나기 시작했다. 그동안 태평양을 건너온 거인에 가리어 고향이 지닌 아늑한 세상을 망각해 왔었던 것이다.

뉘 집 창문틀에 놓인 꽃병 가득 메워진 화초들을 바라본다. 뿌리가 뽑힌 풀들은 옛 토양이 그리워서인지 축 늘어진 사시랑이 같은 몸으로 두리번거리는 반춤이, 땅을 잃은 실향민들의 울부짖음 같아 애처롭기 그지없다. 그들이 설 자리는 흙을 벗어난 허공이 아니라 뿌리가 박힌 대지가 아니던가. 파리한 이파리마다 맺힌 짙은 그리움은 추신되어 고향을 떠난 지 오래된 나그네의 눈가를 적신다.

조약돌처럼 집었다가 조약돌처럼 물속에 던져버린 내 고향을 자루가 긴 뜰채로 건져낸다. 그의 애절한 눈길을 애써 외면해 펀치 못했던 나의 양심도 건져낸다. 고향의 살냄새가 난다. 턱 밑까지 차오르는 반가움에 아무 말도 못한 채 내 집으로 데리고 온다. 대문을 활짝 열어 안방에다 모셔두고 길게 심호흡을 한다. 내가 뱉은 어둡고 탁한 기운을 웅심 깊은 그분은 고스란히 들이마신다. 절대적 타인으로 봉사 오 년, 벙어리 오 년, 귀머거리 오 년의 하 많은 낯선 세월들을 퍼 담아 그동안의 한과 설움을 몽땅 쏟아낸다. 그분은 설익은 패기에 찬, 비루하고 속절없는 시간들을 뭉근한 구들목에다 묻어 따뜻하게 데워준다. 그분의 품에 안긴 나는, 마음속 지도에 더 넓어진 영토를 가진 새로운 땅을 발견한다. 그 땅 위에다 부레와 같은 자신을 단단히 매달아 두어 동면에 든 파리한 세월들을 숙성시킨다.

자숙의 시간을 거치면서 풋내나던 내 안은 뽀얀 분으로 단내를 풍기기 시작한다. 어느 누구의 폐부도 거치지 않은, 맑고 청량한 고향의 첫물을 들이켜며 이전의 죄들을 조아리고 참선에서 깨어난다. 딴사람이 되어 긴 여행을 끝낸 나는 까탈스럽게 품격 있는 자리에 놓여 현란하게 돋보이려고 경계를 짓는 외래 것보다, 소박하고 가난하지만 푼푼한 정이 깃든 우리 것이 좋아졌다. 잔가지를 다 쳐낸 몇 가닥의 잎만으로도 고향의 아름다움을 읽을 수 있는 함축된 여운이 좋아졌다. 부족한 듯 가난하지만 구수한 마음에서 더 담을 수 없는 삶의 여유로운 향기가 좋아졌다.

얼마 전, 전통적인 타악기와 현대악기가 어우러진 최소리의 드럼공연을 본 적이 있다. 한때 그는 우리나라 록밴드의 일대 획을 그었던 그룹 '백두산'에서 드럼을 연주한 대중 음악가였다. 서양의 선진문물에 물린 후에야 비로소 우리 것에 눈뜨게 된 그도, 가장 한국적인 것이 가장 세계적인 것이라며 천년 묵은 우리 문화의 소중함을 알게 되었다고 한다. 그러한 신념을 바탕으로 우리 전통의 소리와 춤, 무술이 신명나게 어우러져 온몸을 전율케 하는 그의 두드림은, 뿌리 깊은 한국인의 기백과 당당함이 묻어난 정체성을 느끼게 하기에 부족함이 없었다. 근원을 만난 듯 북채로 힘차게 영혼을 두드리는 그 절묘한 소리는 내 안에 식지 않는 깊은 울림이 되었다.

이제 나는 우리나라가 자랑스러워졌다. 천혜의 지하자원이 풍부해서도 아니고, 세계의 금융을 거머쥘 경제력을 가져서도 아니다. 그렇다고 남들이 넘보지 못할 막강한 군사력을 보유해서도 더 더욱 아니다. 세상이 아무리 넓어도 내가 태어난 고향이 나의 중심이고, 원주를 이탈하려는 당신의 자식을 태반 안으로 품기 때문이다. 겨울눈이 햇빛에 반사되어 눈부실지언정 그 고향은 응달이듯이, 서구의 발달된 문명이 아무리 좋을지언정 내가 있어야 할 본향은 호랑이의 기개가 서린 조선 땅이 아니던가. 돌아갈 곳이 있다는 것은 얼마나 다행한 일인가. 정착할 땅 없이 떠돌아다녀야 하는 쿠르드족이나 니카라과 난민들을 생각할 때면, 작지만 야무진 내 땅, 내 나라가 있다는 것은 여간 축복이 아닐 수 없다.

수평선 너머 세상을 떠돌면서 혹독한 대가를 치른 탕아를, 고향은 주소 한 번 바꾸지 않고 그 자리에서 묵묵히 기다려 주었다. 만선의 깃발을 달지 않더라도, 칭칭이 소리가 없이라도 좋아라. 빈 배에 아름다운 강산을 싣고, 아름다운 우리말을 싣고, 아름다운 아리랑을 싣고선 양수처럼 출렁대는 어릴 적 내 강보이던 고향의 자궁으로 돌아가리라. 돌아가면, 늙어

쇠잔해진 고향의 허리에다 명주실같이 질긴 닻줄을 바투 동여매고는 가나안의 복지 땅을 지키는 등대지기가 되리라.

– 第12회 공무원문예대전 최우수상 수상작(2009년)

舞

정성희

화창한 봄날이다. 한 무리의 사물놀이패들이 소고와 장구를 두드리며 겨우내 잠든 대지를 깨우고 있다. 여기저기서 꽃불이 터지자, 봄물에 나들이 나온 구경꾼들이 주변으로 모여든다.

둥둥둥 북이 울리자 상쇠는 덩실덩실 어깨춤을 추며 온몸으로 신명을 몰아온다. 바람의 장단에 몸을 떠는 대나무마냥 주춤거리던 늙수그레한 노인네들의 소맷자락도 들썩이기 시작한다. 작대기 장단에 영춘가를 부르며 흠뻑 흥에 취한 나이 든 춤꾼들은 땟국에 전 그들의 인생만큼이나 후줄근하고 걸걸한 춤으로 무아지경에 이른다.

엎드려 숨죽이고 있던 내 본능도 겨울 문풍지처럼 들썩대며 몸을 보챈다. 그 칭얼대는 소리에 귀 기울이며 몸이 시키는 대로 노장들의 원시적인 춤동작을 따라간다. 살아있음이 고스란히 전해져 오는 환희의 춤 자락이 절로 솟구친다. 몸에선 이내 흥건히 땀이 고이고, 정신은 더할 나위 없이 맑아진다.

학창 시절에도 나는 춤을 좋아했다. 춤을 추고 있으면 찌그러진 청춘이 현란한 빛깔로 되살아나 온 세상을 다 거머쥘 수 있을 만큼 자신만만해졌다. 숨기고 싶은 비밀도 허다했고 내세우고 싶은 욕망도 많았기에, 허풍에 뜬 춤으로 현실을 포장하며 내면의 허술함을 애써 감추었다. 닿지 못할 것에 대한, 가질 수 없는 것에 대한 갈망은 마음자리를 한층 산란하게 만들었다. 그럴 때면, 잔뜩 힘이 들어간 내면은 어지럽게 요동치는 여울물이 되어 시끄러운 소리를 내며 마구 몸을 흔들어댔다. 채울 수 없는 배고픔으로 너덜해진 현실을 성난 투우처럼 몸으로나마 떨쳐내려는 안간힘이었으리라. 그렇게 해서 나는 신체를 매개로 잠재된 주홍빛 인생을 꿈꾸는 연극 같은 춤에 시나브로 젖어가고 있었다.

젖무덤이 봉긋해지고 아랫도리에도 물이 오르자, 춤의 관능이 슬며시 다가와 감각의 비늘을 부추겼다. 출렁대는 젊은 육체는 이성을 자맥질하며 솟구치는 욕망의 허기를 선정적이고 뇌쇄적인 몸짓으로 달랬다. 어깨에서 팔목, 손끝으로 이어지는 체선의 꿈틀거림은 묘한 뉘앙스를 풍기며 도발적인 애욕의 풍광을 연출해낸다. 욕정에 굶주린 춤의 여신은 바다 속 화려한 산호처럼 아름답게 치장하여 교태로운 춤사위로 물고기를 낚는다.

안김과 떨어짐이 엇갈린 소연극의 막이 내리자, 인생의 허무함이 밀려오면서 주변의 모든 것들이 허망하게 느껴졌다. 춤을 통해 몸의 언어를 다룰 수 있게 되었지만, 그게 다가 아니었다. 춤은 내 아닌 타인의 삶이었고, 진실이 아닌 나를 감춘 껍데기에 불과했다. 옷가지와 몸매무새를 단정히 하고는 춤을 떠났다.

온몸에 대못을 꽂으며 고행의 길을 걷는 수도승마냥, 춤 속에 가려졌던 참나를 찾으러 밤낮을 잊고 세상을 쫓아다녔다. 십 리밖에 가지 못할 현실을 두고 백 리를 가자고 몸을 다그쳤다. 점점 황폐해진 육신은 불만으로 가득 찬 불룩한 아랫배와 언제나 화난 듯한 표정으로 털털대며 쉰 소리를 냈다.

그제서야 앞서 간 많은 선각자들이 육체와 영혼의 조화를 이루려고 얼마나 철저하게 자신을 다스려 왔는지를 되돌아보게 되었다. 자로 잰 듯 규칙적이었던 생활로 유명한 칸트며 하루의 변으로 건강을 살폈다고 하는 간디를 통해 함부로 몸을 다루거나 지나치게 탐닉해서도 아니 됨을 어렴풋이 깨달았다.

몸의 소리에 귀 기울일 즈음, 나는 다시 춤을 추었다. 껍질을 깨고 탄생하는 새처럼 춤의 영혼이 오랫동안 침묵을 접고 제 존재를 알려왔다. 이전과는 다른 춤이었다. 화를 삭이고 갈망도 가라앉히니 춤추는 자세도 새로워졌다. 마른 풀내음 같은 은은한 춤의 향기가 심연으로부터 조금씩 전해져 오면서, 내 몸은 무욕으로 점차 가벼워졌다.

옛말에 '응마주색난석鷹馬酒色蘭石'이란 금언이 있다. 청년기에는 매사냥과 말 타기를 즐기고, 중년기에는 여자와 술을 가까이하다가, 장년기가 넘어서면 자연을 곁에 두고 지켜보면서 천지의 고요함을 깨닫게 된다는 뜻이다.

책가방을 들고 다니던 시절, 나는 코브라처럼 고개를 치켜들고 시끄럽게 춤을 췄다. 몸과 마음에 힘이 잔뜩 들어간 채로, 세상을 향해 굽히려 하지 않았다. 경쾌한 스타카토에 맞춘 어린 춤꾼의 날렵한 몸놀림새는 미끄러지듯 솟구치는 대왕뱀 만큼이나 신출귀몰해서 세상을 감쪽같이 속일 수 있었다.

상큼한 미소가 앙증맞던 젊은 초여름 밤엔 불빛을 쫓는 나방이 되어 매끈하게 춤을 추며 화려한 색상을 띤 날갯짓으로 분진을 마구 쏟아냈다. 겉치레가 야단스러울수록 춤은 천박하기만 했다. 그것이 허망한 찰나요 부질없는 가식이었음을 그때는 인정하려 들지 않았다.

가을이 무르익어서야 내 본연의 모습으로 돌아올 수 있었다. 더 이상 주위를 의식할 필요도 없어지니, 소박하고 단순한 움직임이 좋아졌다. 화려함을 걷어낸 단아한 몸짓에서 세상을 있는 그대로 받아들이는 넓은 품새를 담아낼 수 있게 되었다. 무舞는 무無이어야 춤의 진정한 자유를 맛보며 자연인으로서의 참나를 발견할 수 있다는 옛 춤꾼들의 몸 언어에 비로소 눈뜨게 되었다.

가식의 춤을 벗어던지고 상쾌한 바람을 들이마시며 양팔을 위로 쭉 뻗고 고개를 뒤로 젖혀 자연의 흐름을 바싹 따라간다. 모를 심는 농부들의 팔놀림이나 길 위를 걷는 사람들의 발놀림과 같은, 주변에서 흔히 일어날 수 있는 모든 일상적인 동작이 춤의 언어가 될 수 있음을 알게 되었다. 춤은 곧 자연이고 자연은 거짓 없는 본성이며, 그 본성대로 사는 것이 가장 자유로운 삶이라는 것도 덤으로 깨우치게 되었다.

카와무라 나미코는 일본의 전위무용가이다. 일흔을 넘긴 나이에도 그는 딱딱한 시멘트 공간의 인공적인 조명을 벗어나 산이나 들 위를 걷는 행위로서 자신의 춤 세계를 보여준다고 한다. 거기에는 그 어떤 인위적인 안무도, 요란한 의상도,

분장도 없다. 그저 자연과 하나 되어 거니는 게 전부이다. 이런 단순한 움직임에도 그를 지켜보는 사람들은 그의 몸이 마치 영령이 깃든 신목처럼 경건하게 느껴진다고 한다. 아마도 육신과 영혼의 균형을 이룬 삶의 진실성이 춤 속에 스며들어 관객들을 이토록 흔들어놓지 않았나 싶다.

요즘은 춤의 홍수라 해도 과언이 아니다. 주변을 둘러보면 온통 춤판이다. 인터넷 동영상 게시판에도 클럽 마니아의 춤이 난무한다. 꽃은 그릴 수 있으되 향기는 담을 수 없듯이, 이러한 춤에는 자연을 닮은 고요한 무념의 여백이 느껴지지 않는다.

진정한 춤은 영혼이 깃든 가슴으로 춰야 그 깊이를 더해 가거늘, 반들반들하게 기계로 뽑아낸 것 같은 기교에 넘친 춤은 겉만 번듯한 볼거리에 불과하다. 펄펄 끓는 뜨거운 물로는 차 맛을 제대로 우려내지 못하듯, 춤이 향기롭게 익는 데도 세월이 어느 정도 식혀져야 한다. 이로 보아 현란한 빛깔로 출렁대는 춤만이 아름다운 모습은 아닐 성싶다. 화려한 장식이나 군더더기를 걷어낸, 아무 맛도 없는, 그저 그런 덤덤한 춤에서 외려 삶의 향내가 물씬 풍겨 나온다.

어느새 춤판이 무르익어, 꽹과리 소리가 사방으로 부서지고 있다. 그 위에 춤을 추는 듯 아니 추는 듯, 움직이는 듯 움직이지 않는 듯 기교도 없고 격정도 없는 늙은 춤꾼들의 춤사위가 쉼 없이 이어진다. 다듬어지지 않아 투박하고 촌스럽기는 하지만, 가식이 없어 더 정감이 배어난다. 사뿐히 들어 올린 소맷자락으로 고요의 멋이 엿보인다. 삶의 무게가 더해질수록 춤 맛은 저리도 깊어지는가 보다. 오래 묵은 농주처럼 결이 삭은 뒤에 우러난 인생의 씁쓸한 맛이 춤을 저토록 깊고 오묘하게 만드는가 보다.

뒷줄에서 구경하고 있던 아낙네들도 주위를 의식하지 않고 엉덩이를 실룩대며 덩실거리고 있다. 나도 덩달아 히죽대며 춤마당으로 들어가 그들과 합세한다. 얼씨구절씨구 생짜로 뱉어내는 춤꾼들의 추임새는, 육肉과 혼魂을 한데로 묶어 서로 간의 어색한 관계를 누그러뜨리고 마음의 물길을 열어, 얽히고 뒤틀린 심신의 매듭을 풀어준다. 또한 그것은 자신을 비워내어 작아짐으로 해서 즉흥적인 독무獨舞가 아닌 전체로서의 나를 마주 보게 한다.

춘삼월 파릇한 봄 햇살 위에 깊고 구수한 할미꽃 춤이 내 마음에도 살포시 피어난다.

– 제2회 천강문학대상 수상작(2010년)

감 씨

손달호

'찌릉~'

아직 붉한 날인 줄로 아셨는지 거미가 촉수로 더듬듯 짧게 한 번만 보냈다. 무얼 핑계 삼더라도 아들의 목소리를 듣고 싶은데 잠을 깨울세라 안쓰러워하는 엄마의 고민이 벨 소리에 역력히 묻어 있었다. 새벽잠이 없는 어머니가 일찍 전화를 넣으신 것이다. 잠들 때까지 자식 생각하다가 밤새도록 가슴에 품고 눈 뜨면 다시 생각하는 우주가 엄만 것 같다. 이적지 살아오시며 자식들에게 기운을 다 내어 준 어머니한테 아직도 남은 게 있을까? 안 골목에 사는 고향의 누나가 들어오더니 안고 온 보자기를 거실 바닥에다 내려놓는다. 이리로 오는 차편에 어머니가 끝물 감을 부친 것이다. 벽시계의 분침이 아래로 처지며 나를 출근길로 밀어낸다. 홍시 담은 함지박을 급하게 싸느라 더 주고 싶은 엄마의 마음까지 같이 쌌을 그 보자기를 풀어 볼 시간이 없어 그냥 나갔다.

고향집을 두른 돌담을 사립문까지 따라오면 돌감나무와 고욤나무를 만난다. 잘아빠진 돌감이나 고욤은 씨치레라 초겨울 까치밥으로나 남을 뿐 실속이 없다. 타작마당에 새참을 하도록 증조할아버지가 건넌방 옆에다 반시나무를 심었다.

반시 납작감은 떫지 않은 감으로 동네에 퍼져 있다. 풋감은 생 속이라 떫을지언정 이리저리 치인 납작감은 떫을 새가 없었을지도 모른다.

우리 집 반시는 가을을 한두 달 더 얹어 익는다. 마을 뒤에는 '소리못'이란 이름을 가진 저수지가 있다. 둘레를 다 돌면 해동갑한다고 못지기가 자랑하는 못이다. 여러 계곡에서 몰려온 바람은 못 위에서 회오리바람을 일구어 아랫마을로 불어댄다. 맨 뒷집인 우리 집은 이 못 바람을 안고 산다. 농사지을 물이 가득 실리면 저수지는 득의양양하다. 옛날 아들 많은 할머니가 딸만 낳은 며느리 앞에 유세 떨던 것처럼 못 바람은 떵떵거렸다. 산골에서 불어오는 바람은 사정없이 수면 위를 흝기고는 뒷문 문고리를 덜그럭거리며 감나무로 몰아친다.

못 바람의 한기 속에서 껍질이 트며 납작감은 익어갔다.

납작감이 떫지 않은 연유로는 할머니도 빼놓을 수 없다. 다사스런 성미에 귀까지 잡수신 할머니는 종일 입으로 사신다. 손자에게 보리밥 한 톨이라도 이에 걸리면 용케 걸려들었다는 듯이 쟁여두었던 불만과 함께 희연 봉지를 들고 감나무 밑에 둔 평상으로 간다. 담뱃대에 봉초를 꾹꾹 눌러 채우고는 성냥불도 붙이려 안 하고 연해 빈 입만 달싹이신다. 그러다가 할머니에게 미운털이 박힌 이모네 권식들이 사립문에 얼찐거리면 마음이 심란해져 성냥불을 붙여 볼이 합죽해지도록 빨고는 거푸 연기를 뱉어낸다. 상한 마음이 밴 연기는 납작감에 감긴다. 납작감은 할머니의 분을 삭이며 속이 부드러워졌다. 비를 추적추적 맞아도 무른 속은 군소리가 없다.

어머니도 그랬다. 어머니의 시집살이도 된서리맞은 감과 같았다. 성격이 깡마른 할머니는 며느리를 가만두지 않았다. 고부간에 크게 벌어진 연령 차이를 권력이 생긴 것으로 아셨던 할머니는 언제나 서슬이 퍼랬다. 귀가 먹은 대신에 눈이 초롱 같은 할머니는 입으로 정기가 쏠렸다. 보이는 것마다 참견이다. 가난이 아버지를 만난 고리였지만 든든한 친정이야 말로 여자의 날개인 것 같다.

한번은 밥을 먹다가 할머니가 젓가락을 빼앗고 밥그릇을

얹은 적도 있었다. 젊은 것은 바가지에 밥을 담아 먹어야 하고 여자가 젓가락질하면 본때 없어 보인다는 것이다.

내가 여남은 살 때부터 노년에 접어들던 아버지는 몸 움직이는 걸 귀찮게 여겼다. 멍석에 널어놓은 보리가 떠내려가도 구들장을 안고 두루마기 제문을 읽으시는 아버지였다. 어머니가 챙겨야 할 권식들은 희한하게도 일할 때는 모두 남이고 먹을 때만 식구였다.

가난을 밥풀 떼먹듯 했던 이모들은 양배추 속처럼 껴안는 우애뿐이었다. 이모네가 우리 집 논마지기라도 얻어 부치려고 이웃에 살았던 것이다. 어머니에겐 그것도 짐이었다. 이모네 아이들이 양푼의 밥을 축내면 할머니는 궁둥이를 위아래로 들썩거리시며 심란한 마음을 감추지 못한다.

감나무 밑이 할머니의 해우소라면 빨래터는 어머니의 해우소이다. 속을 털어낼 곳이라곤 이모밖에 없다. 이웃에 두고도 늘 허기졌던 자매끼리 대화를 빨래터에서 속까지 쏟아낸다. 어머니가 마음 바닥까지 훑어내면 이모는 소리가 새어 나갈까 봐 빨랫방망이를 더 세게 두드린다. 어머니는 빨래터에서 빨래만 빠는 것이 아니라 갑갑한 마음도 훌훌 치댔다.

할머니는 자매가 냇가에 마주 앉아 빨래하는 모습도 달갑지 않았다. 빨래 그릇 속에 쌀 봉지를 감춰 몰래 이모에게 준다고 생각했다. 그렇게 어머니는 할머니로부터 늘 의심의 족쇄를 차고 살았다.

서운한 마음을 머리에 꿰고 지냈지만 어머니는 누구를 탓하는 법이 없었다. 물 흐르듯 운명으로 받아들인 것이다. 어머니의 고충은 대단한 데 있었다기보다 아무도 그 속을 알아주지 않았음에 있었을지 모른다. 조석으로는 대가족으로 북적댔지만, 집안일과 농사일 가운데서는 언제나 외로운 섬이었으니까.

일을 마치고 들어오자 아내가 홍시 보자기를 식탁 위로 들고 왔다. 어머니의 온기가 배어 있을 보자기의 매듭을 조심스레 풀고 있다. 용하게도 오디오에선 '홍시가 열리면 울 엄마가 보고파진다'는 대중가요가 흐른다. 아내는 껍질이 트고 금간 홍시를 이리저리 돌려보다 한 입 베어 물고는 달다고 야단이다. 간간이 감 씨를 식탁 위에 뱉어내고 있다. 가을이 깊을수록 속살은 맛깔스럽게 익었는데 씨는 이리도 여물어졌냐고 고개를 갸우뚱거린다.

속살이 흐물흐물하게 연해질수록 씨는 수분이 빠지고 딱딱하게 굳었다. 감 씨에 저장되었던 양분을 시나브로 과육에게 내주고 스스로 말라 버린 것이다. 문틈으로 째어든 빗방울이 베란다에 놓아둔 제라늄에 똑 떨어진다.

어머니도 홍시처럼 달고 부드러웠지만 첩첩 물길 가슴속은 자식들에게 기운을 빼앗기고 감 씨처럼 말라졌을 것이다. 아마 어머니는 가슴에다 용광로를 하나 달고 사셨던 것 같다. 못 바람을 견디고 숙성한 홍시처럼 늘 한 발 뒤에서 속을 발효시킨 어머니, 어머니의 가슴 깊은 곳에 감 씨처럼 여문 못이 박혔을 테니까. 식탁 모서리에 뱉은 자갈색 감 씨가 벽에 걸린 어머니 사진 속의 저승꽃과 겹쳐져 보임은 왜일까?

어머니의 쿨렁거리는 기침 소리가 전화선을 타고 온다. 자애로운 목소리 구만 리 밑에 까맣게 탄 응어리는 아무도 모르게 엄마 가슴에 묻혀 있다. 아내가 뱉어 놓은 감 씨는 아무리 봐도 어머니의 가슴에서 파 온 것 같다.

– 교원문학상 수상작(2011년)

손달호

2011년 교원문학상

2016년 수필집 『소쇄원』

2017년 한국예인문학상 수상

장롱 속의 구두

최종희

휑한 기운이다. 주인을 떠나보낸 애절함이 집 안팎 구석구석에서 맴돈다. 아버지의 손때 묻은 지팡이가 마루 끝에 덩그마니 쓰러져 있다. 책장에 담긴 빛바랜 고서에서 묵은 냄새가 폴폴 날린다. 오래된 사진첩에는 흑백의 젊은 아버지가 밝은 미소를 보낸다.

장롱문을 연다. 아버지를 감싸고 있던 옷들이 슬픈 듯 축 늘어졌다. 장롱 깊숙한 곳의 유품을 정리하는 손끝에 둔탁한 물체 하나가 와 닿는다. 뜻밖에도 까맣게 잊어버리고 있었던 새 구두다.

팔순이 넘은 아버지는 별다른 불편함 없이 노년을 보냈다.

노인들의 기력은 예측이 어려운지, 하루가 다르게 쇠약해져 갔다. 지난해까지만 해도 지팡이를 의지하여 마실을 다녀오곤 하셨다. 그 기력마저 없어지자 과거인지 현재인지 오락가락하는 기억 속에서 대문 밖 출입을 거의 할 수 없게 되었다.

마당에 서 있는 감나무가 새벽녘 찬바람에 한기를 느끼던 계절이었다. 한낮의 온기를 데워준 햇빛이 아버지의 시선을 끌어당기기라도 했던 것일까, 방문을 열고는 감나무에 대롱대롱 매달려 있는 잎사귀들을 하염없이 바라보시다가 뜬금없이 어눌한 발음으로 구두를 사달라고 하였다. 신고 다니지도 못할 텐데 뭣 하러 그러느냐는 어머니의 만류에도 아랑곳하지 않았다. 아버지는 막무가내로 새 구두에 대한 강한 집착을 보였다. 평소 특별히 무엇을 원한 적이 없었기 때문에 불안한 마음이 스쳐 갔다. 부랴부랴 산 구두를 품에 꼭 안은 아버지는 벌써 바쁜 걸음을 옮기시는 듯하였다.

아마도 새 구두와 함께 먼저 향교로 달려가고 싶었을 것 같다. 아버지가 생전에 가장 보람을 느낀 일은 유림으로 사신 삶이었다. 족두리와 사모관대를 쓰고 마주 선 신랑 신부 앞에서, 구성진 목소리로 홀기에 따라 혼례를 집전 중이실지도 모르겠다. 관혼상제 의식이 있을 때마다 두루마기를 정갈하게 차려입고 진두지휘를 하실 때는 언제나 활기가 넘쳤다.

아니면 번쩍번쩍하게 광을 낸 새 구두를 신고 동구 밖 버스 정류소로 향하셨으리라. 아버지는 도시를 '성내城內'라 불렀다. 오랜만에 성내로 나갈 때는 요란하게 준비를 했었다. 넥타이에 양복을 차려입고 얼굴만 보이는 동그란 거울 앞에서 모자를 눌러 쓰며 옷매무시를 가다듬었다. 행여 버스를 놓칠세라 몇백 년은 됨직한 아름드리 느티나무 정류소에 미리 나와 기다리던 마을 어른들과 한 해 농사 이야기며 앞집 뒷집 소식을 두루두루 전하면서 담소를 나눴다.

한가한 농사철에는, 읍내 다방에 나가 쌍화차를 시켜놓고 친구분들과 둘러앉아 바둑 내기를 즐기셨다. 늙수레한 다방 주인을 김 양이라 부르며 농을 건네다, 해가 산 뒤로 숨을 무렵이면 자전거 페달을 밟고 집으로 돌아오시곤 했다.

새 구두가 집에 온 그날부터 숨바꼭질이 시작되었다. 아버지가 방안에 들여놓은 구두를 어머니는 신발장으로 옮겼다. 다음 날은 또다시 방 안에 버젓이 앉아 있었다. 구두는 신발장에서 방으로, 방에서 신발장으로 오가기를 몇 번이나 반복하였다. 그러다가 결국, 아버지의 성화에 못 이겨 방 안을 차지하여 함께 생활하였다. 금방이라도 벌떡 일어나서 신고 나갈 것인 양 방문 쪽을 바라보며 가지런히 놓아두었다.

그 후로 얼마 지나지 않아 아버지는 삶과 죽음의 다리를 건너는 듯 보였다. 완벽하게 살아계신 것도 아닌 멍한 표정으로 언뜻언뜻 혼자 말씀을 중얼거리셨다. 방 안으로 살며시 비집고 들어온 햇살을 향해 속삭이는 건지, 마당을 서성이는 바람에게 전하는 말인지 알 수 없었다. 어쩌면 흘러간 시간 속의 사람들과 정담을 나누며, 삶을 정리하는 순간이었는지도 모른다. 위태롭게 매달린 잎사귀를 보며, 얼마 남지 않은 당신의 끝자락을 예감하셨을 수도 있으리라. 감잎들이 다 떨어지기도 전에 서둘러 먼 길을 떠나셨으니 말이다.

빈센트 반 고흐가 그린 '구두'가 생각난다. 주인의 땀과 발냄새가 고스란히 담겨 있는 닳고 닳은 구두에서, 짧은 생을 힘들게 살다 간 고흐의 삶을 닮은 듯 서글픔이 느껴졌다. 고흐는 떠나고 없지만, 구두는 남아서 그의 생애를 상기시키고 돌아보게 하였다. 고흐의 구두가 너무 허름해서 측은해 보였다면, 아버지의 구두는 한 번도 외출하지 못한 채로 반질반질 윤기가 나는 새것이기에 오히려 밀려오는 애잔함이 더하다. 이러한 내 마음을 어루만져 주기라도 하듯 장롱 속의 구두가 먼저 말을 건네 온다. 아버지와 함께 과거 속으로 여행을 떠나왔기에 많은 추억을 간직하고 있다며 슬픔에 젖은 나를 토닥토닥 달랜다.

가까이 지내던 어느 이의 말이 뇌리를 스친다. 중한 병에 걸려 큰 수술을 받게 되었을 때, 가장 먼저 주변을 말끔하게 청소를 하고 싶다는 생각이 들었다고 했다. 혹시라도 집으로 돌아오지 못하는 불행한 사태를 머릿속에 그리며, 자신이 떠나고 없는 빈자리의 너저분한 모습들이 가장 두려웠다는 것이다.

어쩌면 아버지는 더는 세상 밖으로 걸어 다닐 수 없다는 사실을 누구보다도 먼저 예감한 순간 새 구두를 장롱 속 깊이 숨겼던 것은 아닐까. 한동안은 강한 삶의 의지를 품기도 했었다. 하지만 더 이상 구두가 그 몫을 실현할 가능성이 없다는 현실을 받아들이며, 한평생 머물다 온 길을 차분히 정리해 보았을지도 모른다. 생애에 일어났던 사연들을 구두 속에 묻어두고 많은 대화를 나누었을 수도 있겠다. 옛날 어른들이 장롱 속에 꿀단지를 감추었던 마음처럼, 새 구두에 정갈하게 보관하여 꼭꼭 숨겨두고 싶은 심정이었으리라.

아버지의 삶이 저물어 가는 마지막까지 사랑을 독차지한 구두였다. 젊은 날의 기억을 되새김질하여 간직해야 할 구두이기에 소중할 수밖에 없지 않았으랴. 어쩌면 자식들에게 남겨주고 싶은 유언을 장롱 속의 구두가 가장 진실한 몸짓으로 대신 말하는 것일지도 모른다. 삶이란 두 다리를 활보하며 다닐 수 있는 자체만으로 의미가 있다는 것을. 지나온 나날들을 더듬어 보아도 부끄럽지 않을 만큼 올곧은 길을 가라는 말씀이기도 할 터이다.

아버지의 일상, 목소리, 완고함까지, 살아오신 모두를 가슴 속에 고스란히 간직하고 있듯이 먼 훗날 과연 나는 어떤 모습으로 남겨진 사람들에게 회상되어 질까. 오늘 걸어가고 있는 발걸음들이 내 삶의 한 자락으로 가득 채워질 수밖에 없으리라. 어떠한 형태이든 결코 지울 수 없는, 자신만이 지닌 온전한 빛깔로 남게 될 것이 아닌가. 내가 머물다 온 자취는 얼마나 떳떳할 수 있을까? 진정으로 부끄러워해야 할 뒷모습이 무엇인지도 모른 채, 두루뭉술한 허리선의 결점만을 탓하며 전전긍긍해 온 삶은 아니었는지 뒤돌아본다. 허투루 내디딜 수 없는 한 걸음 한 걸음의 소중함이 새삼스레 가슴에 와닿는다.

오빠는 구두를 유품으로 고이 챙긴다. 애틋한 마음을 담아 아버지를 모시듯이 조심스럽게 승용차에 싣는다. 아버지의 삶의 이야기가 녹아 있는 장롱 속의 구두는 이제는 오빠가 그 뜻을 이어받아 내일을 향해 뚜벅뚜벅 힘찬 발걸음을 옮기게 되리라.

– 제12회 평사리문학대상 수상작(2012년)

최종희

《동리목월》 신인상

2012년 평사리문학대상

2013년 경북문화체험 전국수필대전 대상 수상

영남수필문학회 회원

씨오쟁이

박경혜

삼십여 년 만의 고향길이다. 도시를 벗어나 겨우 십여 분 달려왔을 뿐인데 풍경이며 공기가 완연히 다르다. 모처럼의 나들이에 숨통이 확 트인다며 기꺼워하시던 어머니는 창밖에 시선을 두고 언제부터인가 말이 없다. 생각이 많아 보이는 어머니의 침묵에 차 안의 공기도 덩달아 무거워진다.

회오리바람 한 줄기가 언 들판을 훑고 지나간다. 부지런한 농부는 벌써 거름을 내었는지 군데군데 들 빛이 거뭇하다. 눈앞이 아롱거린다. 땅김이 겨우내 얼고 튼 살갗을 추슬러 햇살 속으로 아지랑이를 피워 올리는 중인가 보다. 아마도 얼어붙었던 마음을 열고, 다사로운 기운으로 몸을 녹여 새 생명을 키워내기 위한 준비를 하는 것이리라.

부모님은 자식들 뒷바라지를 위해 고향을 떠났다. 허나 도시 생활은 어수룩한 시골 사람들에게 그다지 호락호락하지 않았다. 몇 년 만에 고향 동네의 반이 넘던 전답을 야금야금 팔아먹고 집 한 채만 겨우 건졌다. 물론 어머니의 잘못만은 아니었다. 자식들 공부바라지로 팔아먹은 것보다 마음만 태평양 같아 무턱대고 사람을 믿고 보는 아버지의 보증 빚으로 넘어간 전답이 더 많았다. 그때부터 조상님 뵐 면목이 없다며 어머니는 고향에 발길을 끊었다. 고향은 그곳을 떠난 사람들이 힘겨운 삶에 치여 허덕일 때 마음의 뿌리를 내릴 수 있는 보루의 땅이다. 그것을 잃어버린 삶이란 비빌 언덕을 빼앗기고 떠도는 부초의 삶과 다르지 않으리라.

아버지의 연이은 사업실패로 시어머니와 다섯이나 되는 자식들을 건사하는 일은 늘 버거웠다. 삶의 무게를 견디지 못해 다리가 휘청 꺾이는 날인들 왜 없었으랴. 허나 어머니는 한숨 한 번 크게 내쉬지 않고 힘에 부치는 순간마다 이를 악물었다. 밖으로 뱉어내지 못한 한숨은 아마도 속으로 고여 들어 피멍울이 생기고, 오장육부를 병들게 했으리라. 살림살이가 오그라들수록 5대 독자인 아들에 대한 어머니의 애정은 더 유난해졌다. 딸들에게 살가운 아버지와는 대조적으로 당신의 모든 일상은 늘 아들을 축으로 공전하고 있었다.

마을에는 인기척이 없다. 아직은 코끝이 매운 겨울의 끝자락이서인지 집집마다 문이 굳게 닫혀 있다. 고개를 푹 숙이고 걸음을 재촉하는 어머니를 보며 아무와도 마주치지 않은 게 오히려 다행이라는 생각을 한다. 삽짝에 서서 어머니는 잠시 숨을 고른다. 집에는 대문이 없다. 언제든 길손이 들러 목을 축일 수 있도록 담장을 낮추고 대문을 달지 말라고 하신 할아버지의 유지에 따라 마당은 바로 골목길로 이어지고 있다. 서너 발자국이면 닿을 삽짝과 마당 사이. 어쩌면 삼십 년의 세월이 마음의 거리를 만들어 어머니는 선뜻 발을 들여놓기가 쉽지 않은지도 모를 일이다.

집은 의외로 정갈하다. 마당에는 비질한 흔적이 곱게 새겨져 있다. 집을 관리해주는 먼 친척 아저씨의 바지런함 덕이리라. 발소리를 죽여 집 안을 둘러보는 어머니의 발끝을 눈으로 좇는다. 당신의 손길이 수천 번도 더 거쳐 갔던 장독대며 정성 들여 사시사철 꽃을 피워내던 수돗가, 그리고 잠실과 일 년치의 양식을 갈무리해 두던 뒤주를 더듬다가 시선이 벽에 머문다. 앙증맞은 망태기가 조롱조롱 걸려 있다.

내려서 열어보니 마른 옥수수며 팥 등 곡식들이 조금씩 들어 있다. 세월이 얼마나 지났는데 기특하게 아직도 이리 멀쩡

하냐고 탄성을 지르는 나를 보며 어머니가 어이없다는 듯 헛웃음을 지으신다. 그때서야 그 씨오쟁이의 비밀은 아저씨의 세심한 배려라는 것을 알아챘다. 다시 보니 모두가 탱글탱글한 알곡이다. 아이고, 실하기도 하다. 속엣말을 하며 어머니의 입이 귀에 걸리도록 얼굴이 환해지는 것을 보니 그것을 뿌릴 땅은 없지만 내심 고맙고 기꺼운 눈치다.

집은 고운 먼지에 덮여 은밀한 느낌이 든다. 바람 많은 날씨 탓이리라. 대청마루의 먼지를 손바닥으로 쓱쓱 훔친 어머니가 걸터앉는다. 발치의 뜰 위로 햇살이 허벅지게 쏟아져 내린다. 세월의 무게는 어머니뿐 아니라 집도 부피를 작게 만들었나 보다. 오 형제와 닭과 강아지가 어우러져 종일 뛰어놀아도 넓기만 하던 대청마루와 마당이 한 뼘에 잡힐 듯 자그마하다. 내가 나란히 걸터앉기를 기다렸다는 듯 어머니는 조심스럽게 꽁꽁 감추어 두었던 씨오쟁이를 슬그머니 꺼낸다.

스무 살에 시집을 와서 강보에 싸인 아이를 연이어 셋이나 잃었다. 어렵게 딸 하나를 키워냈지만 그 후로 오 년이 넘게 아이가 생기지 않았다. 할머니의 성화가 이만저만이 아니었다. 손 귀한 집에 대가 끊기게 생겼으니 씨앗을 들여야 한다고 소리를 높였다. 단호하게 반대를 하시던 할아버지마저 슬그머니 뒤로 물러앉으시는 눈치였다. 마음 여린 아버지는 이러지도 저러지도 못하고 안절부절못하더니 종내는 종중 일이라거나 혹은 다른 핑계를 만들어 출타하는 일이 잦아졌다.

어머니는 끝나지 않을 것만 같은 짙은 암흑에 갇혀 숨이 막혔다. 칠흑 같은 어둠, 방향도 가늠할 수 없는 곳에서 화살처럼 날아오는 할머니의 모진 말들은 뼛속 깊이 박혀 아물지 못할 생채기를 만들었다. 대를 잇지 못한 죄인이 되었으니, 시집살이는 살이 얼어 터지는 혹독한 겨울을 홑옷으로 나는 것보다 더 시렸지만 신음소리조차 낼 수 없었다. 아궁이에 불을 넣을 때가 울 핑계로는 가장 좋았다. 빨갛게 부어오른 눈은 청솔가지 연기 때문이라며 스스로 마음 다짐을 단단히 하곤 했다.

급기야 할머니는 대처에 새살림을 내어 손자를 보겠다고 나섰다. 할아버지는 헛기침만 자꾸 하시며 어머니의 속을 태웠다. 몇 번이나 대처에 다녀오신 할머니가 집을 사야겠노라고 할아버지께 논을 팔아 돈을 마련해 달라고 성화를 하시던 즈음 어머니가 입덧을 했다. 눈물 마를 날 없는 새댁이 안쓰러워 조상님이 주신 선물이었을까. 시집에서 쫓겨날지도 모를 삶의 벼랑 끝에 섰을 때 구세주처럼 아들이 태어났다.

그날이 마침 고조부의 제삿날인지라 친지들이 모인 자리에서 할아버지는 한 시간이 넘도록 제사상 앞에 엎드려 일어날

줄을 몰랐다. 더할 수 없이 기꺼운 마음에 며느리에 대한 미안함이 더해졌음이리라. 어머니는 고운 씨오쟁이에 뜨거운 눈물과 함께 당신의 생명을 이어준 알곡을 넣고 마음 깊이 감추었다. "니 오빠 덕에 내가 이 집에서 살아남은 거라." 말끝에 물기가 촉촉이 배어난다.

처음 들여다보는 어머니의 씨오쟁이는 핏빛이다. 아들이 뭐라고 싶지만, 대 잇기를 중시하던 그 시대에는 귀하디귀한 존재가 아닐 수 없었으리라. 오빠에게만 유난한 사랑을 퍼붓던 어머니가 야속한 적이 한두 번이 아니었다. 허나 씨오쟁이에 감추어진 생채기를 보고 나니 슬그머니 내가 아들이 아닌 것이 도리어 죄스러워져서 마주잡은 손에 땀이 배어난다.

말로 낸 생채기는 세월이 흘러도 쉽사리 아물지 못하고 자주 덧나는 법이다. 산산이 부서진 젊은 어머니의 마음을 퍼즐처럼 아무리 끼워 맞춰 보아도 떨어져 나간 작은 조각들 때문에 아귀가 잘 맞지 않는다. 제대로 봉합하지 않고 대충 얼버무려 둔 상처가 흉한 자국으로 흔적을 남겼다.

마음에 고인 물기를 훔쳐내며 어머니의 휴대전화기 단축번호 1번을 꾹 누른다. 무뚝뚝한 신호음이 몇 번 건너가더니 응석 섞인 오빠의 목소리가 건너온다. 얼른 어머니의 귀에 갖다 대주는데 간질간질한 단어들이 통통 튀어 오른다. 만면에 웃음을 가득 담는 어머니. 씨오쟁이 속 알곡 하나가 당신의 마음에 싹을 틔우는 중인가 보다.

– 제27회 신라문학대상 수상작(2015년)

박경혜

2015년 신라문학대상 수상으로 등단

수필문예회 회원

매듭 인연

정수연

귀엽고 앙증맞다. 갓 태어난 친손녀와 첫 대면이라 마음이 설렌다. 조막만 한 얼굴에 눈, 코, 입 다 갖춰진 것이 신기할 정도다. 눈도 제대로 못 뜨면서도 먹고사는 일이 생의 절실한 과제라는 건 아는지, 콩알만 한 입으로 연신 혓바닥을 날름거린다. '햇살'이란 태명처럼 아이 얼굴 위로 엷은 아침 햇살이 부드럽게 감돈다. 가슴을 볼록거리며 새근새근 잠든 모습이 하도 예뻐서 살며시 안아본다. 가녀린 생명체에서 몰캉거리는 체온이 따뜻이 전해온다. "그래 고맙다." 이 순간부터 억겁의 인연이 겹쳐서 이루어진 너와 나의 소중한 만남이 시작되는 것이리라.

'인연'이라면 가슴 저 밑바닥에서부터 황량한 바람이 분다. 삶의 모서리에 모질게 닿은 인연으로 응어리진 가슴에는 온기마저 사라졌다. 인간관계에 대한 불신으로 단단히 걸어 잠근 마음속 빗장을 핏줄의 끈이 가만히 열어젖힌다. 혈연이란 때로는 아프다. 질척거림으로 다가오기도 하지만 평생을 끌어안고 가야 할 생명의 고리이자 행복의 근원이다. 내 자손이 존재하고 나를 기억하는 한 죽어서도 이어지리라는 믿음이 언 가슴을 따뜻이 녹여준다. 사랑도 믿음이라는 토양에서 싹이 틀 때 열매를 맺는 것이리라.

한 생을 살면서 인연만큼 소중한 것도 드물다. 더불어 사는 인간사에서 인연 아닌 것이 어디 있으랴. 부모 형제를 비롯해 부부와 친구, 스승, 동료처럼 수많은 관계 속에서 서로의 삶에 영향을 주고받으며 만나고 헤어지기를 반복한다.

만남의 인연으로 가장 깊게 그리고 오래 지속되어 한 사람의 인생을 좌우할 수 있는 사이가 부부의 연이 아닐까. 수많은 사람들 중 우연에서 필연이 되어 소실점을 향해 함께 가는 운명인지도 모른다. 결혼은 각자의 모자란 반쪽으로 만나 완성을 이루며 사는 것이다. 평생을 함께한다는 사랑의 맹서에 인생 전부를 걸고 영원한 행복을 꿈꾼다. 하지만 어떤 인연은 믿고 의지할 수 있는 행복한 만남이지만, 한 인간의 삶을 송두리째 뒤흔들어 놓는 악연이 되기도 한다.

부부는 등 돌리면 남남이라 했던가. 몇십 년을 살았어도 때로는 그 세월의 위력도 소용없을 만큼 허무하게 끝날 수도 있는 관계가 부부다. 나는 삼 남매를 낳고 사는 동안 어려운 고비도 많았지만, 남편의 꿈은 곧바로 우리의 행복으로 이어지리라 믿었다. 오랜 기다림 끝에 찾아온 성취의 기쁨도 잠깐, 또 다른 고통이 시작될 줄이야. 내 몸의 일부처럼 믿고 살았던 사람이 다른 인연을 따라 매정하게 돌아서 버렸다. 그 뒷모습에서 인간관계의 허망함을 절절히 느꼈다. 기약도 없는 모진 세월을 발버둥 치며 살았던 삼십여 년 세월은 매미 허물처럼 그의 발길 아래 누더기로 널브러졌다.

평생을 함께하리라 믿었던 선택인 만큼 그 배신의 아픔은 치명적이다. 생사로 갈라진 이별이라면, 함께한 세월은 애틋한 추억으로 남을 것이다. 하지만 남남으로 돌아선 지금, 지난 세월은 오물을 뒤집어쓴 듯 지우고 싶은 과거가 되었다. 서로가 이기심으로 인간 심성의 밑바닥까지 긁어대며 악다구니를 쳤기 때문이다. 자식이 셋이나 되니 속 시원히 악연이라 내뱉을 수도 없다. 이 세상에 핏줄로 이어지는 연결고리만큼 질긴 것이 또 있을까. 결혼사진은 반으로 갈라진 지가 오래건만 의료보험증에는 나란히 이름이 적혀 있다. 그걸 볼 때마다 몸보다 마음이 더 아프다. 죽어서도 소멸되지 않는 질긴 매듭으로 이어져 멍에처럼 따라다닐 것 같아서다.

어긋난 인연은 내 운명에 긴 그늘을 드리운다. 돌아선 지 십 년, 큰아이 결혼식 날 혼주석에 나란히 앉았다. 하객들을 의식해서 의연하게 굴었지만 둘 사이에는 이미 건널 수 없는 강이 흐른다. 경사스러운 날, 서로가 눈길 한 번이라도 닿을까 봐 외면하자니 마음은 가시방석이다. 부부 인연에 대한 주례사를 들으면서 법정 스님 글이 떠올랐다. "너와 나의 관계도 신의 장난처럼 우연히 이루어진 것이 아니다. 전생에 뿌린 업의 결과다."라는 구절이 가슴을 파고든다. "전생의 업을 알고 싶거든 이승에서 내가 받은 것을 보라"는 인과경의 한 대목처럼 내가 참 많은 빚을 졌던가 보다. 뿌리만 내리면 끈질기게 뻗어가는 칡넝쿨처럼 눈에 보이지도 않는 인연의 고리가 모질고도 질기구나 싶어 진저리가 났다. 한 번으로 끝날 일도 아니다. 자식 셋을 출가시킬 때까지 슬픔은 삼키고 웃음을 토해내는 어설픈 피에로가 되어 허공을 향해 춤을 추었다.

새로운 인연을 맺는 절차가 진지했다. 주례석을 향한 아들의 뒷모습에서 얼굴 표정보다 더 진한 심정이 배어 나온다. 부모의 불화로 겪었을 그간의 아픔이 느껴져서 자책이 들었다. 자식은 부모로부터 삶의 명암을 배워 간다고 했다. 마음

고생은 많았지만 결혼에 임하는 마음가짐은 남다르리라 믿고 싶다. 부디 아름다운 인연이 되기를….

부부는 먼 길을 함께 가는 동반자라 하였다. 서로의 다름을 인정하고 존중하면서 여생을 함께 하는 노년의 모습에다 부부 인연의 참 의미를 두고 싶다. 행복한 가정은 모두의 소망이지만 어디까지나 이상일 뿐이다. 현실에서는 많은 노력과 희생이 뒤따라야만 가능한 일이다. 홈 스위트홈home sweet home을 작사한 미국의 극작가이면서 배우였던 존 하워드 페인은 행복한 가정을 누구보다도 깊이 갈망했지만, 그는 정작 그 꿈을 이루지 못했다. 평생을 떠돌이로 살았기에 더 절실했을는지도 모른다.

지진이 난 땅에도 생명은 움튼다. 죽을 것 같은 고통도 세월이 흐르면서 무디어지고, 그 자리에 꽃도 피고 열매도 맺는다. 이 세상에 영원한 것이 어디 있을까, 인연 따라 잠시 머물다 가는 것이거늘. 악연도 선연도 모든 것이 나로부터 비롯되었을 것이다. 다시 내려와야 할 산을 열심히 오르듯, 상처를 받았다고 해서 만남을 영원히 기피하고 살 수는 없는 일이다. 오히려 인연의 소중함을 더욱 절실하게 느끼게 된다.

인연으로 인해 자국을 남기는 아픈 상처도 받지만, 인연이 아니면 무엇이 그처럼 가슴 떨리는 사랑으로 기쁨과 보람을 안겨줄 것인가. 썩은 고목에도 새순이 돋듯, 시린 가슴을 비집고 살가운 인연이 찾아왔다. 눈물로 피워낸 소금꽃처럼 내 삶의 의미를 준 귀한 선물을 꼭 끌어안는다.

"그래 고맙다."

– 제2회 매일시니어문학상 수필 부문 최우수상 수상작(2016년)

정수연

제2회 매일시니어문학상 수필 최우수상

제7회 등대문학상 우수상

대구문인협회, 대구수필가협회, 대구여성문인협회, 영호남수필문학회, 수미문학회, 가톨릭문인회 회원

풀매

신정애

두 개의 행성이 맞물려 돌아간다. 드르륵 드르륵! 어처구니를 잡은 손등 위로 더운 김이 솟아오른다. 밖엔 눈이라도 내리는지 소란하던 사위가 고요하다. 미열로 시작된 감기에 잣죽이 좋다며 엄마가 풀매를 돌린다. 따뜻한 방 안에는 어린 내가 누워있고 대청마루에 그린 듯 앉아 있는 엄마의 치마폭에는 솔 향기 같은 잣 냄새가 난다.

유년 시절에는 감기를 달고 살았다. 고장 난 수도꼭지처럼 흐르던 콧물로 코밑은 성할 날이 없었다. 환절기가 되면 편도부터 부어올라 밥보다 죽을 먹은 기억이 더 많다. 뽀얗게 불린 찹쌀과 잣을 풀매에 곱게 갈아 주걱으로 저어가며 끓이면 온 집 안에 잣 향기가 아늑하게 퍼졌다. 엄마는 남은 찹쌀가루로 작고 동글납작한 녹두전이나 찹쌀전병을 만들었다. 그 위에 꿀을 듬뿍 뿌려 먹는 것은 아플 때만 누리는 호사였다. 봄이면 창포 꽃잎이 하얀 전병 위에 피어나기도 하고 겨울이면 대추가 솔잎 위에서 붉은 수를 놓았다.

풀 쌀을 가는 작은 맷돌이 풀매다. 고운 돌로 만들어 맷돌보다는 작고 아담하다. 아랫돌과 윗돌이 만나 돌아가는 부분에는 서로 다른 무늬의 홈이 파여 있다. 맞물려 물 샐 틈 없이 돌아가도 홈이 있어 마찰로 생기는 열을 적게 해준다. 불린 쌀을 아가리 속으로 물과 함께 조금씩 넣어가며 어처구니를 잡고 빙글빙글 돌려주면 곱게 갈린 곡물이 내려온다. 큰 맷돌보다 부드럽게 갈려 죽을 쑤거나 모시, 명주 같은 옷에 고운 풀을 먹일 때 주로 쓰였다.

여름날 빳빳하게 푸새가 된 아버지의 정갈한 모시옷도 풀매가 한몫을 했다. 추수가 끝난 늦가을 때쯤이면 아이들 등쌀에 너덜너덜해진 창호지 문에도 겨울 채비를 서둘렀다. 곱게 간 풀물을 창호지에 듬뿍 적셔 문살에 발라 두면 늦가을 볕에도 한나절 동안 팽팽하게 당겨졌다. 살을 에는 동장군 추위에도 바람을 거뜬하게 막아주었다. 풀물이 고와야 얼룩이 지지 않는다며 풀매를 돌릴 때 엄마는 결코 서두르는 법이 없었다.

악기를 연주하듯 빠르지도, 느리지도 않게 리듬을 타며 박자를 맞추었다. 아랫돌 윗돌이 추임새를 넣으며 일심동체로 돌아가면 엄마의 가녀린 어깨도 함께 어우러졌다.

장단을 맞추며 한 몸이 되어 돌아가는 동안은 엄마 혼자만의 고유영역이 된다. 실타래처럼 엉킨 삶을 추스르는 의식 같은 모습이었다. 가지 많은 나무 바람 잘 날 없다던 육 남매를 키울 때는 새우잠을 자고 일어나도 엄마의 하루는 부족했다. 일상이 전쟁 같은 날들에도 늘 아랫돌처럼 그 자리를 지켰다. 주름살 하나 없이 정성 들여 손질하는 모시옷처럼 구겨졌던 일상들이 하나둘 펴졌다. 그건 부드러우면서도 강한 풀매의 힘이었다.

곡물이 잘 갈려서 나오는 것은 원심력과 구심력이 상호작용을 하기 때문이다. 자꾸만 밖으로 뛰쳐나가려는 윗돌을 아랫돌은 지그시 당겨준다. 아버지의 늦바람으로 가슴앓이를 하면서도 자식들이 알세라 엄마는 내색 한 번 하지 않았다. 육 남매 중 누구도 아버지의 일탈이나 엄마의 아픈 속내를 알지 못했다. 돌틈 사이로 비집고 나오던 하얀 한숨을 이해하기에는 너무 어린 나이들이었다. 궤도를 이탈할 듯 보이는 자전自轉도 가정이라는 울타리에 묶여 다시 제자리로 돌아온다. 언젠가 잎 떨어진 나목이 되어 돌아올 아버지의 빈자리를 아랫돌이 되어 묵묵히 지켜내었다.

풀매를 돌리면서 가끔 엄마는 낮은 소리로 흥얼거렸다. 곡조도 없는 넋두리 같은 노래를 드르륵거리며 돌아가는 소리에 반주 삼아 불렀다. 때로는 우물 속 같은 깊은 한숨 소리가 대신할 때도 있었다. 어처구니를 잡은 손등에는 고무줄처럼 파란 힘줄이 솟아올라 마치 작은 풀매에 온몸이 매달린 듯했다. 돌들이 부딪치면서 내는 마찰음이 신음처럼 돌아 나오면 넋두리 같은 노래도 풀물에 젖어 들었다. 흥건하게 젖은 넋두리나 깊은 한숨이 마를 때쯤이면 어느덧 지친 마음도 팽팽하게 당겨 놓았다. 누구나 삶의 버팀목 하나쯤은 가졌다면 엄마에게는 아마도 풀매였으리라.

육 남매가 모두 떠나고 빈 둥지가 되자 풀매 잡을 일도 없어졌다. 빳빳하게 푸새 된 모시옷을 입어 줄 아버지마저 세상을 떠나자 쓸모없는 돌덩이가 되었다. 언제부터인지 엄마가 다시 풀매를 잡았다. 손이 많이 가는 음식이라 손사래 쳐보아도 이미 풀매 앞에 앉은 엄마를 말릴 수 없었다. 믹서기로 하면 빠르고 쉬우련만 애써 풀매를 고집했다. 힘들게 만든 전병도 옛날처럼 맛이 나지 않아 냉장고 안에서 굳은 채로 버려지기 일쑤였다. 귀한 것도 없는 음식을 만드느라 한나절을 붙잡아 두는 엄마를 이해할 수 없었다.

얼마 전 유학을 간 아들이 방학 동안 잠시 다니러 나왔다.

생활패턴이 바뀐 탓에 적응하기 힘들다며 떠나는 날은 정성 들인 아침상도 마다하고 주스 한 잔만 마시겠다고 했다. 믹서로 간편하게 갈면 될 것을 쓰지 않던 강판을 꺼내 토마토를 갈았다. 다시 볼 날이 아득해진 속내를 강판으로 감추었다. 식탁 앞에 앉은 아들을 바라보며 강판 위의 손도 자꾸만 느려졌다. 내 자식을 떠나보내고 나서야 풀매를 잡던 엄마의 마음을 헤아릴 수 있었다. 그때의 엄마도 나처럼 잡고 싶었던 속내를 대신했던 것은 아니었을까. 짜증을 부렸던 한나절의 시간들이 죄송함으로 아릿하게 가슴을 저민다.

엄마 치마폭에 배여 있던 솔 향기와 함께 풀매 돌아가는 소리가 들린다. 입 안에 번지는 잣의 향기로 온몸이 알싸해진다. 이 모든 것들은 아랫돌처럼 가끔 궤도를 벗어나려던 나를 제자리에 당겨 놓는다. 든든한 버팀목이 되어 준다. 삶이란 소소한 기억의 편린들로 잘 맞추어 나가는 퍼즐 같은 것인가 보다. 미열에 들뜬 어린아이의 숨소리며, 푸새 된 모시옷이며, 장구처럼 팽팽하게 당겨졌던 창호지 문이며, 찹쌀전병 위의 진달래가 평면을 채운다. 둥글거나 모난 기억의 조각들이 함께 어우러져 빈틈을 메워 놓는다.

가만히 나만의 풀매를 돌려본다. 아직 못다 채운 여백이 고운 풀물에 젖어 든다.

– 제28회 신라문학대상 수상작(2016년)

꽃

임병숙

이름에 '달'이 들어간 꽃은 왠지 정겹다. 이름만 들어도 순박하고 아련한 그리움에 가슴이 따뜻해진다. 달을 닮아 드러내지 않는 몸짓과 애잔함이 묻어 있는 듯하다. 내 유년의 기억을 품고 있는 '달맞이꽃'과 '달개비'는 논둑에 지천으로 피었다. 노란색과 보라색으로 색깔은 달라도 어감도 비슷하고 달처럼 순정한 몸짓으로 마음을 끌어들인다. 얼굴조차 쉽게 내밀 수 없어서 에둘러 표현한 듯한 '달거리'도 정감이 가는 이름이다. 그 꽃은 달빛처럼 은밀하게 햇살 한 줌 들지 않는 곳에서 핀다.

꽃이 떨어진다. 발갛게 멍울진 얼굴을 붉히며 바닥에 가만히 앉아 있다. 사십여 년을 달을 거르지 않고 내 몸을 거쳐 갔으면서 아직도 부끄러워할 게 남은 모양이다. 한 장씩 떨어지다 이슬이 되어 물속으로 미끄러진다. 한때 뭉텅뭉텅 떨어지던 모습과 사뭇 대조적이다. 긴 세월 달마다 피더니 이제 지친 걸까, 열정이 식은 걸까. 꽃이 빠져나간 자리가 휑해 보인다. 내게서 점점 멀어지는 듯한 모습에 불안감이 밀려든다.

해마다 봄이 오면 베란다에 철쭉이 핀다. 밖에 한 번 나가 본 적 없어도 피는 걸 보면 봄에 대한 의무랄까, 예의를 지키는 듯하다. 아니면 내가 알지 못하는 어떤 의식을 치르는지도 모른다. 베란다는 철쭉의 선홍색 이야기로 요동친다. 겨우내 벗은 몸으로 추위에 떨게 한 게 마음에 걸렸지만, 원망하는 기색도 없이 화사하다. 철쭉은 미소만큼 성격이 밝고 구김살도 없어 보인다. 자신의 처지를 불평하지 않고 주어진 대로 순하게 받아들이는 모양이다.

끌리듯 다가가서 철쭉과 눈을 맞춘 적이 있다. 간밤에 벌이라도 한 마리 다녀갔는지 낮꽃이 핀 얼굴은 열다섯 살 여자아이를 당황하게 했던 초경 빛깔이다. 선홍빛 꽃에서 크림색 향기가 났다. 친정집 뒤꼍에 밤꽃이 하얗게 피면 정신을 아득하게 하던 그 향기를 닮았다. 순간 내 얼굴이 빨개졌다. 철쭉은 온몸으로 달거리를 하고 있었다. 여자는 달마다 꽃이 피지만,

철쭉은 일 년에 한 번 치르는 모양이다. 그 대신 양도 많고 보름 이상 진득하게 머물다 간다.

예전에는 나의 그곳에 꽃이 피는 걸 그다지 반기지 않았다. 아무도 가르쳐주지 않는 아릿한 통증의 비밀은 꽃과 나 사이를 가로막았다. 여자가 되는 걸 거부할 방법이 무엇일까 생각했다. 아무리 궁리해도 별다른 방법이 떠오르지 않았다. 꽃이 피는 날은 이른 아침 는개에 젖은 풀잎이 되어 온몸이 질척했다. 한여름이면 달을 건너뛰고 싶은 적이 몇 번이었던가. 나의 속내가 뭔지도 모른 채 꽃은 숭고한 사명을 지키듯 달을 거르지 않았다. 어찌 보면 곧이곧대로 약속을 지키는 순진한 여자아이 같다.

조물주가 만든 건 어디 놓아도 제 몫을 한다는 말이 있다. 세월의 나이테가 쌓이면서 꽃이 풀어놓는 비밀스러운 이야기가 들렸다. 생명을 잉태하고 욕망을 배설하면서 새로운 세상이 시작되는 그곳은 우주를 품는 공간이었다. 꽃이 피지 않으면 불가능한 일이리라. 꽃이야말로 우주의 발원점일지도 모른다. 그 덕분에 좀 더 성숙한 여자가 되었고, 몸으로 나누는 언어를 자연스레 받아들인 듯하다. 때로는 알 수 없는 자신감이 생겼다. 한차례 꽃이 피었다 지고 나면 나의 몸은 창문으로 스며드는 달빛을 따라 희뿌옇게 달뜨곤 했다.

올해는 다른 해보다 한 달 정도 늦게 철쭉이 피었다. 흐벅지게 피던 모습은 사라지고 한쪽은 봉오리도 맺지 못한 채 잎사귀만 나왔다. 철쭉이 우리 집에 온 햇수를 가만히 떠올려 본다. 벌써 육 년이 지났다. 동물은 인간의 나이와 세는 방법이 다르듯이 식물도 마찬가지인지 모르겠다. 철쭉은 내가 느끼지 못하는 사이 어느새 중년이 된 모양이다. 낯꽃이 사라진 표정은 한쪽이 텅 빈 듯하다. 꽃도 제대로 피지 못하면서 베란다만 어지럽힌다며 어머니가 치워버리겠다고 하신다. 그 말씀에 가슴이 심란해진다. 몇 송이 되지 않아도 꽃은 꽃이고, 내년에도 필 게 분명하다.

지천명을 넘기면서 나에게도 변화가 다가왔다. 보름달이 기울어가듯 꽃의 양이 줄어들고 장미보다 요염하던 빛깔은 농도가 옅어졌다. 나에게서 떠날 채비를 하려는가 보다. 막상 헤어질 것을 생각하니 앞을 막고 싶은 건 무슨 심사일까. 전에는 그다지 반기지 않던 마음이 이기적으로 변했다. 나보다 먼저 꽃이 떠나버린 친구들처럼 짧았던 밤이 아득하게 길어지는 건 아닐까. 어떤 친구들은 난방기 앞에서도 얼굴이 붉게 물들고 땀을 흘린다. 여성을 잃는 모습을 보이는 건 자존심 상하는 일이다. 욕망이 퇴색하면서 꿈과 열정도 소멸하는 듯한 두려움이 앞선다. 머지않아 나의 그곳에서 피던 꽃은 어디

론가 사라지고 빈 들판처럼 변할 모양이다.

구순이 가까운 앞집 할아버지는 얼굴에 검버섯이 유난히 많다. 약주를 좋아해서 늘 발그레한 할머니에 비해 말씀이 없고 행동도 느긋하다. 표정이 없는 얼굴은 아무런 욕망이나 희망도 없이 그저 물 흐르듯이 흘러가는 것 같다. 오래된 시간이 그을음처럼 묻어 있는 모습은 여느 노인들과 다르지 않다. 가끔 엘리베이터 안아서 할아버지의 수줍은 일상을 듣기도 한다. 할아버지는 하늘색 공공근로 조끼를 입고 거리를 청소하거나 개천 옆 공터에 호박이나 가지 몇 포기를 가꾼다. 한여름이면 도드라진 등줄기에 달라붙은 셔츠에서 푸성귀 냄새가 난다.

요즘 들어 할아버지가 외출을 자주 하신다. 하늘색 조끼 대신 당신의 주름이 묻어 있는 셔츠를 입고 손에는 가방을 든다. 벨트를 맨 허리가 햇살에 흔들려도 가방을 든 손등에 혈관이 까맣게 일어난다. 할아버지는 한자 능력 검정시험 2급에 합격하고 1급 시험공부를 하려고 도서관에 다닌다. 내친김에 컴퓨터도 배우는데 기억력이 예전만 못하다며 걱정하신다. 의외의 모습에 놀라워하며 치켜세우자 수줍게 "심심해서 기냥 댕겨유." 하신다. 할아버지의 비어 있는 그 자리에 소박하게 핀 '희망'이라는 꽃이 보인다. 얼굴에 가득 핀 검버섯은 노년의 빈자리를 채운 꽃이리라.

들판은 추수를 끝내면 속을 허옇게 드러낸다. 햇살은 저만치 비켜 있고 겨울바람이 차지한 그곳은 생명을 잉태할 수 없는 불임의 땅으로 보인다. 많지 않은 농사를 지으면서 해마다 들판보다 먼저 봄을 맞이한다. 두럭을 만들고 씨앗을 뿌리면 무거운 흙을 들추며 여린 새싹이 고개를 내민다. 들판은 겨울이라는 빈자리를 포기하지 않고 여전히 생명을 잉태한다. 나의 그곳에도 새로운 꽃을 피우려고 한다. 그것은 농밀하지도 않고 이른 새벽 달빛의 잔영을 품고 있는 달맞이꽃처럼 소박하다. 꽃이 늘 화사하지 않듯이, 인생도 늘 봄만 있는 게 아니다. 새로 맞이하는 중년의 인생은 순전히 내 손으로 가꿔야 하는 꽃이리라.

물속에 멍울져 있던 꽃이 미동도 하지 않는다. 그동안 나와 정이 들어서 헤어지는 게 아쉬운 모양이다. 반가운 마음에 손을 내밀어 보지만, 잡을 생각은 하지 않는다. 내가 더는 미련을 갖지 못하게 짐짓 냉정한 표정을 짓더니 이내 흐트러진다. 순진하게 내민 손이 머쓱하다. 아무래도 다음에는 달을 거를 것 같다. 물 내림 버튼을 살짝 누르니 꽃이 물을 따라 빙글빙글 돌면서 사라진다. 무언가 비어 있다는 건 끝이 아니라 시작을 의미하는 또 다른 표현인 듯하다. 씨앗 하나가 나의 그곳에서 꼬무락거린다. 다음에 필 꽃은 어떤 빛깔과 향기가 날지 몹시 궁금하다.

– 제8회 흑구문학상 대상 수상작(2016년)

임병숙

2012년 〈매일신문〉 신춘문예 당선

2016년 제8회 흑구문학대상 수상

무싯날

이정화

아무 날도 아닌 날이 아니었다. 휑하던 장터에 다섯 손가락을 꼽으면 전이 펼쳐진다. 그날이 오면 돈이 돌고, 곡식이 돌고, 인심도 돌아 시끌벅적하게 사람들을 불러 모은다. 제사장 보러 진고개를 넘어온 할배의 쌈짓돈과 이른 새벽 황장재를 넘어온 자반고등어는 주인을 바꾼다.

식구들 생일이 가까워오거나, 조상님 제삿날이 다가오면 장 나들이는 빠질 수가 없었다. 쇠고기 지나간 국물로 배를 채운 귀빠진 날은 가진 게 없어도 풍성했다. 마루 밑에 묻어 둔 밤도, 광에 매달린 건어물도, 디딜방아로 빻은 떡도 집에서 해결할 수 있지만, 굴비나 자반은 챗거리장에서 사 와야만 했다.

장터에 해가 떠오른다. 높다란 장대에 노란 고무줄, 흰 고무줄, 검정고무줄을 두툼하게 매달아 든 사내가 다가온다. 설핏 보면 사람 없이 긴 고무줄 장대가 저 혼자 움직이는 것 같다. 구경꾼이 겹겹이 둘러선 곳에는 원숭이가 곡예를 넘는다. 자발없는 원숭이가 웅크리고 앉은 여자아이 꽃핀을 낚아채자 아이는 소리 죽여 눈물을 훔친다. 바닥에 자리를 깔고 앉아 지포라이터와 돌, 손전등과 커다란 건전지와 잡동사니를 부려 놓고 파는 사람, 그 옆에서 구멍 난 솥을 때우는 남정네는 널브러진 솥과 솥 사이를 재주 좋게 건너뛰며 부산하게 몸을 놀린다.

난생처음 보는 왁자지껄한 장터는 어린 내 눈에도 놀라운 광경이었다. 국밥집 돈통 위에는 제 몸집보다 더 큰 배터리를 고무줄로 칭칭 감은 라디오에서 구성진 가락이 쉬지 않고 흘러나온다. 장터 안을 채우는 힘의 원천은 엿장수 가위소리, 시비 소리, 지청구 소리, 끌려 나온 소 울음소리, 개 짖는 소리, 닭 우는소리, 신난 아이들의 옥타브 높은 소리가 아닐런가. 차일 아래에서 먹던 하얀 찐빵 위에는 솔솔 뿌려진 설탕이 녹으면서 콧잔등의 땀방울처럼 송골송골 맺혔다. 제 몸을 불리려고 열심히 일한 증기빵마저도 장마당의 상징이었을까.

장날은 살아 숨 쉬는 일자리의 표본실이자 현역들의 인생 교실이 아닐 수 없다.

닷새마다 열리는 장바닥은 사람들로 북새통을 이뤘다. 앞사람 등을 보고 밀려다니는 혼잡함이 덩달아 돼지고기 반 근을 끊게 만드는 경쟁심을 부추겼는지도 모를 일이다. 지금은 멸치라고 부르는 맷고기는 서민들이 가장 많이 먹는 생선일 게다. 아무리 먹어도 고등어 한 톰배기만큼도 채우지 못할 자잘한 멸치가, 오랫동안 사람들 밥상과 도시락 반찬으로 인기 있었던 것은 서민처럼 머릿수로 세력을 키웠기 때문이리라.

버스가 없던 시절은 겨울 찬바람을 안고 십 리 길을 걸었고, 한여름 무작스러운 해를 이고도 장은 열렸다. 조선 시대 종로의 운종가도, 지리산 천왕봉 아래에서 열리던 장터목도 부럽지 않은 챗거리장이었다.

장터는 찬란한 전성기를 누비는 인생과도 같다. 바쁘고, 들뜨며, 몸을 써야 밥을 먹는 일터이리라. 번창하던 챗거리장은 아쉽게도 시절 인연이 다했는지 강제 퇴직을 할 수밖에 없었다. 댐 속으로 수몰되자 민속사의 한 구절로 인쇄되어 아련하게 추억될 뿐이다. 생성하고 소멸하는 것만큼 유구한 것이 또 있을까. 영원할 것만 같던 장터는 기억 속으로 사라지고, 용궁의 저잣거리로 수장되었다.

가뭇없이 사라져 간 챗거리장의 흔적은 어디서도 찾을 수 없을 줄로만 알았다. 이태 전, 국도를 지나다가 댐이 생길 때 수몰민들이 산중턱으로 옮겨 앉은 마을에서 마른 고추를 팔고 있는 할머니를 보았다. 그 옆에는 호미와 낫, 몇 가지 연장을 어설프게 펼쳐놓고, 늙수그레한 노인이 오후의 볕에 졸고 있었다. 지나다니는 사람도 몇 없는데 무슨 연유로 여기에다 전을 폈는지 궁금해졌다. 잠시 쉴 겸 할머니 곁에 앉아 고추가 실하다며 말을 걸었다. 잠에서 깬 노인은 어느새 옆으로 와서 여기가 파장한 지 사십여 년도 넘은 그 유명한 임동 챗거리장이라고 자랑을 한다. 융성했던 영광은 온데간데없고 적적한 두 노인은 스러져 가는 옛 직장을 근근이 이어가고 있었다. 은퇴가 두려웠는가, 아니면 퇴직 없는 평생직장을 꿈꾸었던가.

집을 나서는 길은 돌아오기 위해 열려 있다. 그곳이 설령 전쟁터 같은 삶의 현장이라 해도 돌아올 곳이 있어서 하루를 버티는지도 모른다. 아옹다옹 서로의 주머니를 열고 닫는 곳이 장터 아닌가. 식솔이 딸린 가장의 어깨에 지게의 무게가 더해졌고, 일찌감치 생계를 짊어지고 세상으로 밀려난 강한 여인네가 푸성귀라도 내다 팔던 삶의 터전이었다. 장돌림은 지친 육신을 무싯날에 쉬어 가고 싶었겠지만 다음 장으로 발걸음을 재촉했다. 남의 돈을 벌어서 먹고사는 우리네 신세가 장돌뱅이와 다를 바가 없지 않은가.

젊은 날, 아이들과 만나는 동안은 늘 분주한 난장이었다. 이십여 년간 학생들을 가르치면서 스무고개를 넘듯이 아슬아슬한 의문만을 남겼다. 어떻게 사는 것이 잘사는 것일까. 아이들과 만나는 일상이 족쇄를 찬 것만큼 무거워질 때 물러나 앉았다. 세상을 버린 은둔자처럼 유유자적할 줄 알았건만, 막상 무싯날이 되풀이될수록 남루한 옷을 걸친 듯 위축되고 무료하고 쓸쓸하기만 했다. 바쁘게 보낸 날들의 숨소리가 생명력 있게 느껴지고 때론 그리웠다. 늘어진 고무줄 같은 시간은 아무리 팽팽하게 당겨 보아도 발아래 쌓여 하릴없이 눌어붙는다. 무엇을 해도 채워지지 않은 날들이 되었다. 자전거를 타고 둑방길을 달렸고, 변두리 골목길을 구석구석 걸었다. 수목원 벤치에서 하루 종일 책을 읽고 아른거리는 눈으로 집에 와도 해는 아직 남아 있었다. 무싯날의 연속이었다. 삶이 조금씩 가라앉고 이방인처럼 밀려나서 겉도는 것 같았다.

만년 월급쟁이일 줄 알았던 친구들도 십여 년 전부터 하나 둘씩 장터 같은 직장에서 물러나기 시작했다. 이제는 낙엽처럼 우수수 떨어져 나와 장은 파하고 난전의 문은 닫혔다. 정년을 다 채운다 하더라도 은퇴는 쓸쓸해 보이는 법, 파장한 장터를 지나가는 가을바람 같기만 하다. 이제부터는 한정 없이 남아도는 무싯날을 무엇으로 채워 나갈지 걱정 반 기대 반인 심정이다.

고된 노동도 지나고 나니 축제 같기만 하고, 바쁜 장날이 그리워 마음이 발길에 채일 즈음, 은퇴자들은 이리저리 다시 시장을 찾아 나선다. 상설 장은 욕심이고, 오일장이나 번개시장도 마다하지 않는다. 왕년을 내려놓고 소일거리를 찾아 취미를 즐기기도, 배움을 청하기도, 용돈벌이를 위해 경제활동에 나서기도 한다.

나는 글을 쓰기 시작했다. 일주일에 한 번씩 문우들과 모여 앉아 공부 칠일장의 난장을 열었다. 예전만 못해도 아무 상관이 없다. 작은 좌판 하나를 펼쳤을 뿐이다. 글밭을 일구며 지나온 세월을 거슬러 기억 속의 장터를 누비고 다닌다. 다시 인생의 장꾼이 되니 내 삶에도 꽃나무 속 왁자한 벌떼 같은 생기가 돈다. 난전에서는 호객하는 잡다한 소리가 들리고 괜스레 서서 이것저것 만져본다. 질문도, 의문도 묻어 둘 것 같은 퇴직 이후, 오히려 세상에 대한 호기심과 애정이 솟구치는 듯하다.

날마다 무싯날, 비록 시장에서는 명예롭게 제대했지만 명랑만큼은 현직 생활할 때만큼 여전하다. 어제가 오늘 같고 내

일도 오늘 같은 아무 날도 아닌 날들. 그날이 그날같이 유별난 일 없이 지나가는 게, 정말 특별한 날이라는 것을 알아버렸다. 나는 요즘, 별일 없이 산다.

– 제18회 평사리문학대상 수상작(2018년)

이정화

2016년 동서문학상 수필 부문 은상

메이드 인 코리아

호모 에세이스트

이소離巢

권상연

육묘장을 찾았다. 봄기운이 물씬 오른 모종들이 모판에서 키 재기하듯 경쟁적으로 자라났다. 옆지기의 공간을 침범하여 굵게 자란 녀석이 있는가 하면 비좁은 곳에서 키만 삐죽이 올라온 녀석도 있다. 모판을 벗어나려는 생존 본능은 틈이 조금만 주어져도 달아나려 한다. 이때쯤이면 농가에서는 모종들에게 흔들기를 시작한다.

매정하게 자리를 옮긴다. 비좁은 포트에서 얼마나 숨이 막혔으면 물 빠짐을 위해 뚫어놓은 구멍으로 뿌리를 내렸을까. 이삿짐 빠진 빈방처럼 모판이 옮겨가고 남은 빈자리마다 잘려 나간 뿌리들이 허옇게 널브러져 있다. 말 못 하는 식물이라고 왜 안 아프겠는가. 생살을 도려내는 아픔을 감내해야만 면역력이 강해진다. 모종이 제금나기 전까지 농부는 수시로 모판의 자리를 바꿔주고 흔들어 주면서 정을 뗀다.

긴 장대가 고추모를 훑어간다. 장대가 지나간 자리마다 모종들이 고개를 숙이며 쓰러진다. 잠시 후 정신을 차린 듯 부스스 일어나 자리를 잡는다. 한두 번 당한 일이 아닌 듯 빳빳해지기까지 한다. 이러한 정 떼기는 하루에도 수차례 반복된다. 하우스 속 모종들은 적당한 스트레스를 받아야 뿌리가 튼튼하게 내리고 줄기도 굵어진다고 한다. 대나무 장대가 지나가는 자리마다 초록 물결이 파도치듯 일렁인다. 사회로 첫발을 내디뎠던 날, 겨울바람을 타며 펄럭이던 어머니의 치맛자락처럼.

상급학교 진학을 눈앞에 두고 아버지가 실명했다. 어린 마음에도 어려운 가정 형편이 읽혀졌다. 어머니 혼자서 다섯이나 되는 자식들을 뒷바라지하기에는 무리였다. 몇 날 며칠 교무실을 들락거려도 뾰족한 수가 생겨나지 않았다. 담임선생님은 끊임없이 정보를 가져왔다. 시험 쳐서 장학생이 되는 길이 있었고 시험 결과와 상관없이 전액 장학생으로 오라는 학교도 있었다. 하지만 아버지의 수술로 모든 것을 다 날려버린 우리 집 형편은 나에게 끊임없이 입을 덜어줄 것을 요구하는 듯싶었다.

기숙사가 잘 갖춰진 공장이라 했다. 담장 대신 허술하게 쳐진 철망이 어머니와 나 사이를 가르고 있었다. 늦깎이 겨울바람이 하릴없이 어머니의 푸른 치맛자락을 들추어 냈다. 어머니가 나와 짐을 남겨놓은 채 돌아섰다. 그제야 낯선 곳에 홀로 남겨졌다는 걸 알았다. 두려움이 온몸으로 엄습해 왔다. 어머니가 마음을 바꿔 나를 데려갔으면 싶었지만 한번 돌아선 어머니의 발걸음은 끝내 되돌려지지 않았다.

이소는 어린 새가 둥지를 떠나는 것을 이르는 말이다. 깃털이 어느 정도 자라 근육이 강해진 새는 둥지를 떠난다. 이소를 시키기 전, 어미 새는 뱀, 쥐, 새 등 영양가 높은 먹이를 새끼에게 먹인다. 이소 당일에는 아침부터 먹이를 주지 않고 굶긴다고 한다. 먹이를 잡아와서는 곧장 새끼에게 주지 않고 둥지 밖으로 새끼를 불러낸다. 배가 고프면 나와서 받아먹으라는 의미다. 이때 새끼는 어미의 부름에 이끌리어 둥지 밖으로 몸을 내던진다. 생애 첫 날갯짓이다. 이날을 위해 어미는 얼마나 많은 용기를 내야 했을까.

제대한 아들이 집을 구해 나갔다. 여느 엄마들처럼 나도 아들을 위해 몇 날 며칠을 고민하며 이불과 가재도구를 사러 다녔다. 마지막으로 쌀을 실어다 주고 돌아서는데 갓 태어난 병아리 한 마리를 닭장 밖 울타리 너머에 떨어뜨리고 온 기분이 들었다. 개수대에 물 한 방울 안 묻히던 아들이 밥을 제대로 해 먹을지, 빨래나 제대로 할지 걱정이 앞섰다. 가스레인지 불이나 잘 켤 수 있으려나, 가스 불 안 잠그고 나가면 어쩌지? 한걱정으로 밤잠을 설쳤다.

내 아이를 독립시키고 나서야 나를 두고 떠났던 어머니의 마음이 읽혀졌다. 닭장 같은 기숙사에 나만 두고 떠나면서 얼마나 속상했을까. 눈물 나도록 야속했던 어머니는 안 보이는 곳에서 소리 없이 눈물을 삼켰을 것이다. 내가 앞만 보고 달려갈 동안 어머니는 나의 뒷모습까지 지켜보았으리라. 모질게 돌아섰던 어머니의 발걸음은 농부의 손안에 있던 장대를 들었던 발걸음은 아니었을까.

모든 새끼가 다 이소에 성공하는 것은 아니라 한다. 새끼들에게 있어 이소는 생사가 달린 문제이기 때문에 어미는 새끼에게 수차례의 비행 연습을 시킨다. 어미는 이소를 위해 모든 준비를 다 해주지만 이소를 대신해 주지는 못한다. 아무리 가혹한 결과를 가져오더라도 그 법칙을 순순히 따르는 것은 그것을 거스를 힘이 없기 때문이다. 자연계에 존재하는 모든 동물은 새들의 이소처럼 자연의 섭리에 적응하며 산다. 오직 인간만이 그 섭리를 거스르고 또 수차례 반복할 생각이 있는지도 모르겠다.

여동생은 나에 비해 많이 별난 엄마다. 쌍둥이인 두 조카가 상급학교에 진학하자 뻔질나게 조카들의 방을 들락거렸다. 방을 구할 때도 원룸은 비좁다며 투 룸을 고집했다. 날마다 폰으로 문단속을 확인하더니 조카들이 실수로 가스 불을 안 잠그고 나간 후에는 그 핑계로 하루가 멀다 하고 조카들의 집을 오르내렸다. 조금은 답답해 보이는 모습에도 불구하고 건강하게 잘 자란 조카들을 보면 동생도 나름의 이소에 성공한 듯하다.

사랑은 받는 것보다 주는 것이 힘들다고 한다. 다섯이나 되는 자식들에게 쏟아졌던 어머니의 관심을, 저울로는 달 수 없는 그 무게를 나는 늘 부족하다고 불평했다. 내가 받은 사랑이 작으니 당연히 줄 수 있는 사랑도 많지 않으리라 여겼다. 하지만 어머니의 사랑은 내 안에서 씨앗으로 심어졌고 풍성하게 자라났다. 새끼를 품은 어미라면 누구라도 그러하듯 주어도, 주어도 끝없이 줄 것이 많은 어머니로 성장한 것이다.

비질을 하듯 장대가 모종을 쓸고 간다. 장대를 든 농부의 어깨는 한 포기라도 생채기를 낼까 염려하여 팔에 한껏 힘을 준다. 세상 밖으로 나가기 전에 어린 모들을 길들여야 하는 농부의 마음을 알아챘을까? 시들했던 모들이 농부가 뿌려대는 물줄기 아래서 새파랗게 살아난다.

– 제11회 흑구문학상 금상 수상작(2019년)

권상연

2020년 《에세이 문학》 '살살이 꽃'으로 등단

2021년 경북문화체험 전국수필대전 은상

수필집 『이소』

차심

이상수

저걸 차[茶]의 마음이라 할까. 찻잔 안쪽에 무수한 금들이 그어져 있다. 촘촘하게 새겨진 무늬들이 물고기 비늘 같다. 찻물을 따르자 실핏줄처럼 가느다란 선들이 잔잔하게 일렁인다.

차심이란 미세하게 금이 간 찻잔에 찻물이 스며든 것을 말한다. 마름모꼴이거나 오각형 모양의 무늬들은 찻물이 담겨 있을 때 더 선명하게 드러난다. 통상 가마에서 갓 나온 도자기의 유약이 상온과 만날 때 생긴 빙렬[氷裂]에서 비롯되는데, 얼음이 갈라지는 모양과 흡사하다. 차심은 빙렬을 타고 차가 오랫동안 스며들어 생긴 시간의 흔적들이다.

오랜만에 들른 친정집은 한 해 농사를 마감하고 고즈넉해져 있었다. 늦은 점심을 물리고 부녀가 마주 앉았다. 준비해 간 차를 마시며 저물어가는 들녘을 바라본다. 아버지의 얼굴은 몇 달 전보다 조금 더 수척해진 모습이다. 여든의 세월을 건너온 얼굴엔 주름이 빼곡하다. 이마며 눈가, 입가에 고랑처럼 패여 있는 이력들은 어떤 것은 깊고 어떤 것은 소용돌이를 이루기도 한다. 주름 하나하나마다 삶의 애환이 담겨 있다고 생각하니 가슴이 저릿해진다.

우리 삼 남매가 한창 공부할 시기에 낙농 파동이 일어났다. 공급과잉으로 우유가 남아돌자 회사에서는 납품할 수 있는 양을 크게 줄여버렸다. 추위와 새벽잠을 쫓으며 짜낸 우유는 고스란히 버릴 수밖에 없었다. 도랑을 타고 흐르던 허연 우유는 아버지가 흘리는 눈물 같았다. 게다가 사룟값은 천정부지로 치솟았고 송아지 가격이 폭락했다. 하지만 남들이 서둘러 소를 내다 팔 때도 아버지는 가족 같은 젖소는 결코 팔 수 없다며 어려운 시기를 견뎌냈다.

어느 해는 애써 장만한 여러 마지기 논마저 태풍으로 휩쓸려 가버렸다. 벼와 자갈이 뒤엉킨 논바닥에 망연자실 주저앉아 있던 굽은 등은 지금도 뇌리에 생생하다. 그런 고비를 넘을 때마다 당신의 얼굴엔 하나둘 차심 같은 주름이 새겨졌으리라.

언젠가 가본 부석사 무량수전의 배흘림기둥에는 주름이 무수하게 나 있었다. 처마에서 아래로 내려온 것도 있고 주춧돌에서 위로 올라간 것도 있었지만 서로 비껴가며 모두 제자리에 앉아 자연스러웠다. 나뭇결을 따라 굵고 가느다란 선이 촘촘하게 메우고 있어 마치 주름이 기둥을 이룬 것처럼 보였다. 짧고 길게 그어진 선 하나하나엔 천삼백 년의 세월이 고스란히 스며들어 있을 것이다. 눈, 비, 햇살과 함께 새소리, 물소리, 바람 소리가 차곡차곡 쟁여졌을 시간의 신전에 기대 몸속 깊숙이 전해져오는 어떤 장구함을 느꼈다.

그해 여름, 열 살 된 막내가 떠나던 때는 연일 날씨가 가마솥처럼 절절 끓어올랐다. 바쁜 농사일로 식구들 얼굴 보기도 쉽지 않았지만 아파 누워있는 막내를 들여다보는 일은 소홀히 할 수 없었다. 여름방학을 맞은 우리도 제 나름대로 관심을 기울였다. 정확한 병명도 모르는 채 며칠을 앓다가 뒤늦게 병원으로 갔더니 모기에 물려 뇌염에 걸린 거라 했다. 미처 이별을 준비할 새도 없이 동생을 떠나보내고 말았다. 미리 손을 썼다면 살릴 수 있었을까. 당신 가슴엔 평생 지워질 리 없는 가장 큰 주름 하나가 새겨졌다.

언니의 재생불량성빈혈도 아버지에게 골 깊은 주름 하나를 보태고 말았다. 병은 밤낮을 가리지 않고 언니의 몸을 괴롭히고 아버지의 가슴을 후벼 팠다. 병원을 전전하며 치료를 받았지만 회복될 기미가 없었다. 차라리 그대로 죽고 싶다는 언니를 달래가며 희망을 걸고 말(馬)의 혈청을 맞혔지만 호전되지 않았다. 한창 청춘을 즐길 나이에 시들어가는 딸을 보는 것은 통증 없이 바라보기 어려웠으리라.

찻잔을 쥔 아버지 손등에 크고 작은 주름이 물결을 이루고 있다. 씨 뿌리고 추수하며 지게 지던 손바닥은 굳은살로 투박하다. 어디 손뿐이랴. 보이지 않는 마음의 안쪽에도 수많은 굴곡이 골짜기를 이루고 있으리라. 자식이며 농사 걱정은 일일이 다 헤아리기도 힘들 만큼 당신을 어렵게 했을 것이다.

주름찻잔버섯은 내면에 주름을 가득 만들어 포자가 성숙할 때까지 보호한다. 갓 태어난 버섯은 흰 막으로 덮여 있다가 포자를 날려 보낼 때쯤 열린다. 나비 날개에 퍼져 있는 주름은 햇빛을 흡수하고 체온을 조절한다. 식물과 곤충이 종족 보존을 위해 주름을 가지고 있다면 아버지의 주름은 어떤 의미일까.

아버지에겐 슬픈 주름만 있는 건 아니었다. 어느 해, 수십 년 살았던 초가를 허물고 근사한 집을 짓게 되었다. 솜씨 있는 목수에게 부탁해 대들보를 올리고 기와를 얹었다. 바쁜 농사로 해가 짧아도 당신은 아침저녁으로 들여다보며 꼼꼼하게 살폈다. 초가는 이 년 주기로 지붕을 새로 이어야 했지만 이제는 그럴 필요가 없었다. 비가 오거나 바람이 불어도 든든한 처마 아래서 가족이 편안하게 잠을 이룰 수 있게 되었다. 그땐 행복한 주름 하나도 가만히 새겨졌으리라.

골수이식은 언니에게 건강한 삶을 선물해 주었다. 새 식구가 태어나고 아픔은 서서히 옅어져 갔다. 가끔 웃음소리가 담장을 넘을 때 아버지의 얼굴도 활짝 펴지곤 했다. 차심이 찻잔을 더욱 견고하게 만든 것처럼 아버지의 삶도 기쁨과 슬픔으로 직조되어 더 단단해진 것 같았다.

내려놓은 찻잔 속에 늦가을 햇살이 담긴다. 고요하던 수면이 잠시 출렁거리다 이내 잔잔해진다. 아버지가 찻잔을 그러쥔다. 주름진 손등 위로 당신의 일대기가 고요하게 흘러간다. 모든 희로애락을 거쳐 산수의 나이에 이른 모습은 이제 더할 나위 없이 평온하다.

아버지의 손을 가만히 잡아본다. 거칠고 차갑지만 따뜻한 당신의 마음이 내 안으로 건너온다. 갑자기 알 수 없는 눈물이 차오르고 가슴이 알싸해진다. 그윽이 바라보는 당신의 눈가로 쇠기러기 몇 마리 날아간다.

다시 찻물을 따른다. 찻잔 속의 주름들이 더 선명해진다. 고요해진 그 안엔 아버지를 향한, 작고 여리지만 따뜻한 내 마음도 몇 개 새겨졌으면 좋겠다. 문득 보이지 않는 손 하나가 토닥토닥 내 어깨를 두드린다. 연둣빛 둥근 향이 방 안에 가득 퍼져나간다.

– 제31회 신라문학대상 수상작(2019년)

길어깨

노정옥

국도를 택한 예상은 완전 빗나갔다. 열여덟 량 장대열차처럼 도로는 정체 만발이다. 길에서 시간을 허비하는 것만큼 아까울 때가 있을까. 차라리 잠시 쉴 곳을 찾는데 우측으로 트인 길 하나가 눈에 띈다.

순화된 어휘라고 느낌이 다 좋아지는 것은 아닌 듯하다. '길어깨'란, 갓길로 사용되기 전의 낱말이다. 하지만 나는 이 말을 더 좋아한다. 어깨란 그 사람의 자존심이 배어 있는 위치라는 생각이 들기 때문이다. 당당해 보이려면 어깨를 펴라고들 하지 않는가. 어깨를 내어주는 건 내 힘을 빌려주는 일이고, 어깨에 기대는 것은 상대에게서 안식을 얻는다는 의미일 테다. 그러니 길어깨란 무척 편안하고 정감 가는 말이 아닐 수 없다. 삶에서도 이런 어깨를 만나면 세상은 따뜻한 고향이 된다.

사람에게 있어 최고의 길어깨는 무조건 내 편이 되어 주는 사람, 당연히 어머니가 아닐까. 하지만 아홉 살 어린 나이에 엄마를 잃은 내 유년은 빗물에 젖어 있는 운동화처럼 늘 질퍽거렸다. 중학교 입시에 합격했을 때에도 아버지는 축하한다는 한마디 말씀이 없었다. 새어머니 때문일까. 공부시킬 형편이 되지 않아서일까. 다음 해 입시에서도 결과는 똑같았고 아버지는 여전히 묵묵부답이셨다. 하릴없이 하루해를 보내는 건 참으로 서러운 일이었다. 저물어가는 강둑에 앉아 행여 나를 찾는 어머니의 목소리를 기다렸지만 들리는 건 어미 소를 따라가는 새끼의 울음소리, 간간이 철교를 달려가는 까만 기차의 긴 기적소리뿐이었다.

등록 마감일을 하루 앞두고, 선달 짧은 해가 발을 동동 구르며 서산으로 뒷걸음질 쳤다. 학예회 때 입을 캉캉치마를 마련 못 해 공연을 못 했어도, 가고 싶은 수학여행을 못 갔어도 눈 한 번 질끈 감으면 참아낼 수 있었다. 하지만 이번에 또 상급학교에 진학을 못 한다고 생각하니 북받치는 설움이 가슴을 짓눌렀다. 바로 그때 누군가가 우리 집 대문을 박차고 들어왔다. 아버지와 함께 근무하는 학교의 영어 선생님이었다. “당신이 명색이 교육자요? 제 새끼 교육을 나 몰라라 하고 있소? 교육자라면 교육에 있어서만큼은 깨어 있어야지.” 평소와 다른 험악한 표정의 선생님이 아버지를 노려보았다. 그 눈길은 하마터면 굴절할 뻔한 운명에 밝고 곧은 획 하나가 그어지는 순간이었다.

선생님은 내가 만난 첫 번째 길어깨였다. 하루라도 공부에 손을 떼지 않도록 일주일 분량의 학습지로 채점까지 곁들이며 꼼꼼히 보살펴 주셨다. 그뿐이랴. 엄마의 사랑을 모르고 자라는 내가 콩쥐처럼 안쓰럽게 보였을까. 주말이면 가끔 가족들의 밥상에 불러서 따뜻한 밥 한 끼를 먹여주던 선생님. 훗날 상급학교 입학 때마다 치러내야 하는 곤욕과 좌절감 속에서 늘 하시던 말씀을 떠올리며 어깨에 힘을 넣곤 했다. “걱정 마, 너는 혼자서도 해낼 수 있어.”

길어깨를 거꾸로 읽으면 ‘깨어길’이 된다. 살아가면서 어깨에 기대 본 경험이 있는 사람은 받은 은혜를 잊지 않고 다른 이에게 흘려보낼 수 있도록 깨어 있어야 하고, 어깨를 내어주는 사람은 늘 주변을 돌아보는 품을 가지도록 깨어 있어야 한다는 뜻으로 나름 해석해 본다.

상아탑 아래에서 마지막 졸업식이 있던 날, 마치 어렸을 때처럼 눈물이 괴어올랐다. 울려 퍼지던 엘가의 행진곡도 내겐 단순한 축가가 아니라, 먼 기억 속의 한 소녀를 토닥이며 응원하던 선생님의 낭랑한 음성이었다. 그분이 아니었던들 내 삶에 학學이라는 문門이 이처럼 활짝 열렸으랴.

원만하게 자라지 못한 아픔이 속 깊이 박혀서일까. 생활이 차츰 안정되면서 소외된 사람들에게 눈이 뜨였다. 결혼 이주민이었다. 낯설고 물선 이국땅에서 언어와 문화 차이로 겪는 혼란은 참으로 딱했다. 무엇보다 말이 통하지 않으니 가족과의 대화는커녕 아이를 제대로 양육할 수도, 글 한 줄 읽어 줄 수 없는 난감한 처지였다. 뜻있는 동료와 함께 그들을 도우기 위해 팔을 걷어붙였다.

이 일은 막연했지만 베풀어야 한다는 부담에서 출발했다. 더러는 그들 가족을 집에 초청하여 내 삶의 모습을 보여주기도 하고, 잔치가 있는 날이면 오륙십 인의 밥을 지어 자동차로 실어 날랐다. 그러나 나중에야 알게 된 것은 베풂이 아니라 나눔이었고 이주민들이 내게 준 것이 외려 더 많다는 사실도 깨닫게 되었다. 그들은 나를 넘어서 더불어 살 수 있는 에너지를 공급했고 보람 있는 삶의 품을 더 넓혀 주었으므로.

일리노이에 있는 아들에게 갔을 때의 일이다. 아울렛에서 혼자 쇼핑을 하고 집으로 돌아가는 길이었다. 밖은 벌써 컴컴

한 데다 빗방울까지 듣기 시작했다. 마음이 급해 바삐 차를 몰다 그만 길을 잘못 들어서 버렸다. 휴대전화도 집에다 두고 왔다. 달려도 달려도 끝은 보이지 않고, 저 멀리 비치는 불빛 아래로는 밤의 색깔과 같은 사내들이 집 마당에 서성대는 모습만 보였다. 이대로 가다간 국경마저 넘어서는 게 아닐까. 멈출 수도, 그렇다고 무작정 달릴 수도 없는 진퇴양난 속에서 심장은 요란하게 방망이질을 해댔다. 관공서를 찾아야 한다는 생각이 섬광처럼 스쳤다.

얼마를 달렸을까. 희부연 깃발 하나가 내게 초혼을 하듯 고공에서 펄럭거렸다. 샛길로 빠진 길목에 불이 켜진 우체국이었다. 직원의 도움을 받아 무사히 집으로 갈 수 있었다. 그날만큼은 한밤에도 깨어있던 우체국이 나를 위험으로부터 지켜준 길어깨였다.

길어깨 중 가장 으뜸은 가족이라는 생각이 든다. 어깨에 지친 몸을 기대고 맡기면 체온이 통하고 마음이 통하고 인정이 솟는다. 삶의 반려자를 만나고 가정을 꾸리면서 그 행복의 참맛을 조금씩 누리게 되었다. 내 인생에도 햇살이 손을 내민 것일까. 잠시 잠깐의 고마운 길어깨와 영원히 함께하는 가족이라는 탄탄한 어깨가 있는 한 강둑에 앉아서 날마다 엄마를 그리던 그 아이는 이젠 어디에도 없다.

차 밖으로 내려섰다. 한 평 남짓한 떡갈나무 그늘이 반갑기만 하다. 경사진 길섶 따라 핀 비비추며 패랭이꽃, 쑥대공이…, 여름 들꽃이 서로서로 어깨를 기대고 있다. 홀연히 날아든 나비 한 마리가 이 꽃대 저 꽃대 위를 나풀거리다 금계국 위에 살며시 날개를 접는다. 움찔, 꽃대가 흔들린다. 쉬어가는 나비에게 꽃이 잠시 어깨를 내어주는가 보다.

막혔던 길이 한순간에 뚫렸다. 피로가 풀리고 생기마저 돋는다. 한아한 들꽃 향기를 자동차에 가득 싣고 시동을 켠다. 잡은 운전대에 불끈 힘이 솟는다. 어서야 가자, 집으로.

– 第12회 흑구문학상 금상 수상작(2020년)

노정옥

2020년 《동리목월》 신인상

2020년 제12회 흑구문학상 금상

2020년 제7회 경북일보 문학대전 은상 수상 외

밀삐

김장배

지게를 멘 토우가 뚜벅뚜벅 걸어온다. 등 뒤엔 커다란 항아리가 얹혀 있다. 둥글게 흘러내리는 얼굴엔 슬쩍 엷은 미소가 번진다. 팔을 뻗고 무릎을 약간 굽힌 채 힘차게 걷는 모습이 이제 막 집으로 돌아오는 아버지 같다. 용강동 고분에서 발견된 통일신라 시대 토우 중 '지게를 진 인물상'이다.

지게를 등에 지고 다닐 수 있도록 하는 어깨끈이 밀삐다. 평형수가 선박의 균형을 유지하듯 지게가 흔들리지 않게 잡아주고 무게를 지탱해주는 역할을 한다. 잘려 나간 토우의 왼쪽 팔은 필시 밀삐를 단단히 움켜쥐었으리라.

시골의 삶은 다들 척박했다. 논밭이 적었고 그마저 땅 힘이

약해 많은 사람이 풀뿌리죽으로 끼니를 때웠다. 더벅머리 같은 초가지붕 아래 아이들은 왜 그리 줄줄이 많은지. 뉘 집 할 것 없이 굶주림에서 벗어나는 일이 먼저였다. 삼 형제 중 둘째였던 아버지는 스무 살 초반에 혈혈단신 일본으로 떠났다. 잔심부름부터 닥치는 대로 잡일을 하다 어렵사리 전기회사에 들어갔다. 하지만 심한 교통사고를 당해 수 년여 만에 귀국하고 말았다.

고향에 돌아와서도 덜 아문 상처와 정신적 고통으로 여러 해 동안 고생을 겪었다. 어느 정도 회복이 된 다음 일본에서 모아온 돈으로 낡은 운반선을 한 척 구매할 수 있었다. 연안 화물을 싣고 나르는 배는 전 재산이나 다를 바 없었다. 추운 겨울 어느 날, 부산에서 묵호로 짐을 싣고 가는 도중 풍랑을 만나 좌초당하는 사고가 일어났다. 아버지와 선원들은 배를 버리고 간신히 바위에 피신했다. 마을 사람들의 헌신적인 도움으로 겨우 목숨을 건졌지만, 집안 형편은 난파선처럼 기울어지고 말았다.

어릴 적 우리 집엔 지게가 넷이나 되었다. 아버지, 형, 나와 동생 것이었다. 요즘은 경운기를 비롯한 농기계들이 많지만, 그때는 지게가 없으면 농사를 짓지 못했다. 방학이나 휴일이 되면 어김없이 집안일을 거들었다. 산에서 땔감을 옮기거나 논밭에 퇴비를 나를 때, 추수한 농작물을 거두어들일 때도 지게는 요긴하게 쓰였다. 때론 커다란 짐을 지고 나를 땐 밀삐가 우리를 짊어진 것처럼 어설펐지만 점차 시간이 지날수록 익숙해졌다.

어느 날, 마당에서 타작한 보리 한 포대를 지게에 얹었다. 마침 도와주는 사람이 없어 혼자 옮겨보기로 했다. 평소보단 좀 무거운 무게였으나 가족들에게 대견스럽게 보이고 싶은 욕심도 슬며시 생겼다. 밀삐를 단단히 붙잡은 다음 등으로 지게를 살짝 밀어 작대기를 분리한 후 일어서려다 그만 나동그라지고 말았다. 겨우 보리 한 포대도 제대로 질 수 없는데 아버진 그처럼 무거운 짐을 지고 어떻게 평생을 살아냈을까 싶었다.

사진 속 토우가 황금색으로 빛난다. 항아리를 짊어진 인물상의 모습이 편안하게 보인다. 자세히 보면 몸과 지게가 밀착되어 거의 빈틈이 없다. 몸은 지게를 받치고 지게는 몸을 의지하면서 평생을 동고동락했기 때문일 것이다. 항아리 속엔 가족들의 끼니가 될 곡식이 가득 찼겠다.

화물선 사건이 있고 난 뒤 아버지는 부산으로 내려가 간신히 일자리를 얻었다. 마른오징어와 명태 등의 건어물을 일본으로 수출하는 회사의 창고지기였다. 겨울에는 난방이 제대로 되지 않았고 식사와 잠자리도 변변찮았다. 그렇게 번 돈으로 멸치잡이 목선을 한 척 샀다. 해상사업의 미련을 버리지 못해서였다. 두 해 정도 운영했으나 이 역시 재미를 보지 못하고 빚만 진 채 접고 말았다. 보통학교를 나와 한학을 공부한 아버지는 농사꾼도, 사업가도 제대로 되지 못했다.

설상가상으로 어느 해 형이 맹장염 수술을 받았다. 요즈음 같으면 큰 병도 아니겠으나 그때는 의료수준이 지금 같지 않았다. 더욱이 지방의 경우는 더 나쁜 상황이었다. 세 번이나 수술한 후 겨우 목숨은 건졌지만, 의료보험 제도가 시행되지 않을 때라 많은 병원비가 지출되었다. 치료비를 충당하려고 그나마 가지고 있던 논 세 마지기마저 팔고 말았다. 가뜩이나 어려운 가계는 잘못 진 짐처럼 더욱 기울어졌다.

아버지는 해가 갈수록 병원 신세를 지는 날이 늘어났다. 사고로 다친 부위가 자주 헐었고 감기를 비롯한 잔병도 수시로 찾아왔다. 그러는 중에도 정작 당신은 성하지 못한 몸으로 거름을 옮기고, 김을 매고, 장작도 마련하곤 했다. 급기야는 쓰러져 자리보전할 때까지 밀뻬는 잠시도 쉴 틈이 없었다.

아버지는 삶의 무게에 짓눌려 몇 차례나 넘어졌다. 이국에서의 교통사고와 화물선 난파, 멸치잡이 어선의 부도로 실패의 연속인 삶이었다. 하지만 가족이라는 짐은 결코 벗어버릴 수 없는 것이었다. 비틀거리다 쓰러지면 오뚝이처럼 다시 일어섰다. 밀삐를 단단히 메고 작대기로 힘차게 딛고 앞만 보며 걸었다. 어느 날, 어깨에 멘 짐을 내려놓았을 때 몸은 죄다 해지고 뭉그러졌지만 결코 후회하지 않았다. 우리는 당신의 희생으로 무사히 성장했고 나름대로 사회에서 제 역할을 할 수 있었다.

밀삐는 무거운 짐만 진 건 아니었다. 가끔 나뭇짐 위에 진달래나 찔레, 청미래덩굴을 꽂아왔다. 어떨 땐 어른 팔뚝보다 굵은 칡을 얹어오거나 개암을 주렁주렁 매달아 오곤 했다. 일이 없어 쉴 때는 어린 우리들을 태우곤 마당을 몇 바퀴씩 돌아주었다. 팍팍한 삶의 한 가운데를 힘겹게 지나가면서도 노동을 놀이로 바꾸는 여유도 있었다. 나는 커서 아버지만큼만 될 거라고 자주 다짐하곤 했지만 실패만큼은 되풀이하고 싶지 않았다.

살면서 어려울 때마다 아버지의 음성이 들리곤 한다. "얘야! 삶은 무거운 것도, 가벼운 것도 아니란다. 누구든 자신만의 짐을 지고 한평생을 살아간다. 삶에도 요령이 있지. 몸의 중심을 한곳에 집중한 후 긴장을 놓지 않아야 한다. 짐을 지려면 먼저 밀삐를 단단히 메고 무릎을 굽혀야 되는 법. 넘어질 것이 두려워 일어서는 것을 포기하면 안 된다. 높은 곳보다 평지일 때가 더 힘이 든단다."

토우를 바라보고 있노라니 아버지의 눈물과 한숨과 기쁨이 생각난다. 한시도 등에서 짐을 내려놓은 적이 없었던 당신은 토우가 아니었을까? 자꾸만 느슨해지려는 밀삐를 다잡으며, 무릎에 불끈 힘을 주고 내일을 향해 힘차게 한 발을 내딛는 뭉툭한 손 하나가 슬쩍 내 등을 토닥인다.

– 제33회 신라문학대상 수상작(2021년)

김장배

2015년 제6회 경북문화체험 전국수필대전 은상

2017년 〈국제신문〉 신춘문예 시조 당선

2021년 제33회 신라문학대상 수필 부문 수상

시조집 『과녁』 『사막 개미』

4부

부부나무

김근혜

욱수산은 소소한 아름다움이 있어서 좋다. 어느 하나 사랑스럽지 않은 것이 없다. 작은 들풀조차도 환희를 자아내게 한다. 하찮게 보이는 돌멩이도 디딤돌이 된다. 돌돌거리는 냇물 소리는 또 어떠한가. 세상과 겉놀던 마음을 말끔히 씻어 준다.

돌탑을 보면서 짧으나마 느끼게 되는 숙연함, 오 형제, 삼 형제 나무를 지나 산 중턱에 이른다. 잘 닦아 놓은 계단 길을 오르다 갑자기 울퉁불퉁한 돌무더기 길을 만난다. 돌부리가 많은 산이어서 넘어지지 않을까 조심조심 산에 오른 적이 많았다. 그럴 때마다 '구청에서는 뭘 하고 있느냐.'는 식으로 투덜거렸는데, 등산길은 묵언수행의 여정일지도 모른다는 깨달음이 왔다.

질펀한 길도 있고 평평한 길도 있다. 오르막을 한참 오르면 잠시 쉬어 갈 수 있게 너럭바위도 나타난다. 또 예고 없이 다가오는 인생의 장애물 같은 가파른 길도 나타난다. 산은 신이 인간에게 던진 문제들을 하나하나 풀면서 헤쳐나가는 인생길과 비슷하다.

서로 부둥켜안고 있는 모습이 부부를 닮은 나무가 있다. 그 모습이 얼마나 다정한지 시샘이 난다. 부러움으로 걸음이 안 떨어질 때가 있다. 살뜰함을 받아보지 못한 나로서는 주책없이 눈물이 난다. 그 앞을 지날 때면 우리 부부 사이를 돌아보게 된다.

남편은 무뚝뚝하지도, 살갑지도 않다. 그저 자기 일에만 골몰하는 일 중독자에 가깝다고나 할까. 그러다 보니 가족에겐 늘 소홀하다. 가정은 사랑이 없어도 주기적으로 월급만 주면 부도가 나지 않는다고 생각한다. 기념일조차 돈 봉투를 건넨다. 그렇다고 돈을 잘 버는 사업가는 아니다. 그런데도 무슨 일이든지 돈으로 해결하려 든다.

부부 사이가 좋지 않으면서도 남들 앞에서는 다정한 척 행동한다. 그런 걸 보고 자란 아이들은 결혼은 재미없다면서 혼자 살겠다고 선언해 버린다. 본보기가 되지 못해서 아이들에게 미치는 영향이 좋지 않다. 이런저런 이유로 남편과 떨어져 살고 있었다. 그런데 가정을 돌아보는 사건이 터졌다.

둘째 아이가 중학교 1학년 때 일이다. 자신이 만든 해킹 프로그램을 시험하기 위해 모 사이트에 접근했다. 해커로 단정한 서울 사이버 수사대가 집으로 들이닥쳤다. 조사서를 쓰던 중에 아빠, 엄마 사이가 좋지 않다고 말했다. 아이를 보면 그 부모를 안다는 식으로 형사는 고개를 끄덕였다. 순간 자존심이 상했다. 맞벌이 부부라서 바쁘다 보니 그럴 수밖에 없는 것 아니냐며 합리화를 했지만, 속마음은 뜨끔했다.

자녀 양육 프로그램인 P.E.T(부모교육)를 하는 내가 낯이 뜨거울 정도였다. 내 가정, 내 아이 교육도 제대로 하지 못하면서 자녀가 올바른 성장을 하기 위해서는 부모가 좋은 모델이 되어야 한다고 말했었다. 남들에게 외친 내 모양이 우습게 되었다.

아이들을 위해서라도 달라지고자 마음먹었다. 몇 년 떨어져 있는 기간이 우리에겐 몇 십 년의 간격으로 느껴졌다. 낯선 사람과 맞선 보는 기분이었다. 뇌의 쾌감조절 중추를 자극해 기분을 흥분시키는 술을 먹는다면 서먹함이 사라질까. 엔도르핀의 힘을 빌려 분위기를 돌려보고자 애썼다. 술이 몇 잔 들어가니 누가 먼저랄 것도 없이 지난 일이 기억나는지 잘잘못을 따지다가 역효과만 났다.

그래서 생각한 것이 부부가 같이 즐길 수 있는 취미였다. 남편은 골프를 같이 해보자고 했지만, 운동을 좋아하지 않는 나로선 선뜻 내키지 않았다. 외려 산을 오르면서 자연스레 밀어주고 끌어주면서 손으로 마음을 전달하는 것이 좋을 듯싶었다.

이십여 년을 사는 동안 둘이서만 오붓하게 지내본 일이 별로 없다. 어색해서 그냥 앞서거니 뒤서거니 했을 뿐이다. 정상에 오르는 것이 목표인 양 앞만 보고 걷는 것이 전부였다. 부부간에 그렇게도 할 말이 없을 줄은 몰랐다. 맨송맨송 오르내리기를 서너 달 정도 흘렀을까. 조금씩 굳었던 마음 문이 열리고 두꺼운 벽이 허물어지기 시작했다.

남편과 부부나무 앞을 지나다 걸음이 멈췄다. 나무는 '왜 그렇게 사느냐.'고 묻는 것 같았다. 같은 생명체인데도 불구하고 우리는 부부나무만도 못하게 살았던 것 같다. 사랑하고 살아도 짧은 인생인데 소중히 가꾸지 못하고 젊은 시간을 냉랭하게 심리전으로 다 허비해 버렸다.

대나무가 올곧게 자라기 위해선 마디를 만드는 때가 필요하듯이 우리가 떨어져 있었던 기간도 자신을 되돌아볼 수 있었던 좋은 시간이었던 것 같다. '지금부터라도 마음을 다진다면 앞으로 살아야 할 시간이 더 많으니 아직 늦은 것은 아닐 터이다.' 내가 느끼고 있는 것처럼 남편도 인생의 전환점으로 생각하면 좋겠다는 생각이 들었던 모양이다. 인생의 변화는 내 쪽에서 먼저 달려가야 한다고 했던가. 우리도 잘살아 보겠다는 증표를 남기듯이 부부나무 옆에서 사진을 찍었다.

산은 우리에게 많은 변화를 주었다. 한없이 베푸는 피톤치드와 테르펜이 세포 하나하나를 활기차고 건강하게 해 주었다. 심신의 불순물 찌꺼기까지 남김없이 정화해 주었다. 사람들이 왜 그렇게 산을 오르는가를 알 것 같았다. 산은 모든 것을 포용하면서도 자랑하지 않는다. 변하지 않는 군자의 덕을 지니고 있다. 그래서 사람이 산을 좋아하고 산을 닮으려 하는 것이리라.

아이들이나 남편이나 주말에만 한 번 볼 수 있는 형편이어서 함께할 수 있는 시간이 많지 않다. 남편은 산이 새삼 다시 보이며 어머니 품 같다고 한다. 일요일이면 먼저 산에 오르자고 서두른다. 가족과 함께 산을 오르면서 서로 못 했던 얘기도 하고 오순도순 보내니 더할 나위 없이 좋다.

"가정이 해체되면 가족이라는 의미가 무슨 소용이 있느냐."

앞서가던 남편이 아들에게 한마디 던진다. '자신에게 할 말이구먼.' 웃음이 나왔지만 못 들은 체했다. 겸연쩍어 아들에게 던진 말일 게다. 남편도 떨어져 살면서 가정의 소중함이 나 자신의 역할을 생각해 보았을지 모른다. 나도 남편에게 잘한 것은 없다 싶다. 현미경을 들이대고 단점 하나하나를 캤으면서 나에겐 정작 돋보기조차 대지 않은 세월이었다. 닫혔던 마음의 문이 열리니 비로소 내 허물이 보였다. 남편의 허물이 곧 내 허물이었다.

산은 성경이었고 불경이었다. 말은 없되 많은 말로 우리 부부의 마음을 교화시켰다. 산과의 대화는 신과의 교감이었다. 이젠 가족과 산을 오를 때가 행복하다. 가정이란 퍼즐 조각이 제멋대로 흩어져 있다가 겨우 제자리를 찾은 것 같다. 소중한 걸 잊고 살 때가 많았다. 행복은 스스로 추구하는 자의 몫일 것이거늘, 곁에 있는데도 보지 못하고 멀리서 찾으려 애썼다는 걸 새삼 느꼈다.

골짜기에서 불어오는 바람이 시원하다.

– 제11회 산림문화작품 공모전 대상 수상작(2011년)

김근혜

《동리목월》 신인상

제11회 산림문화대전 시, 수필 부문 대상(국무총리상) 외 다수

수필집 『푸른 얼룩』

돌못

최종희

종일 부슬부슬 비가 내린다. 빗물이 세상의 잡다한 먼지를 씻어낸 덕분인지 산사의 싱그러운 기운이 온몸으로 스며든다. 몇백 년이나 됨직한 앞마당의 소나무는 빗물을 머금어 푸르름이 더욱 짙다. 극락전 옆의 석축이 말갛게 세수한 얼굴로, 우산을 쓰고 느린 발걸음을 옮기는 나그네를 맞는다.

불국사는 산비탈에 자리 잡은 터라 평지로 환원시키기 위해 엄청난 축대를 쌓았다고 한다. 자연석을 밑에 깔고, 그 위에 인공적으로 돌을 깎아 맞물려 놓았다. 둥근 돌, 네모난 돌, 넓적한 돌, 길쭉한 돌…, 생긴 모양 그대로인 자연괴석과 잘 다듬어진 장대석들을 자유롭게 장단 맞춰, 안정감 있고 신비스러운 신라의 정서를 뿜어낸다. 투박한 멋과 율동적인 선의 조화에 감탄사가 저절로 쏟아진다.

그들 사이에 유별나게 툭 튀어나온 작고 네모난 돌이 눈에 띈다. 석축의 지지대 역할을 하는 '돌로 만든 못'이라고 했다. 오랜 세월 동안 석축이 무너지지 않게 든든한 의지처가 되어 준 숨은 공로자임에 틀림이 없을 듯하다. 흐뭇하게 바라보는 가운데 밑바닥에 간직하고 있었던 뜨거운 감정이 불쑥 고개를 내밀며 가슴을 훑는다.

칠 남매의 맏딸로 태어난 큰언니는 우리 집안의 돌못 같은 존재였다. 맏딸은 살림 밑천이라는 옛말이 얼마나 큰 부담감으로 와 닿았을까 싶다. 언니는 초등학교를 끝으로 일찌감치 학업을 접어야 했다. 여린 소녀의 몸으로 낮에는 동생들 뒤치다꺼리에 고된 농사일을 거들고, 밤에는 산길을 가로질러 읍내 야학에 다녔다. 어머니는 혹시라도 늦을세라 밤마다 종종걸음을 치며 등잔불을 들고 마중을 나갔다. 야학을 마치고 돌아오는 언니의 윤곽이 멀리서 어슴푸레 보이면, 어머니는 치맛자락을 걷어 올려 안쓰러움의 눈물을 찍어내곤 하셨다. 진한 어둠 속에서 들려오던 부엉이 울음소리와 총총히 박혀 있는 밤하늘의 별들은, 가끔 어머니를 따라나섰던 어린 내 가슴에도 뭔지 모를 서러운 기억을 안겨 주었다.

그런 언니였지만, 그나마 야학 다니는 호사마저 누릴 수가 없게 되었다. 상급학교로 진학하게 된 오빠의 학비를 벌기 위해 도시로 떠나야 했기 때문이다. 그때가 처음 시작에 불과할 줄 상상이나 했을까. 줄줄이 사탕처럼 기다리고 있는 동생들 뒷바라지를 하느라 더는 자신의 미래를 설계할 틈이 없었다. 꽃다운 시절을 동생들의 학비를 대는 젖줄이 되어 삶의 터전으로 내몰렸다. 열악한 작업환경으로 인해 가냘픈 몸이 수난을 겪어야 했다. 겨울이면 살이 얼어 터지고 여름이면 피부병에 시달리는 악순환이 반복되었다. 퉁퉁 부어 벌겋게 피멍이 든 발가락이 보기에도 징그러울 정도였다. 선연히 남아 있는 뱀 대가리 같은 흉터는, 사고로 손가락이 잘릴 뻔했던 가슴 서늘한 아픔들을 일깨워준다.

몇십 년이 지난 지금도 죄인처럼 묻어둔 비밀이 있다. 고등학교 다닐 적에 언니와 자취를 했었다. 그날도 오늘처럼 비가 내렸다. 하굣길에 친구들과 재잘거리며 교문을 나서다 우산을 들고 기다리는 언니를 보았다. 순간 당황해서 함께 쓰고 가던 친구의 우산으로 황급히 얼굴을 가렸다. 비 맞을 동생이 염려되어 작업복을 갈아입을 경황도 없이 뛰어왔던 모양이다. 친구들에게 초라한 언니의 모습을 보여주기가 싫었다. 교복 뒤에 꽁꽁 감추어 둔 자존심을 공순이 언니가 들통 낼 것만 같았다.

언니가 환갑이 가까운 고개를 넘어서던 날이었다. 언니는 하다가 멈춰버린 공부를 다시 하고 싶다는 말을 꺼냈다. 그동안 까맣게 잊고 살았다. 그 옛날 밤길을 오가면서 야학 다녔다는 사실을, 언니의 미완으로 남아 있던 학업이 있다는 것을. 큰 망치로 뒤통수를 호되게 맞은 기분이 들었다. 배움에 목이 타도 동생들에게 건네주기 바빠, 막상 자신은 한 바가지 물도 마실 겨를이 없었다는 사실을 왜 이제껏 헤아리지 못했을까.

대입 검정고시를 통과한 뒤에 뛸 듯이 기뻐하던 언니의 얼굴이 잊혀지지 않는다. 이제는 당당하게 하늘을 올려다볼 수 있겠다며 해맑게 웃었다. 한자와 영어로 된 책이 그다지 낯설지 않아 뿌듯하고, 길거리에 있는 간판을 찾을 때나 시장에서 물건을 살 때, 알아보지 못하는 꼬부랑글자 때문에 주눅 들지 않아서 좋다며 눈시울을 붉혔다. 그 작은 행복에 감사하기까지 배우지 못한 설움을 남몰래 삭였을 것을 생각하니 가슴이 아릿아릿하다.

어느 역사학자는 외국 손님이 오면 불국사를 꼭 보여준다고 한다. 불국사의 이모저모를 살피고 난 뒤에 숨겨놓은 보물을 자랑하듯 석축으로 안내한다고 들었다. 대부분의 외국 손님들은 인공과 자연의 조화에 얼마나 많은 공력과 계산이 소모되었는가를 인정하며 자지러지듯 놀란다고 했다. 그러면 역사학자는 어깨가 으쓱해진다는 감회를 밝혔다. 이러한 사실을 보더라도 불국사가 세계문화유산으로 우뚝 설 수 있었던 공로로 따지자면 석축이 당당하게 한몫을 한 것은 틀림없으리라. 그렇다면 석축을 지탱해 준 돌못의 중요함이란 두말할 필요도 없을 성싶다. 아랫단은 자연미 나게, 윗단은 인공미 나게 쌓아 엮어 올린 아름다운 벽화는 돌못이 없으면 가능하지 못할 일이다. 똑같은 돌로 태어나 자신은 빛을 발하지 못하고 다른 돌들의 가치를 높여주는 역할을 거뜬히 해낸 것이다.

누가 우리 집안의 내력을 묻는다면, 숨겨놓은 가보가 있다고 말하리라. 철없던 지난날 부끄러운 존재로 여겨 감춰 둔 언니를 자랑스럽게 드러낼 수 있을 것 같다. 똑같은 자식으로 태어났지만, 자신을 위한 길은 닦을 엄두도 내지 못했다. 힘든 나날을 참고 견디면서 오로지 동생들이 발돋움해 나갈 수 있도록 애쓴 언니의 삶도 돌못과 다를 바 없으리라. 우리가 모가 난 세상살이에 부딪히더라도 때로는 둥글고, 때로는 길쭉하고, 때로는 넓적하게, 갈고 다듬어 조화를 이루며 살아가기를 바랐으리라. 언니 덕분에 입을 수 있었던 교복은, 어쩌면 언니가 평생 간절한 바람으로 가슴에 품어 온 옷일지도 모른다. 그 꿈을 포기한 대가로 얻을 수 있었던 나의 미래이기도 하다.

삶의 고비마다 지칠 때도 더러 있다. 세상에는 부러운 이들이 천지다. 비록 화려하지는 못하지만, 이러한 언니가 있기에 최고의 삶이라는 자부심을 느껴도 충분하지 않을까. 호들갑스럽지 않고 묵묵히 베푼 손길은 세월이 지날수록 감동이 짙어지는가 보다. 가슴 밑바닥에 깔려 있었던 애틋한 고마움이 훈훈한 향기를 내뿜으며 꽃망울을 피워올린다.

청춘이라는 계절을 후다닥 흘려보내고, 농익은 가을을 맞이하는 시점에 서 있다. 별 탈 없이 지내는 평범한 일상도, 알게 모르게 구석구석에서 내미는 이들의 도움이 있었기 때문에 가능하리라. 그렇다면 나도 누군가가 기댈 수 있는 든든한 기둥 같은 존재가 되어 본 적이 있었던가. 불어오는 바람에 마음이 흔들리거나 세상살이에 지쳐 쓰러지는 이에게 훈훈한 정을 담아 보낼 수 있는 여유가 있었으면 좋겠다. 돌못 같은 존재를 귀히 여길 줄 알고, 그를 닮은 이가 더 우러러보이는 혜안을 지녔으면 좋겠다. 어느 누군가의 가슴 깊숙한 곳을 지탱해 줄 수 있는 버팀목이 되었으면 좋겠다.

우산 위로 떨어지는 빗물 소리의 여음이 촉촉하게 적셔 온다. 석축을 빛나 게 해 준 돌못을 그윽한 눈길로 바라보며 마음 씀씀이를 되새긴다. 내 삶의 역사에서 돌못을 소중한 문화유산으로 등재한다.

– 제4회 경북문화체험 전국수필대전 대상 수상작(2013년)

방적돌기

박순태

뭇 생명체는 처해진 환경을 감당해 내면서 살아간다. 거대한 생존경쟁 터에서 적응으로, 나아가서는 진화로 존재를 이어간다.

동물 중에 생존능력으로 보면 거미가 으뜸일 것이다. 거미는 곤충과는 달리 날개가 없어 생활반경이 좁다. 다른 동물들의 눈에도 잘 띄어 먹이 구하기도 어렵다. 거미는 그런 자신의 약점을 방적돌기라는 기관으로 극복한다. 꾸물꾸물 기면서 모를 내는 이앙기처럼, 방적돌기에서 뿜어내는 점액으로 줄을 치면서 삶의 터전을 마련한다. 그 점액이 거미줄이 되는 것을 보노라면, 마치 쌀가루가 엉겨서 가래떡이 되어 나오는 듯하다.

거미가 줄로써 집을 짓는 것을 보면 경이롭기 그지없다. 한쪽 나뭇가지에 앉아서 줄을 아래로 늘어뜨리면, 그 줄이 바람을 타고 건너편 나뭇가지에 걸리게 된다. 그러면 앉아 있는 쪽의 줄을 고정하고 건너편 나무에 걸린 줄을 타고, 새로운 줄을 뽑아내면서 가고 오고를 반복하여 윗줄을 탄탄하게 완성한다.

이번에는 곡예사가 된다. 완성된 윗줄 중앙에서 새로운 줄을 아래로 늘어뜨린다. 그 줄을 타고 내려와 그네를 타듯이 하여 나뭇가지에 몸이 닿으면 그곳에 줄을 잇는다. 이런 방식으로 양쪽 나무에 기초를 탄탄히 한 다음 중앙에서부터 그물을 친다.

거미는 날개가 없는 대신 다리 한 쌍이 더 많다. 거미줄을 치는 장면을 보노라면 네 쌍의 다리가 큰 역할을 한다. 몸체에 비하면 유별나게 다리가 길다. 그 긴 다리를 쭉쭉 뻗어가면서 줄을 잡아 딛고 앞으로 나아간다. 방적돌기로 거기에 장단 맞추며 쉬지 않고 점액을 뿜어내어 집을 짓는다. 만약 다리가 짧다면 줄 사이의 간격이 떠서 애로가 많을 것이다. 내가 이렇게 거미의 집짓기에 관심을 가게 된 것은 사연이 있기 때문이었다.

아버지의 형제 중 열 번째로 태어난 곱사등이 삼촌은 마치 거미가 방적돌기를 돌리는 것처럼 살아온 인생이었다. 삼촌은 열 살 되던 해 가을, 등뼈가 부러진 곱사등이가 되었다. 나뭇짐을 지고 오신 할아버지께서, 가쁜 숨을 몰아쉬며 지게를 부리는 순간 그 밑에 깔려버린 것이다.

할머니는 상처 부위에 느릅나무 껍질을 붙이고, 비단개구리의 가루를 두꺼비 기름에 버무려 화산 구덩이처럼 파인 등에 발랐다. 그때마다 삼촌은 진땀을 흘리고 혀를 깨물며 따가움을 참아냈다. 지성이면 감천이랄까. 삼촌은 식구들의 정성을 받아 명줄을 잇게 되었다.

운명은 스스로 만들어 가는 것일까. 평생 불구의 몸이 된 삼촌은 재활원에서 구두 만드는 기술을 익혔다. 거미가 쉬지 않고 줄을 치듯, 삼촌은 근면 성실로 편하고 질기며 모양 좋은 구두를 만들었다. 가게를 찾아주는 사람이 많아지자 삶의 꽃망울도 자연스럽게 맺혔다. 하느님도 감동하여 천사 같은 짝을 내려준 것이다.

삼촌은 가까운 친척은 물론 타인들에게서도 신뢰를 받았다. 아버지의 사업실패로 빚쟁이들이 몰려왔을 때도 삼촌은 그들의 마음을 돌려놓았다. 아니, 빚쟁이들의 마음을 보이지 않는 줄로 꽁꽁 묶어놓았다.

"이자는 드리지 못해도 원금은 제가 갚아 드리겠습니다."

그 말에 빚쟁이들은 마음을 풀었다. 자신들이 받을 돈이 허리춤만 한 키에다 등에는 튀어나온 혹을 단, 곱사등이가 번 돈이란 걸 알고 있었기 때문이었다. 마음이 흔들려 몇몇은 원금을 줄여서 받아 가는 이도 있었다.

초등학교를 졸업한 나는 진학할 형편이 되지 않아 절에 들어가기로 작정했다. 그때 평생 절밥에 의존해야 할 팔자를 면해준 분이 바로 삼촌이었다. 삼촌은 공부를 계속해야 한다면서 집으로 데려가 뒷바라지를 해 주었다. 그 덕으로 학교를 마칠 수 있었으니 나의 오늘은 순전히 삼촌의 은공인 셈이다.

그런 삼촌이건만 나는 삼촌에 대한 부끄러움이 있다. 학부모 회의가 있는 날, 내심 숙모님이 오시길 원했는데 삼촌이 오셨다. 나는 안절부절못했다. 삼촌의 은공은 간곳없고 남의 눈만 의식이 되었다. 모든 시선이 온통 자그마한 삼촌에게로 집중되는 것 같았다. 어찌 그렇게 소갈머리가 없었는지 지금 생각하면 한없이 부끄럽다.

푸른 제복으로 최전방 철책 부대에서 근무할 때였다. 휴가증을 가슴에 안고 고향에 왔으나 마음은 무거웠다. 이곳저곳을 다녀 봐도 돌아갈 여비조차 챙겨줄 사람이 없었다. 삼촌은 내 마음속에 들어갔다 나온 사람처럼 먹여주고 재워주고 여비까지 챙겨주셨다.

언젠가 가까운 친척들과 노래연습장에 갔을 때였다. 다들 노래에 흥이 나 있는데, 삼촌은 호주머니에서 손톱깎이를 꺼내더니 탁자 위에 튀어나온 나사못을 죄고 있었다. 거미가 방적돌기를 놀리지 않는 것처럼, 삼촌은 그 순간에도 마음속의 방적돌기를 굴렸던 것이다. 길을 걷다 보면 이름 모를 들꽃이 시선을 빼앗듯 삼촌은 작은 행동 하나도 이렇게 마음을 사로잡곤 했다.

인생의 말미에 접어든 삼촌의 결실을 더듬어 본다. 삼촌의 어진 인품과 친화력을 이어받고 태어난 세 명의 사촌 동생들도 사회생활에서 으뜸으로 통한다. 그들은 시대의 주인공으로서 땀을 닦느라 바쁘다.

거미는 방적돌기 하나를 활용하여 험난한 생태계에서 당당히 살아남았다. 삼촌은 불편한 몸을 끌면서도 혼과 혼이 마주치도록 하는 마음속 방적돌기의 힘을 몸소 보여주셨다. 신체적으로 부족함이 있다는 것은, 새로운 각오로 삶을 펼칠 수 있는 힘의 원천이 되기도 하는가 싶다. 그 부족함을 만회하기 위해 노력하고 지혜를 발휘하게 되니 말이다.

나무와 나무 사이에 튼튼하게 줄을 치고 있는 거미를 본다. 오늘따라 왠지 유별나게 보인 거미줄에 삼촌의 생애가 그려진다.

– 울산 정명 600년 기념 전국문예공모전 수필 부문 대상 수상작(2013년)

박순태

《동리목월》 신인상

울산 정명 600년 전국문예공모전 수필 부문 대상

경북문화체험 전국수필대전 금상

농어촌문학상 수상 외 다수

조금새끼

서찬임

내 몸에선 바다 냄새가 난다. 온몸에서 허연 소금기가 버석거린다. 내 가슴속 깊은 곳에 소금기로 남아 있는 그 무엇, 바로 '조금새끼' 때문일지도 모른다.

음력 초여드레와 스무사흘에는 바다에 '조금' 현상이 일어난다. 밤하늘을 묵묵히 밝히는 달이 지구를 잡아당겼다 놓았다 하기 때문이다. 밀물과 썰물의 차가 큰 '사리' 때와는 달리 조금밖에 나지 않는 때를 '조금'이라 한다. 이때 항구에 묶어두었던 배는 꼼짝없이 뭍에 주저앉는다.

조업을 떠나지 못한 어부들은 고기잡이 대신 집으로 들어앉았다. 그물코를 한 땀 한 땀을 잡아당기며 시간의 빈틈을 메우는 이도 있었고 둥그런 아내의 엉덩이를 간질이며 시곗바늘을 돌리는 이도 있었다. '조금' 때를 조금이라도 더 늘려 가족들과 함께하고 싶은 마음이 간절했던 이유였을까. 그때 태어난 아이들을 '조금새끼'라 했다.

통영의 동피랑. 거대한 뿔 같은 벼랑 위의 동네다. 그 옛날 조금새끼의 둥지였던 곳을 보기 위해 관광객들이 골목마다 빼곡하다. 가파른 산을 오르내리듯 숨이 벅차다. 언뜻 그곳에서 나고 자란 이들의 대화가 어촌의 향수를 바람으로 실어 나른다.

"너도 조금새끼냐? 나도 조금새끼다."

뫼비우스의 띠 같은 골목은 시작을 알리는 아기들의 울음소리로 점 찍혔다. 그 아련한 음운은 고래 새끼들의 초음파신호처럼 어부들의 뇌파에 진동된다. 들큼한 도다리 미역국 냄새가 집 밖으로 풍겨 나오는 동안 좁고 기다란 골목은 신성한 생명력으로 채워진다. 삶의 질곡에 있어서 자식만큼 자신을 일으켜내는 것은 없다. 그날 그들의 마음은 이심전심이었으리라.

비워지면 다시 채워지는 인생같이, 통영 포구에는 바닷물이 부두를 가득 채운다. 어선들은 물비늘을 일으키며 줄줄이 항구를 떠난다. 그들은 고기를 잡으러 가는 게 아니라 전장에

나가는 병사였다. 전쟁터에서 총을 쏘고 피를 흘려야만 전쟁을 치르는 것이 아니다. 암흑으로 둘러싸인 어선 한 척은 언제 삼키려 덤벼들지 모르는 험한 물을 향해 그물을 던진다.

깊은 물에서 시루어졌던 몸싸움으로 전리품이 가득 실렸을 때 뭍을 향해 뱃머리를 튼다. 묵직한 어선은 등대가 쏘아주는 그 불빛을 바지런히 쫓아간다. 부두에 도착한 배 위에서 고기를 정리하는 어부들은 가끔 고개를 들어 집을 올려다본다. 그러면 저 멀리 피랑의 담벼락 귀퉁이에 줄줄이 꽂혀있는 조그만 두 개의 불빛과 일직선이 되는 것이다. 달빛 받은 아이들의 간절한 눈망울이다. 그들의 눈 속에 아버지의 배가 맺히지 않을 때 피랑은 또 한 번 눈물바다가 되어야 했다.

몇 년에 한 번씩은 허기진 바다였다. 평온으로 가장한 바다의 표면이었다. 인정사정없이 몰아치는 바다에게 모든 것을 제물로 바쳐야 했다. 제삿날이 한날일 수밖에 없는 그들은 똑같은 아픔을 지닌 채 살아야 했다. 아버지의 부재와 가난을 원망했던 그들이었다. 그래도 그곳을 떠나지 못하고 바다에 뿌리를 두고 바다에서 몸피를 키워야 하는 것은 숙명 같은 무언가가 있지 않았을까 싶다.

나는 단 한 번도 뱃머리를 똑바로 보지 못했다. 아니, 아버지를 보지 못했다. 한 번도 직선으로 이어지는 눈빛을 가졌던 기억이 없다. 굽이굽이 긴 세월이 지나서도 만나기 어려운 파도 같은 곡선이었다. 아버지는 배가 완성될 때마다 배의 고동 소리를 따라가듯 우리를 뿌리쳤다. 나와 내 동생들은 험한 세상의 조금새끼가 되었다. 남들이 뱃고동 소리가 희망찬 출발이라고 말할 때, 우리는 그 소리가 슬픔을 부른다고 생각했다.

상처가 나고 비늘이 벗겨진 생선처럼 우리는 고무 대야 속에서 호흡을 몰아쉬기도 하고 물이 빠져버린 뭍에서 온몸에 진흙으로 칠갑을 하며 펄떡거려야 할 때가 많았다. 제각각 난 상처 때문에 서로 등을 비비지도 못했다. 그저 부대끼다가 험악한 꼴로 모양이 변해가기도 하고 썩어 갈 듯이 힘겹게 살아왔다. 그렇게 견딘 시간이 더딘 듯 훌쩍 지나갔다. 그런데 나는 왜 그 세월이 그리움으로 남는 것일까.

나는 맏이였다. 부모에게서 맨 처음 난 것은 다음 것에 대한 책무 같은 것이 있기 마련이다. 바다든 육지든 온몸으로 받아들이고 살아나가야 하는 책임감 같은 것이었다. 그런 줄 뻔히 알면서도 나는 내 등이 아파 동생들의 등을 톡탁거리며 어루만져 주질 못했다. 상처를 만지면 덧날까, 더 곪을까 하는 두려운 마음도 분명 있었다.

동생들은 내가 다 쓸어주지 못한 상처의 비늘은 하나쯤 감추고 있다. 투명하고 여려 부서질 것 같던 비늘이 단단한 껍질로 변했다. 하지만 그 속에 감춰진 치유되지 못한 작은 비늘이 보인다. 그 비늘은 수천 년 바닷바람 속에 버텨 온 어부들의 유전자를 닮았다. 태초의 양수인 바다가 썩지 않듯이 인간의 양수 속에서 자란 조금새끼는 결코 상처로만 남지 않는다.

마흔을 훌쩍 뛰어넘으면서 누구나 하나쯤 아픈 비늘이 달려 있다는 것을 알게 되었다. 아픈 경험도 어떻게 겪어 내느냐에 따라 세상을 다르게 살 수 있음을 깨달아 본다. 이 세상에 이유 없이 태어난 사람은 없을 것이다. 나 혼자만 조금새끼인 듯 한숨으로 보낸 세월이 있었다. 그런데 한 치 생각을 돌리니 이 세상 모든 생명체는 조금새끼가 아닌 것이 없다는 안도의 숨이 몰아져 나온다.

빠졌던 바닷물이 채워져 일렁거린다. 지구 반대편 어느 뭍에서는 조금새끼가 무더기로 만들어지고 있을 것이다. 문득 몸을 돌려 조금새끼의 인연에 손을 내밀어 본다.

– 제1회 등대문학상 대상 수상작(2013년)

불광佛光

도무웅

벽에 걸린 그림을 본다. 짙은 흑갈색의 굵다란 두 고목 사이로 산사山寺의 고즈넉함으로 이어지는 외길이 조용히 누워있다. 길 오른쪽 산기슭은 흑청색의 숲이 커튼처럼 드리워져 있고, 앞쪽의 작은 나뭇가지들만이 석양을 받아 어두운 적막감을 약간 희석해주고 있다. '세한도歲寒圖'라는 제목의 어쭙잖은 내 그림이다.

이는 조선조 후기의 서도가요, 고증학자인 추사秋史 선생의 유명한 작품 제목이기도 하다. 나 역시, 당시 세한의 혹독한 추위와 어렵고도 힘든 한 사연을 겪는 과정이었다. 그러한 내 심경이 제주도 유배지에서도 심의心意를 중시하시던 선생의 고

매한 인품이 생각나서, 외람되긴 하나 감히 같은 작품 제목을 붙였다. 그림을 볼 때면 어쩔 수 없이 그때의 일들이 떠오르곤 한다.

삶에는 끊임없는 이해利害의 탐욕이 있게 마련인가. 십여 년 전 그때, 믿었던 후배의 배신으로 많은 것을 잃었다. 물질상의 피해는 말할 것도 없고, 내 심경 또한 깊은 절망의 나락으로 떨어졌다. 급기야 아내와 나는 집을 떠나야 했다. 도착한 데가 바로 그림의 그곳, 영천 은해사였다.

사찰 입구, 금포정禁捕町 송림은 일체의 살생을 금한 곳이라 했다. 보화루까지의 울창한 소나무 숲은 품위를 갖춘 아름다움과 함께 솔의 고고한 지조와 절개를 느끼게 해 주었다. 이로써 마음에 큰 위안을 얻었다. 이 풍광을 가슴에 담고 싶어 이젤을 세우고 유화油畵 그림에 몰두했다. 그림붓으로 아픔을 치유하고 정신적 안정을 되찾으려는 내 극기克己의 수단이었다.

그림에는 혼을 담는다고 했다. 세한도라는 이름만 같을 뿐, 바랐던 추사의 예술혼은 흉내도 낼 수 없었다. 선생의 것에는 송백松柏의 기개를 빌려 지조와 의리를 지킨 제자에 대한 깊은 '감사'의 뜻이 담겨 있지만, 내 경우는 배신한 후배에 대한 증오의 '한恨'이 서려 있었다. 그 '한'의 골이 깊었다. 그림이 제대로 될 리 없었으니 내 심신의 치유 역시 바랄 수 없었다.

그림이 다 되어 갈 무렵이었다. 그동안 내 모습을 눈여겨보시던 한 스님께서 저녁 공양을 함께 하자고 했다. 뜻밖이었다. 겨울 저녁 산사는 차분했고, 스님의 맑은 시선과 부드러운 음성은 그동안 얼어붙어 있던 내 마음속 긴장의 끈을 늦춰주기에 충분했다. 송암松巖 스님이었다. 공양을 마친 후, 차茶를 권하면서 스님은 천천히 말문을 여셨다.

"처사님의 그림에 쏟는 심경은 같이 온 보살님으로부터 잘 들었습니다. 모든 괴로움은 좋거나 싫음의 집착에서 오지요." 사랑하되 집착이 없어야 하고, 미워하더라도 거기에 오래 머물러서는 안 된다는 말씀이었다.

좋고 싫음은 인간의 기본감정이 아닌가. 갓 태어난 아기가 가장 먼저 깨닫는 것 또한 이들이다. '좋은 것'을 추구하는 것이 인간 본연의 속성일지다. 그럼에도 호好, 불호에 대한 집착을 버리라 함은 의문이 아닐 수 없었다. 이러한 내 생각을 간파하신 듯, 스님은 조용히 나를 이끌고 가셨다.

스님이 데려간 곳은 '불광佛光' 편액 앞이었다. 처음 보게 된 편액이었다. 다른 것과는 달리, 두 글자의 세로 길이가 같지 않은 이상한 모양이었다. 하지만 글씨는 힘이 있어 살아있는 듯 꿈틀거렸다. 강한 문체에 압도되어 꼼짝하지 못하고 서 있는데, 등 뒤의 스님이 추사 선생의 글씨라고 일러주셨다. 마치 선생 앞에 엄숙히 머리 숙이고 있는 듯했다. 편액을 보여주신 스님의 숨은 뜻을 헤아리기 위해 잠시 눈을 감았다.

"'佛光'은 부처님의 후광인 자비 광명의 상징이지요." 그것은 어둠을 없애고 진리를 밝히는 의미이다. 삶이 저질러 온 나쁜 습성, 부끄러운 모습도 환하게 비추어 올바른 길로 인도하는 지혜의 빛이다. 좋고 싫음의 집착을 버리는 지혜도 곧 이 '불광'과 통한다고 하셨다.

산사의 저녁 시간이 깊어가고 있었다. 오랜 시간, 내 '한'의 심경을 스님에게 토로할 수 있었다. 이야기를 들으신 스님은 지난날의 지은 업을 풀고, 용서하며 살라는 긴한 충언을 주셨다. 용서는 증오심으로부터 자신을 자유롭게 해주며, 그 증오의 집착에서 벗어나야 미래로 나아갈 수 있다. 그 때문에 용서는 곧 자신을 위한 것이라는 말씀이었다.

스님의 이 '버림으로써 얻게 되는 불광의 깨우침'에 마음이 편안해지고, 증오의 집착을 털게 되니, 관용의 여유가 생기는 듯했다. 놀랍게도 다음 날, 그 심한 정신적 갈등과 방황을 끝내고 집으로 돌아올 수 있었다.

사람에게도 회귀본능이 있는 것인가. 그 후, 다른 삶의 곡절에 부딪힐 때마다 집착을 버리는 불광의 교훈으로 해법을 얻곤 했다. 그런 사연들 속에 점차 추사 선생의 고매한 정신을 더욱 가까이하고 싶은 갈증이 일었다. 그것이 송암 스님을 뵙고 그 편액을 보고 싶은 바람(願)으로 변해, 드디어 십여 년의 세월을 뛰어넘어 어느 화창한 봄날, 은해사를 다시 찾게 되었다.

금포정 송림은 십년지기처럼 반갑게 맞아주었다. 하지만 마음의 짐을 벗게 해 주신 스님은 이미 이 세상에 계시지 않았으며, '세한도'의 그 경관 또한 당시와 달리 많이 훼손되고 없었다. 내 삶의 뿌리 깊은 회한도 돌아볼 기회마저 허락되지 않았으니 모든 것을 잊으라는 섭리인가.

이윽고 대웅전 앞, 박물관에 다다랐다. 들어서니 '佛光' 편액이 가장 먼저 눈에 들어온다. 순간, 숨결이 멈춰지고 신음 같은 탄성이 새어 나왔다. 오랜 세월에도 편액의 느낌은 하나도 변함이 없었다. 선생은 이 작품으로 수백 성상을 거쳐 부처님의 불광, 즉 자비 광명을 깨우쳐 주고자 했음이 틀림없었으리라. 궁금했던, 선생의 예술혼이 깃든 편액의 태동 일화를 들을 수 있었다.

은해사 주지 스님은 불에 탄 절을 중건하면서, 추사의 글씨로 편액을 걸고 싶어 그에게 간청했다. 오랜 시간이 지나도 글을 주지 않아 직접 찾아갔다. 추사는 벽장을 열고 그 속에 가득 찬 '佛光'의 수많은 파지[破紙]를 보여주면서 그 속에서 한 작품을 골라 주었다. 편액 하나를 위해, 추사 선생도 수없이 쓰고 다시 쓰는 수고를 마다치 않았다.

여기에 그치지 않았다. 주지 스님은 편액을 만들면서 긴 '佛' 자의 마지막 획을 망설임 끝에 '光' 자의 세로 길이와 같게 잘라 장방형으로 만들어버렸다. 후일 절을 찾아 이를 본 추사가 큰 노여움으로 편액을 떼어오라 하여 절 마당에서 불살라 버렸다. 주지 스님은 크게 당황하여 즉시 사죄하고 원모습으로 다시 만든 것이 지금의 작품이라고 했다.

'佛' 자의 오른쪽 마지막 긴 획으로 말미암아, 편액의 세로가 길어져 거의 다섯 자에 가까운 정방형이다. 그로 인해 왼쪽 아랫부분에 생긴 여백에 유난히 눈길이 간다. 그곳에 선생이 남기신 심오한 예술적 감각과 생각의 여유가 조용히 전해온다.

선생은 이미 가고 없으나, 서릿발 같은 영혼이 맑은 물소리와 함께 고찰의 뜰을 노닐면서 후손들에게 삶의 크나큰 교훈을 일러주고 계신 듯하다. 새삼 흐트러진 마음을 추슬러 본다.

돌아오는 발걸음이 가볍다.

– 경북문화체험 전국수필대전 금상 수상작(2013년)

도무웅

2013년 《동리목월》 신인상

2013년 경북문화체험 전국수필대전 금상

2015년 매일시니어문학상 수필 부문 특상

2018년 수필집 『돌아오지 않는 연어』 출간

운문사 규화목

박순태

운문사에 가면 두 그루의 나무를 만나게 된다. 한 그루는 오백여 년을 하루같이 보낸 축 처진 소나무이고, 다른 한 그루는 남중해 파도를 헤치며 인도네시아에서 건너온 화석나무다. 운문사 소나무는 잘 알려졌다만 화석나무는 모르는 사람이 많다. 두 그루 나무를 지켜보니 어디선가 비슷한 한 쌍을 보았다는 기억이 난다. 불국사 경내에 있는 석가탑과 다보탑이다.

비구니 도량에 와서 그럴까, 이색적인 모양과 무늬 때문에 그럴까. 운문사 소나무보다 자그마한 체구에 나뭇결무늬로 온몸을 감싸 안은 화석나무에 스르르 마음이 기운다.

나무에 피돌기가 시작된다. 선명한 나뭇결이 꿈틀대는 실핏줄처럼 생동감을 주면서 은은한 빛을 낸다. 나무일까 돌일까를 분간하기 어렵다. 눈은 나무라 하고 머리는 돌이라 한다. 머리가 나무라고 번복을 하니 이번에는 눈이 돌이라 고쳐 말한다. 내력이 씌어진 표지판 글자가 흐물흐물할 때까지 나무의 정체를 씹고 또 씹어본다. 가지고 온 잡다한 생각들은 미련 없이 버리고 상상을 초월한 결정체에 의문에 의문의 샘을 판다. 풍기는 모습만큼 생각의 샘을 깊이 파야 할 판이다.

겉모습이 그지없이 단단하다. 찔러도 피 한 방울 나오지 않을 것만 같다. 성정 또한 얼음장 같아 찬바람을 맞는 듯하다. 마음을 다잡고 다가서서 은근슬쩍 손으로 만져본다. 강해 보여도 부드럽고 여유로우며 다정다감한 맛이 전해진다. 내면을 파고드니 해탈한 자비가 풍겨 온다. 나무꾼이 톱질하지 못한 채 돌아서도 온기를 채워 줄 만큼 신통력이 있어 보인다.

석탑은 절 경내에 심어진 나무다. 중생들과 스님들의 불심을 먹으며 자란다. 그렇다면 경내의 나무는 목탑이다. 나무도 스님이 두드리는 목탁 소리와 신도들의 불경 소리를 듣고 자란다. 운문사의 처진 소나무가 대중들의 불심을 담은 석가탑이라면, 규화목은 스님의 불심을 담아내는 다보탑을 닮았다. 연상되는 다른 게 있다. 소나무가 우람한 체격에 가사 장삼 날리는 비구승이라면, 규화목은 해맑은 얼굴에 청아한 독경

소리 내는 비구니 같다.

어찌하여 죽은 나무가 흙으로 썩지 않고 돌이 되었을까. 모든 생물은 명이 다하면 미생물과 박테리아가 활동해서 분해되어 없어지는 게 진리가 아닌가. 그래서 더더욱 의아스럽다. 자연현상에도 예외가 있는 줄 미처 몰랐다. 빨리 고정관념의 틀에서 벗어나야겠다.

규화목의 생성과정은 이렇게 엮어진다. 숨이 멎는 찰나 흙 속에 묻혀 나무 성분은 다 없어진다. 그때를 틈타 지하에 용해되어 있던 광물질이 침전작용을 일으켜 조직 사이를 파고든다. 나무 자체의 구조, 조직, 나이테 등이 고스란히 남아 화석으로 다시 태어나는 것이다. 나무는 몸통의 살점을 미련 없이 버렸기에 물에 녹아있던 광물질로 빈자리를 채울 수 있었으리라.

규화목은 제 흔적 남기기를 무척 바랐나 보다. 사람은 생전에 모진 노력의 시련을 감내해야 사후에 이름을 남긴다면, 나무는 숨 떨어지는 순간에 홍역을 치르면서 형체를 보존하게 되었으니 규화목의 탄생이 의미심장해진다. 이것은 돈, 명예, 권력 같은 욕망들을 뿌리치고 오직 살아있다는 것 자체에 만족감을 얻는 출가승의 고행을 떠올리게 한다. 그렇게 보니 그들의 삶이 누구나 갈 수 있는 길이 아니라는 답이 나온다. 절대 행복을 추구하는 정진수행 끝에 찾아드는 완결이 출가승의 깨달음이라면, 고진감래 끝에 얻어진 결정체가 환생한 돌인 규화목이 아닐까 싶다.

볼수록 나무 화석이 친근감을 보내온다. 자체의 형질은 버리면서 다시 태어나서 그런지, 넓은 도량에서 수행한 자세로 다가온다. 묵언수행이자 부동 정진이다. 산전수전 겪으면서 지혜로 다져진 성인 같기도 하다. 나무도 수행 정진을 오랜 세월 하다 보면 득도에 이르나 보다.

아이들 손을 잡은 여인들이 규화목 앞에서 반달을 그리며 서 있다. 얼굴색이 다르고 말을 떠듬거린다. 그들은 규화목을 어루만지며 그리운 사람을 만난 듯 마음에 묻어둔 사연을 풀어내느라 떠날 줄 모른다. 말을 들어보니 인도네시아에서 한국으로 시집온 부인네들이다. 딸과 엄마가 만난 만큼 다정다감해 보인다. 한쪽은 반가워 어쩔 줄 모르며 사연을 풀어내고, 상대는 두 눈을 내리깔고 딸의 사연을 들어주는 듯하다. 다문화 모녀의 원조가 이곳에 있었구나 싶다.

생각을 굴리면서 발길은 대웅보전으로 향한다. 비구니 한 분이 결가부좌를 하고 있다. 규화목이 환영 되어 살아난다. 꼼짝 않는 스님이 규화목이고 경내의 규화목이 비구니이다. 규화목이 절집 문화를 자기 것으로 만들어 중생을 인도한다는 생각이 든다. 무언으로 전해지는 설법에서 내 삶의 과거를 이끌어낸다.

걸핏하면 말이나 행동에 뿔이 났었다. 강철 같았지만 순간적으로 물렁물렁해졌고, 혈기 왕성했지만 가냘프고 감상적이었다. 뒤지지 않으려고 사회 속에서 북적 비벼댔지만 외로움은 깊어졌다. 합리적 이성을 추구했지만 순간순간 비합리적인 목소리를 높였다. 치밀한 분석에 열을 올리다가도 맹목적 믿음에 호소도 했다. 삶의 찌든 때가 묻어날수록 매사에 무디어져만 갔다. 그 무딤은 아둔함이나 무감각만은 아니었다. 뾰족뾰족했을 적엔 시야가 좁고 생각이 얕았다면, 무딤은 더 넓게 바라보고 더 깊게 생각한 데서 생겨난 슬기라 여겨진다. '늙음은 젊음의 상실이 아니요 젊음의 완성일지다.'라는 말처럼, 무디게 하는 것은 자연의 작용이자 비움을 채워 나가는 묘책일 성싶다. 돌나무가 이루어낸 신비로움을 내 삶에 대입시키면서 오늘만큼은 작은 탑이 되어 서 있고 싶다.

운문사 규화목이 알몸으로 전하는 화두는 이렇게 요약되는 것 같다. 가장 큰 것은 밖이 없고, 가장 작은 것은 안이 없다. 이 구절은 노자의 사상이자 불경이 아닌가. 그러면서 나무의 혼으로 여겨진다. 내 마음의 눈에 횃불이 켜진다.

마음속에 부처 한 분 조용히 들앉는다.

– 제6회 경북문화체험 전국수필대전 금상 수상작(2015년)

꽃살문

윤상희

화사한 벚꽃길이 길손을 맞이한다. 풍기 나들목을 빠져나와 순흥면에서 벗어나고 있는 길이다. 산골길을 굽이돌아 소백산 국망봉 자락에 다다르자 차 한 대 지나가기 빠듯한 산길이 펼쳐진다. 굽잇길에 들어서자 아랫녘 매화가 향주머니 끈을 풀어놓은 듯 산속의 내음이 풍요롭다. 세속의 소리는 어느새 멀어지고 따스한 봄바람이 옷섶을 열어준다.

인적 드문 산비탈에 이르자 성혈사가 고즈넉이 나를 맞이한다. 절집은 법당 세 채에 스님이 기거하는 요사와 수행 승방 한 채가 전부이다. 암자라 해도 좋을 소담스런 절의 대웅전 뒤뜰로 부챗살처럼 가지를 펼친 만지송이 장관이다. 세 칸

법당에 달린 보물 832호 꽃살문 여섯 짝을 만나러 아침 먼 길을 달려온 나는 나한전으로 얼른 발걸음을 옮긴다.

조선 명종 8년(1553)에 처음 지어져 인조 12년(1634)에 재건된 나한전은 아담스러운 고향 집에 온 듯 내 마음을 열어준다. 이 건물은 정면 세 칸 측면 한 칸, 단층 맞배 기와집에 다포식 건물이다. 배흘림기둥에 가깝게 다듬으면서 벽 선을 세우지 않고 문짝을 달았다. 법당 문중에서도 꽃살문은 부처님의 세계로 들어가는 문으로, 잰걸음으로 달려온 나를 반겨주며 시공을 넘어 끝없는 연기의 세계로 가슴 자락을 열게 한다.

문이란 무릇 세상과의 통로이며 또 다른 출발이나 전환을 의미할 테다. 마음을 가다듬고 먼 길을 달려오게 한 꽃살문 앞에 조용히 선다. 문짝이 들려주는 이야기에 귀를 기울여 본다. 들릴 듯 말 듯 천사의 노래인 양 속삭이는 문의 도란거림을 놓칠세라 온 신경의 촉을 깨워본다. 이곳의 꽃살문은 여느 문처럼 사방 연속 꽃무늬를 새긴 형상이 아니라, 한 짝에 넷씩 긴 목판에 연밭을 뚫새김하여 문살 위에 얹혀 있다.

찬찬히 꽃살문 문양을 음미해 본다. 문살마다 연꽃은 흐드러졌고 연잎은 하염없이 소담스럽다. 송이마다 십종선법十種善法*을 들려주고 있다. 드나들면서 연꽃 같은 삶을 살라는 뜻일게다. 수줍게 얼굴을 내미는 꽃살문의 여린 송이 사이로 아득히 할머니가 웃고 있다.

어릴 때 나는 꽃 문살을 드나들며 자랐었다. 해마다 가을이면 문짝을 떼서 묵은 종이를 벗겨내고 새 창호지로 문을 발랐다. 온 식구들이 함께하는 집안의 겨울맞이 행사이기도 했다. 그때마다 할머니는 문고리 주위에 책갈피에 눌러 말린 단풍잎이나 꽃잎으로 꽃 문살을 만들었다. 문짝 가운데에는 손바닥만 한 유리판을 넣어 문을 열지 않고도 바깥을 볼 수 있었다. 가장자리가 매끈하지 못한 유리판도 할머니 손길이 닿으면 꽃병처럼 화사한 거울이 되곤 했다. 아마도 그 시절 시골집은 집집마다 비슷한 꽃 문살을 만들지 않았나 싶다.

우리 집 꽃 문살은 참한 모습과는 달리 아픈 사연도 담고 있었다. 6 · 25 동란 때 객지에 계시던 삼촌이 인민군의 총격으로 돌아가시었다. 전란 중에 시신이 집으로 오던 날의 할머니 모습이 아직도 잊히지 않는다. 할머니는 장례가 끝나는 날까지 문밖을 나오지 못하셨다. 꽃 문살 사이에 붙은 작은 유리로 내내 밖을 응시하고 계셨다. 그 후로부터 넋을 놓은 듯 꽃 문살만 바라보는 날이 하염없이 늘었다.

꽃 문살의 고운 단풍잎도, 꽃잎도 할머니의 눈에는 더는 아

※ 십종선법: 연꽃의 열 가지 이로움

름다움으로 비쳐지지 않았을 테다. 돌아오지 않을 누군가를 기다려본 사람은 알 것이다. 저버릴 수도, 돌아설 수도 없는 애절한 기다림이 또 다른 희망이 된다는 것을 말이다. 어쩌면 꽃 문살을 통해 할머니는 삼촌을 만나고 있었던지도 모른다. 소중한 것은 눈으로 보는 것이 아니라 가슴으로 볼 수 있기에 할머니에게 꽃 문살은 또 다른 희망과도 같았을 테다. 아니, 기억과 갈망으로 흘린 눈물의 시간이 얼룩져 있었을 것이다.

나한전 꽃살문 문양을 다시 더듬어 본다. 스쳐 가는 바람에 파르라니 떨고 있는 문양들이 반백 년이 넘은 시간을 넘어 또 다른 이야기들을 속삭이고 있다. 성스러운 공간과 세속의 공간을 구분하는 꽃살문을 앞에 두고 나는 다시 시공을 초월하는 화엄의 세계로 빠져든다. 바람이 지워 버린 단청 사이로 음각으로 조각된 꽃살문의 세상은 서서히 양각의 돋을새김 극락정토를 펼쳐내고 있다. 멀리서 보면 대칭 같은 어간의 두 짝은 좀 더 가까이서 살피면 비대칭을 이루었다. 우측 창호는 솟을 모란꽃살문 위에 통판으로 모란꽃 무늬를 조각하여 변화를 주고 있다. 희미하게 남은 단청에 누렇게 변한 나무의 속살이 고색창연함을 더해준다. 세월의 흔적에도 목판 위에 핀 꽃은 고졸한 맛을 잃지 않고 있다.

꽃살문의 대칭을 도드라지게 깨는 것은 오른쪽 문에 새겨진 동자상이다. 귀엽게 상투를 튼 동자가 연잎 위에 사뿐히 올라서 있다. 손에 연꽃 봉오리를 잡고는 연잎 배를 타고 꽃 삿대를 저어간다. 모든 번민을 던져버린 동자승의 천진난만함이 봄바람같이 가볍다.

문득 생텍쥐페리의 어린 왕자가 떠오른다. 저렇듯 화사한 꿈을 꾸며 무언가를 전하고 싶은 얼굴이다. 표정으로 봐서 나에게 뭔가 말하고 있는 것 같긴 한데 아직 그 뜻을 읽어 낼 재간이 없다. 내게 설법 같은 것을 할 의도는 없는 것 같고, 잎 배를 따라가다 보면 모든 갈등으로부터 놓여날 청정한 세계로 인도해 줄 것만 같다. 무아의 깊이 속에서 피어오른 동자승의 맑은 표정이 오욕으로 때 묻은 나에게 무구한 미소로 깨우침을 주는 듯하다.

동자상의 미소에 넋을 잃은 시간 사이로 시원한 바람이 스쳐 간다. 꽃살문이 만든 문양을 바라보며 문득 내 삶이 만들어 낸 무늬는 어떤 모양일까 궁금해진다. 할머니의 꽃 문살처럼 슬픔으로 깊숙하게 새겨진 조각들도 있고, 순간의 추억으로 얕게만 새겨진 문양들도 많다. 무엇보다 원망이나 후회로 새겨진 무늬가 문짝을 가득 채우고 있을 것만 같다. 칠십여 년간 쉼 없이 새겨온 문양들을 떠올리며 서툰 솜씨에 너무 예리한 조각칼로 성급하게 새긴 것은 아닌가 되돌아보게 된다.

오롯이 나만의 문양을 새기기보다 옆 사람의 무늬를 곁눈질 하느라 숨이 찼고, 대중없이 크게만 새기려고 골몰하기도 했었다.

보물로 칭송받는 꽃살문에 비하면 내 삶의 문양은 어설프기 짝이 없다. 부처님의 말씀으로 이루어진 성스러운 화엄의 세계를 내가 탐낸다는 것은 어불성설에 불과할 것이다. 빼곡히 채우기에 급급했던 삶의 무늬들 속에서 일그러진 부분을 이제 다시 지울 수는 없지만, 미흡하나마 얼기설기 문양을 만들어가고 있는 내 삶의 무늬도 감사하다는 생각이 든다. 이제라도 찬찬히 다듬고 사포로 문질러서 여백도 남기고, 보듬어 가며 더 단단한 문양으로 조각하고 싶다. 설령 할머니의 꽃문살처럼 슬픔으로 곡이 진 무늬라 해도 다채로운 문양으로 아름답게 보듬어 가련다.

멀리서부터 찬불가가 들려온다. 나한전 꽃살문이 들려주는 소리다. 먼 훗날 온다는 연화장세계의 환희를 노래하고 있는 듯하다. 부족한 내 눈에는 꽃살문이 인간사의 갖은 업을 담아낸 민화로 다가온다. 다복, 다산과 부귀영화를 내려주십사 하는 축원으로 가득 차 보인다. 세월의 빛깔을 품고 있는 작은 법당문의 여섯 문짝이 큰 축복으로 와 닿는다.

꽃살문이 상징으로 가득 찬 경전의 세계가 되어 다시 내 가슴을 울려오고 있다. 심오한 세계를 다 읽지는 못하지만, 눈에 그 모습을 담아 가는 것만으로도 가슴이 벅차다. 조용한 산사의 꽃살문이 빈 마음을 차근히 채워가고 있다. 다시, 산을 내려갈 길이 고단하지만은 않을 것 같다.

– 제7회 경북문화체험 전국수필대전 대상 수상작(2016년)

윤상희

《에세이21》 완료추천 등단.

매일 시니어문학상 특선 2회

경북문화체험 수필공모전 입상

〈경북일보〉 문학대전 특선 2회, 동상, 은상 수상

포항 스틸에세이 공모전 입상

대구수필가협회, 청람수필, MBC 글탑 회원

고로高爐

류현서

제철 공장의 고로 하나가 사라진다. 반세기 가까이 견디며 보수를 거듭해오다가 생명이 한계에 다다랐나 보다. 세월 앞에는 사람도 노쇠老衰하고 쇠도 산화된다. 고로도 사람의 육신과 별반 다르지 않다.

고로는 잡다한 쇠붙이들을 열로 보듬는다. 보기 좋은 것도, 흉한 것도 품어 안고 융화시켜 준다. 고로를 거쳐 나온 쇳물은 사물로 다시 태어난다. 고로는 쇠붙이의 자궁이라 해도 지나치지 않는다. 뜨거운 쇳물을 끌어안는 동안 쇠붙이로 된 몸도 서서히 닳고 삭아진다.

나의 고로는 토함산 자락의 마을에서 시작됐다. 산은 그렇게 높지도 않고 낮지도 않은, 질펀한 능선은 아침 햇살을 받으며 차츰 준엄한 형상을 드러냈다. 길고 짧은 골들은 청옥색 하늘을 이고 신묘한 입체화를 이루었다. 그런 입체화가 펼쳐지는 마을에서 어머니는 태어나서 자랐다.

말랐던 풀들도 일어서는 봄날, 열여덟 살 어머니는 이웃 마을에 사는 아버지를 만나 백년해로의 가약을 맺었다. 그 후, 두 분은 제철소의 쇠와 고로처럼 서로를 품기도 하고 녹이기도 하며 가정을 이루었다. 어른을 섬기고 형제들을 보살폈고 자식을 생산해 품어 키우느라 몸과 마음을 녹였다. 특히 어머니는 제철소의 고로처럼 가정의 중심이었고 자식들의 안식처였다.

쇠를 녹이는 고로가 뜨겁다 한들 부모와 자식 간의 관계보다 더 뜨거울 수 있을까. 혈육에서 우러나오는 정은 온도로 책정할 수 없다. 혈로 반죽되어 고로를 거쳐 나온 생명체는 떨어뜨리려 해도 떨쳐지지 않는다. 고로는 배출해 낸 살붙이와 피붙이들을 위해 살아왔다.

곰곰이 짚어보면 어머니의 생도 내적 외적 고달픔도 있었지만 기쁨과 흐뭇함도 없지 않았다. 권속들을 보살피며 살아온 어머니의 한 생애. 종갓집 종부로서 소임을 다하느라 승새 굵은 삼베치마 허리춤까지 땀에 적시고 또 적셨다. 일 년에 열 번씩 다가오는 봉제사 접빈객에 손끝이 물마를 새가 없었고 할아버지를 찾아 사랑채를 드나드는 손님에게 정성을 다하느라 늘 바빴다. 가족 중 누가 아프다고 하면 어머니 가슴에서는 가을 모과 떨어지는 소리를 냈다. 이순이 넘도록 종종걸음을 치며 그렇게 살아왔다. 흐르지 않는 물이 없듯이 붙잡지 못하는 게 세월이다. 어머니의 구십 성상星霜도 하루하루 사는 동안 물같이 흘러버렸다.

구순을 갓 넘긴 어머니가 갑자기 위독해졌다. 어둠이 점점 짙게 맥질 되는 시각에 연락을 받고 부랴부랴 병원으로 달려갔다. 병원에 도착하자마자 짚불이 사그라지듯 어머니는 서서히 눈을 감았다. 창밖으로 보이는 하늘에는 별들이 숨을 죽였고 늦게 뜬 그믐달도 눈시울을 붉히고 있었다. 어머니도, 달도 구름에 밀려 한마디 말도 없이 조용히 떠나갔다.

인생이란 그 자체가 구름이다. 비단 어머니뿐이겠는가. 역사에 이름을 남긴 구국 영웅이든, 숨이 넘어가던 사람을 살려준 의인이든, 수많은 일터를 제공하여 나라의 부흥을 일으킨 사람이든 구름 같은 이 길은 갔다 하면 못 오는 길인 것을.

멀리로는 적은 군사로 수없는 적군을 무찔렀던 장수도 한 번 가면 끝이었다. 글을 만들어 문명을 밝혔던 학자도, 어두운 곳도 마다치 않고 대중들을 위해 자신을 다 바친 성인聖人

이든, 어느 항구에서 한 소절의 노랫말 같은 인생을 풀어낸, 성격이 털털한 선인船人도 이 길은 갔다 하면 다시 돌아왔다는 소리는 아직 못 들어 봤다. 동네 어귀에서 마을의 액운을 막아주던 아름드리 거목도 쓰러져서는 다시 일어나지 못했다.

어머니가 돌아가시기 전까지는 영웅은 영웅으로만, 부자는 부자로만 봤다. 명함 그 자체로만 봤던 거였다. 하지만 어머니가 돌아가신 후에는 이름도, 명예도 다 허무로 보인다. 누구나 한번 가면 다시 못 오는 것을 어머니의 죽음에서 간절히 실감한다.

어머니와 함께한 지난날이 허허롭기 그지없다. 태산이 높은 것이 아니고 만경들판이 넓은 게 아니었다. 내게는 어머니의 가슴팍이 어느 산보다도 듬직했고 어느 평야보다 더 넓었던 거였다. 날숨이 길게 나오면서 온몸에 맥이 빠진다. 팔다리가 마치 아이들이 오래 주물인 헝겊 인형처럼 힘없이 걷는다. 이런 걸 보니 어머니는 생전에 내겐 만상의 근원이었고, 내 육체의 원기며 기氣를 살리는 생성원리였다.

이제까지 때로는 충고를, 더러는 칭찬을 받으며 살아왔다. 어머니가 내게 준 염려도 힘이요 충고도 힘이고 칭찬은 더 큰 힘이 되었다. 어머니와 함께한 시간을 조각보처럼 꿰매본다. 다 읽지 못할 기억 책들을 오늘 밤도 펼치다가 접었다 한다.

언제라도 찾아뵈면 "아야 배고프제. 어서 밥 먹어라. 맛있을 때 많이 먹어라." 연달아 잉잉댄다. "많이 먹고 아프지 마라." 귀에 익은 목소리를 붙들려면 달아나고 달아났다가는 되돌아 온다. 기억은 시간의 흐름을 정지시키기도 하고 세월의 순서를 바꾸어 놓기도 한다.

소리 없는 기억을 더듬다가 눈을 뜬다. 거실 유리창에 가늘게 휘어진 반쪽 달빛이 어려 있다. 유난스레 외로워 보이는 오늘의 저 달은 무엇을 생각할까. 우리가 겪는 희로애락을 구경하고 있을까. 어머니는 당신의 영혼을 저 달 속에 깊숙이 새겨두고 떠났을까. 그래서 달빛이 어머니의 영혼을 받아들여 희끄무레한지도 모른다. 넓고 넓은 하늘에 홀로 떠 있는 달은 누구나 혼자 떠나야 한다는 걸 암시하는 건지도…. 상처의 아픔은 육체적 고통이고 이별의 아픔은 정신적 고통이다. 떠나는 길을 동행할 수 없기에 그 심정은 가늘 길이 없다.

근 반세기 전, 철광석을 녹여낸 포항제철의 고로가 원화로 불을 지핀 후 1,000도가 넘는 열기로, 짙은 황금색 액체를 뿜어냈다. 그로 인해 조선과 자동차 산업의 발판이 된 제1고로였다. 우리나라를 산업 메카로 발돋움시키고 서서히 장막을 거두었다.

어머니도 연세가 들면서 병원에 가는 날이 가지 않는 날보다 더 많았다. 제철공장의 고로가 낡아서 보수해가며 써 왔듯이 어머니의 건강도 그러하였다. 어머니를 두고 장수했다고 덕담처럼 말하는 분들도 있다. 요즘 백세 시대로 치면 장수라고 할 수 없다는 게 뒤에 남은 자식의 마음이다. 무병장수를 바랐으나 '극병장수'에 그쳤다. 기울어지는 달은 다시 차오르지만, 어머니의 쇠잔해진 기운은 다시 실해지지 않았다. 세월은 무심해도 인간사는 유심하다. 철광석을 녹여낸 고로도, 나를 낳아 평생 감싸주던 어머니도 끝내 퇴역을 거부하지 못했다.

어머니는 마지막으로 고통도 무상이고 기쁨도 무상임을 나에게 알려 주는 것인지도 모른다. 생각해 보면 품에 안아 키워주던 부모도, 마주 보고 살아온 사람도 끝끝내 함께할 수가 없고, 피를 나눈 수족 같은 형제도 동행하지 못한다. 모든 게 무상이라고. 인생은 혼자가 되기까지 아프고 슬프고 기쁘고 행복해하면서 무상을 향해 가는 거라고….

녹슨 쇠를 보듬은 고로처럼, 어머니는 곰살갑게 대해주는 자식이든 비포장도로를 굴러가는 소달구지마냥 털털거리는 자식이든, 하물며 질병이라는 불순물까지 다 껴안았는지도 알 수 없다.

어느 어머니인들 자식을 품고 자신을 희생하지 않겠는가. 내 어머니만은 그런 것이 아닐 테지만, 소리 없이 뜨겁게 생명을 다한 고로 앞에 숙연해진다. 벽에 걸린 어머니의 사진은 내 마음을 아는지 모르는지 묵묵히 말이 없다.

– 제1회 포항 스틸에세이 공모전 대상 수상작(2017년)

쇠, 매화를 피우다

박순조

반백 년이 넘었다. 볼록한 배는 군데군데 상처가 있어도 늘 웃는 얼굴로 나를 지켜준다. 눈이 부시도록 하얀 몸, 가늘면서도 약간 꼬부라진 입, 선비의 깃같이 생긴 머리까지 마치 새끼 백로가 물가 자갈밭에 앉아 엄마를 기다리는 모습처럼 언제 보아도 우아하고 사랑스럽다. 그뿐이랴. 매실 모양으로 생긴 장석은 손잡이를 꽉 쥐고 있어 여간해서는 빠지지 않아 만든 사람의 뚝심과 지혜로움이 돋보인다. 가장 특이한 점은 배 가운데와 머리에 새겨진 매화가 사시사철 화르락 피어 향기를 뿜는다는 것이다.

이 보물이 내게 온 것은 오십여 년 전 눈이 발목까지 차던

설 단대목이었다. 아버지가 일찍 돌아가시고 집안 살림을 쥐락펴락하던 오빠 내외는 한 입이라도 줄이기 위해 나와 엄마의 생각은 묻지도 않고 일방적으로 혼사를 정했다. 스무 살에 선 한 번 못 보고 신랑 얼굴도 모른 채 눈이 쌓인 마당에서 번갯불에 콩 구워 먹듯 혼례를 치렀다. 시내서 고등학교를 졸업한 신랑은 그 당시는 매우 드물게 친구 세 명을 데리고 왔다. 그때 그분들이 산수화가 그려진 액자 한 점과 함께 가져온 선물이다. 친구들은 이 그릇에 물을 끓여 오순도순 차를 마시며 하늘이 부를 때까지 매화처럼 향기를 품고 살라는 염원을 담아 가져왔는지도 모른다. 하지만 그 깊은 뜻은 하룻밤 사이 망치에 맞은 얼음처럼 산산조각났다.

호롱불 밑에서 신랑 얼굴은커녕 입 한 번 떼지 못했지만, 천만 리 불길도, 바닷속도 홀로 걸어야만 하는 여자의 일생이 결정되었다. 그렇게 첫날밤이 지나고 새신랑의 아침상이 나왔다. 새로운 가족을 환영하는 뜻에서 친지들도 모였다. 말하자면 정식으로 인사를 나누고 항렬 소개도 할 겸 새 식구의 인품과 참을성을 시험하는 자리였다. 제일 어르신인 작은아버지와 당숙도 오셨기에 어제보다 더 잔치다웠다. 손때 매운 올케도 당신이 좋다고 한 사람이라서인지 더욱 신경을 써 그야말로 사또 곰배상이다. 또 음식에 걸맞게 맑은 술도 상 위에 올려졌다. 삼백육십오 일 두루마리 갓 벗을 날 없이 큰기침 하나로 좌우가 소통되는 작은아버지는 "고 참 주전자 하나 참해 술맛이 달구나" 하시며 좀처럼 안 하시는 칭찬까지 곁들였다. 그 순간 구들목에 앉아 몇 술 뜨던 신랑이 성난 황소처럼 씩씩거리며 밥상을 찼다. 누가 말릴 새도 없이 대청을 지난 상은 폭탄처럼 눈 쌓인 마당 가운데 떨어졌다. 도자기에 담긴 갖가지 음식들은 도화지에 가을빛 수채화를 그리듯 했고, 주전자는 야구선수의 땅볼처럼 눈 위에 앉더니 다시 솟아올라 맞은편 돌담 모난 돌에 맞고는 내려 꽂혔다. 올케는 그제야 "내 눈을 내가 찔렀구나." 했지만, 나는 무당이 잡은 대나무처럼 떨고만 있었다. 새신랑은 눈 덮인 신작로를 향해 달렸고, 엄마는 오빠들을 신랑의 뒤를 따르게 한 뒤 다리가 부러진 상보다 떨리는 손으로 한 쪽 배가 움푹 들어간 주전자부터 집었다. 엄마와 올케가 갖가지 연장으로 아무리 용을 써도 찌그러진 주전자는 좀처럼 펴지지 않았다. 엄마가 그토록 애타하는 데는 이유가 있었다. 청상에 홀로 된 뒤 독 씻어 단지 씻어 아들 하나만 바라보며 살아온 사돈이기에 딸아이의 시집살이가 불을 보듯 훤했기 때문이다.

오빠들의 설득으로 멋쩍게 돌아온 신랑은 주전자 안부부터 물었다. 친구들이 생각나서인지 엄마가 했던 것처럼 한나절을 만지고 또 만졌지만, 원래의 아름다움은 돌아오지 않았다. 나는 그때 남편의 얼굴을 지금까지 보아온 것보다 더 깊이 더 세세하게 보았던 것 같다.

엄마는 읍에 사는 사위를 생각하며 왕복 사십 리 길도 마다치 않고 장닭 세 마리를 이고 장에 갔다. 다 팔아야 겨우 상 하나를 사 이고는 콧노래까지 부르며 왔지만, 운명의 장난은 너무나 가혹했다.

전쟁 같았던 상황이 수그러지고 엄마가 조곤조곤 물었다. 이유인즉 밥 속에 종발이 들어 있어 갑자기 화가 났다고 했다. 그것은 새사람의 인내심과 지혜를 시험하기 위해 오빠들이 장난으로 그랬던 것이다. 당시 풍습으로는 어느 집안 없이 다 그런 절차를 밟는 것은 당연했다. 하지만 겨 눈보다 더 작은 남편의 인내심은 평생 오금으로 남았다.

나이 어리다고 일 년을 친정에서 보내고 신행하던 날이었다. 엄마는 부러진 다리를 명주실로 찬찬히 감은 상 위에 상처 난 주전자를 윤기 나게 닦아 올려놓고는 "앞으로 어떠한 어려움이 닥쳐도 이 상과 주전자를 보면서 살아남아야 한다." 하시며 땅이 꺼지도록 한숨을 쉬었다.

엄마의 염려처럼 시집살이는 그야말로 천 리 동굴이었다. 만개한 매화의 꽃술 수만큼이나 남편의 발길에 차여 마당에 내동댕이쳐졌어도 말없이 꽃을 피우는 주전자처럼, 천둥이 치고 폭우가 쏟아질 때마다 엄마의 말씀을 또 삼켰다.

키 이십 센티, 배 둘레 사십 센티, 몸무게 이백 그램 남짓한 작은 몸. 쇠가 아니었다면 이렇게 오래도록 나를 지켜주지 못했으리라. 어느 특출한 장인의 손으로 빚어졌는지는 알 길이 없으나 세상에 하나뿐인 나만의 특별한 보물임에는 틀림이 없다. 그랬기에 이사를 몇 번이나 했어도 이 상처 난 주전자와 절름발이 상만은 내 지난날의 거울 같은 존재이기에 지금까지 털고 또 닦는다.

젊은 시절의 충격이 컸는지 남편은 오늘도 주전자를 들고 온다. 예쁘다 싶으면 사다 나르고. 주워온 것만도 여남은 개도 넘는다. 유별나게 주전자만은 소중히 다루는 것을 볼 때마다 측은한 생각이 드는 것은 늘어난 주름이 명약인가 보다.

세월은 불촉 같은 성질도 콩물로 만들었고, 예쁜 주전자를 선물해준 친구들마저 다 하늘나라로 보내버렸다. 언제부턴가 아침밥은 먹었는지, 외아들 나이가 몇 살인지는 퍼뜩 떠오르지 않는데, 지난날을 두고 탓해 무엇 하리. 웃었던 날보다 눈물에 밥 말았던 날들이 더 많았지만, 남은 생은 매화처럼 살다 가고 싶다.

추석이 다가온다. 거실 진열장에서 자고 있는 제수용 놋그릇을 깨워 곱게 친 기왓장 가루로 닦는다. 당연히 주전자의 몸도 단장한다. 주방용 세제를 풀어 부드러운 헝겊으로 닦으면 매화 문양이 제철보다 환해 당장이라도 벌이 날아올 것만 같다.

어언 파꽃 한 광주리씩을 이고 뚝딱거리는 이빨과 어레미에 가린 초점으로나마 서로 마주보며 웃고 있다. 푸른 날의 아픈 기억들은 해질녘에야 정으로 변하는지….

– 제1회 포항 스틸에세이 공모전 금상 수상작(2017년)

박순조

2011년 《대구문학》 신인상

2014년 경북문화체험 전국수필대전 동상

2015년 매일시니어문학상 우수상

2017년 제1회 포항 스틸에세이 공모전 금상

2018년 중앙 치매안심센터 수기공모전 우수상

시집 『절름발이 비둘기』, 수필집 『오래된 밥상』

비밀

권상연

아는 사람 하나 없는 결혼식이다. 낯선 사람들과 함께한 자리는 늘 불편하다. 어디선가 낯익은 음성이 들려온다. 남자치고는 가늘고 독특해서 절대로 잊히지 않는 음색이다. 서둘러 주위를 둘러보니 멀지 않은 곳에 익숙한 얼굴이 있다. 세월이 흐른 탓인지 외양이 많이 변해 있다. 많은 사람들에 둘러싸여 있는 걸로 보아 분명 중요한 사람임에 틀림없다.

혹여 작은 실수라도 할까 봐 조심스럽게 다가가 혹시 A씨 아니냐고 조용히 물었다. 처음에는 당황하더니 고개를 살짝 끄덕인다. 나는 말없이 A씨의 손을 잡아 한쪽 귀퉁이에 있는 테이블로 이끌었다. 그러고는 핸드폰에 남편의 전화번호를

찍어주며 내가 누구인지 말했다. 그 사람은 특별한 말이 없었다. 혼자만 열렬히 설친 것 같아 민망했다.

집으로 가고 있는데 남편에게서 연락이 왔다. A씨를 만나고 있다며 전화를 바꿔준다.

"아까는 미안했어요. 너무 반가웠는데 부하 직원들이 있어서 아는 척을 할 수 없었습니다. 다들 연, 고대 출신의 빵빵한 경력들을 가진 이들이라 알려지면 곤란해 방송대 얘기를 할 수 없었어요"

8828495! 나의 방송대 학번이다. 정규 대학에 합격을 하고도 비싼 등록금이 없어 포기하고 선택한 것이 방송대학이었다. 인터넷이 등장하기 전이라 모든 것이 느렸다. 달랑 엽서 한 장에 날아온 합격통지서였다. 등록용지가 도착할 때까지는 안심할 수 없었다. 부산지역학습관까지 가서 받은 교과서의 무게와 부피는 방송대가 쉽게 공부할 수 있는 곳이 아님을 실감케 했다. 정기적으로 날아오는 학보만이 나와 학교를 연결하는 끈이었다.

미니 카세트에 테이프를 넣고 강좌를 들었다. 한자로 도배를 한 것 같은 교과서는 강좌를 듣고 있어도 무슨 내용인지 이해하기 어려웠다. 강좌를 듣다가 잠이 들면 테이프가 밤새 저 혼자 돌아가기 일쑤였고, 어느 순간 늘어지는가 싶더니 카세트 부품에 걸려 끊어졌다. 그러면서 나의 의욕도 사그라져 갔다.

소규모 스터디를 결성했다. 테이프 강좌만으로는 버틸 수 없었던 나는 다른 이들과 어울리며 부족한 부분을 채워 나갔다. 늦은 시간까지 시내에 머물다가 막차를 타기 위해 뛰는 일이 일상화되어 갔다. 하지만 회사를 다니면서 공부를 하는 게 쉽지는 않았다. 시간이 지날수록 모이는 사람들의 수도 줄어갔다. 인원이 모자라 스터디를 못 하는 날이면 포장마차에 모여 술잔을 주고받으며 서로의 약해진 마음을 다독였다.

비교적 규모가 커서 지원이 잘 되는 회사에 근무했던 나는 여름휴가를 대체해서 출석 수업을 받았다. 나에게 있어 출석 수업은 차멀미와의 싸움이기도 했다. 울산에 지역학습관이 없어 관광버스를 타고 부산까지 통학해야 했다. 더위를 식히는 에어컨 바람과 버스 안을 가득 메운 학생들의 열기가 뒤섞여 속이 울렁거렸다. 버스에서 내리자마자 곧장 화장실로 달려갔고, 속의 것을 다 게워내고 나서야 진정되곤 했다. 겨울에는 찬바람과 히터의 열기로 차멀미는 더욱더 심했다. 몸속의 모든 에너지를 탈진시키고 나서야 끝나는 출석 수업이었지만 받은 성적은 겨우 F를 면할 정도였고, 회사에서는 밀린 일들이 기다리고 있었다.

좋은 점도 있었다. 전문직에 종사하는 이들이 많다 보니 여러 가지 면에서 도움이 되었다. 실직한 이에게 일자리를 소개해 주거나 법률적인 문제에서는 마치 제 일처럼 나섰다. 축제가 열리거나 엠티를 가는 날은 나도 '대학생이구나' 싶은 게 나름대로 자부심도 생겼다.

일 년이 지나자 등록을 포기한 수만큼 편입생이 들어왔다. 남편과 A씨도 편입생 속에 들어 있었다. 하지만 학년이 올라갈수록 포기하는 사람의 수는 더 늘어갔다. A씨를 포함하여 마지막까지 남아 졸업한 사람은 10여 명이 전부였다. A씨는 직장에서 승진에 밀리지 않기 위해 대학원을 간다고 했다. A씨가 부산 대학원을 졸업하고 회사에서 부장으로 승진했다는 소리는 훗날 풍문으로 들었다.

졸업 후, 나는 회사를 그만두고 아이들을 가르쳤다. 방송대 졸업장을 공부방에 걸었다. 누구도 내가 대학졸업자란 사실을 의심치 않았다. 학부모들도 나에게 아이를 맡기는 데 주저하지 않았다.

학부모의 학력이 높아지기 시작했다. 요즘은 대학을 나오지 않은 학부모가 거의 없을 정도다. 설상가상으로 주변에 학원들이 우후죽순처럼 생겨났다. 공부를 잘하던 학원생이 옆의 학원으로 옮겨가는 사태가 발생했다. 내가 졸업한 학교가

정식학교가 아니라는 소문이 돌고 있다고 했다. 해가 갈수록 나의 자리는 위태로워져 갔다. 나의 방송대 졸업장은 학부형들에게 더 이상 먹히지 않았다. 당장 눈앞에 보이는 화려한 스펙만이 중요했다. 도망칠 때 멀리 가지 못하고 등껍질 속으로 숨어드는 달팽이처럼 나도 숨을 곳이 필요했다. 방송대 졸업장을 서랍 속 깊은 곳에 감춰두고 야간 대학원에 들어갔다.

대학원은 방송대보다 훨씬 힘들었다. 가정일과 두 아이의 엄마 역할을 감당하기에도 시간이 빠듯했고, 무엇보다도 학교에 들어가는 비용이 만만치 않았다. 결국 한 학기만 수강하고 다음 학기에 등록을 하지 못했다. 그 후 학력을 밝혀야 하는 상황이 오면 방송대 얘기는 쏙 빼고 졸업도 못 한 대학원 중퇴 스펙을 내세우게 되었다.

A씨의 직장생활도 나와 별반 다르지 않았다. 직장에서 아주 높은 직위까지 승진했지만 늘 스펙 때문에 마음 졸이며 산다. 대학교 얘기만 나와도 가슴이 쿵 내려앉는가 하면, 밑에서 치고 올라오는 직원들의 화려한 스펙을 대하면 스스로 기가 팍 죽게 된다고 했다.

오랜만에 서랍에서 방송대 졸업장을 꺼내 본다. 이 한 장의 종이에는 젊은 날의 내 꿈이 녹아 있다. 한눈팔지 않고 오로지 한 길로만 향했던 열정이 하얀 종이 위의 검은 글자로 남아 있다. 전화를 끊기 전 A씨의 마지막 말이 귓등을 울린다.

"미안하지만 내가 방송대 나온 건 비밀로 해주세요."

결혼식장에서 나를 두고 수많은 말들이 오갔나 보다. A씨의 고향 후배로 소개되어 있다는 말에 슬며시 웃음이 난다. 나의 소중한 기억도 서랍 속에 좀 더 머물러 있어야 할 것 같다.

– 제4회 금샘문학상 수상작(2017년)

웃는 문

이정화

단절의 틈바구니 안에는 소통이 존재한다. 아무리 높은 담이 둘러쳐져 있더라도 열린 문이 있을 거라는 희망을 놓지 않는다. 문이 열린다. 돌쩌귀에 불이 나듯 드나드는 사람이 많기도 하다.

행랑채 지붕을 어깨 삼아 계급장이라도 단 듯, 힘을 잔뜩 준 솟을대문이 반듯하게 서 있다. 하늘과 교신이라도 하는지 도드라진 지붕을 이고 굳게 닫은 문은 옹벽처럼 근엄하기 짝이 없다. 새벽 댓바람부터 복을 들이기 위해 제일 먼저 행랑아범이 대문을 열어젖히고 싸리나무 자국이 매섭게 나도록 흙 마당을 쓸어댔을 것이다.

청송 송소고택은 심호택이 1880년경에 지었다. 문을 열고 들어서면 팔작지붕의 큰 사랑채가 우뚝하니 들문을 펼치며 앉아 있고, 작은 사랑채 뜰을 지나면 ㅁ자 모양으로 안채가 안온하게 자리 잡았다. 솟을대문에 홍살을 설치했고, 안채 대청마루에는 세살문 위에 빗살무늬의 교창이 부유하고 화려한 조선 시대 양반가의 모습을 간직한 채 지금까지 유지되어 왔다.

'이리 오너라' 체면치레로 소리 지를 일 없이 들어선 마당에는 사랑마당의 내외담을 돌아 안채의 문이 살짝 열려 있다. 양쪽에 빈지로 벽을 두른 평대문이 얌전하다. 대문 가장자리로 문얼굴이 훤하다. 문머리는 느긋하게 아래를 굽어보고 문지방은 아래로 휘어져 살포시 웃고 있는 모양 같다. 그 문을 밀면 아마도 웃는 소리가 '끼익' 하고 났을지도 모른다. 혹여 소리가 나지 않았다 해도 괜찮다. 그것은 문지방이 초승달처럼 조용히 입 꼬리를 올리고 미소 짓는 것일 테니까.

안마당 깊숙이 꽃담으로 이어지는 작은 샛문은 사랑채 툇마루와 통한다. 사랑에서 안으로 드나들 때 은밀하게 다니기 위한 비밀의 문이 정답다. 남녀가 주변 사람들의 눈을 피해 정을 쌓고 소통하는 길을 쪽문 하나로 열어두었으니 아무리 무심함으로 포장해도 주인마님 마음은 안방마님으로 향한다.

별당에 달린 중문은 부드러워지면 오히려 낭패다. 돌쩌귀를 빽빽하게 만져 놓는다. 문설주와 문짝의 암짝, 수짝 쇠붙이조차도 틈 없이 조아서 언제든 '삐이걱' 소리 내어 웃도록 했다. 구중궁궐 같은 별당 아씨가 지내는 곳을 아무나 드나드는 것을 막기 위한 조치였다. 문이 소리 내어 웃으면 어미 아비 신경이 별채로 기울었으리라.

안방 문을 밀어젖힌다. 연다는 것은 밖을 향해 민다는 뜻이다. 방안에 고여 있던 나쁜 기운은 문이 밀릴 때 밖으로 딸려 나간다. 유독 방에 달린 문만은 안에서는 밀문이고, 밖에서는 당길문이 된 까닭이다. 안방 여닫이문 안 벽 속으로 들어가는 미닫이문은 두껍닫이 문이다. 솟을대문은 집 안쪽에서 당겨 연다. 천지의 좋은 기운과 함께 바깥의 복을 끌어들이기 위함이리라, 이른 아침 눈뜨면 지체없이 이 문 저 문을 소통하기 바쁘다. 식솔들의 건강과 집안의 안녕을 기원하는 도구로 닫힘과 열림을 업으로 삼는 대문이 제격이 아닐 수 없다.

길의 시작과 끝에 닿으면 문을 만난다. 어느 집의 대문이라도 출발이자 도착을 상징하며 생의 흔적이 되었다. 경계에 선 흔들리는 누군가는 세파를 향해 과감히 뚫고 나섰으며, 겁먹은 사람의 용기를 다시 한 번 다잡는 자리에 문이 있었다. 망설이는 경계에서 한 발자국 내딛기에는 문이 안성맞춤이었다. 안으로 들어찬 시선을 바깥세상으로 옮겨야 나와 우리의 세계를 완성하는 일이 될 것이다.

문이 닫히면 답답하고 궁금해진다. 살짝 열린 대문으로 보일 듯 말 듯 하는 여유야말로 비밀스럽지만, 대충 알아차리고 나면 더는 특별난 것도 없고 호기심도 사라지는 법이다. 보는 자와 보이는 자에게는 비로소 편안하고 너그러워지는 일상이 자리 잡을 게다. 입과 마음을 닫듯이 굳게 잠긴 문 앞에서는 막막해진다. 정호승 시인은 '열면 창문이 되지만 닫으면 벽'이라고 하지 않던가. 단절이 부르는 괴리는 서로를 불신하게 한다. 오고 가는 흐름이 끊긴 공간은 보이지 않는 철벽을 쌓고 있을지도 모른다. 담장이 높고 문이 철옹성 같을수록 넘으려는 사람이 생기기 마련이다. 낮은 울타리와 자유로운 문은 애써 열려고 하지 않아도 되니 억지가 자리 잡기 어려워 보인다.

고택과는 다르게 도시의 아파트 현관에 달린 출입문은 밖으로 미는 여닫이문이다. 초인종이 울리면 문이 밖으로 밀려 나와 바깥에 서 있던 사람이 뒤로 주춤 물러선다. 후퇴를 해야 전진을 할 수 있는 문이다. 웃지 못하는 철문이 함구하고 있다면 누구나 쉽게 들어가고 싶다는 생각을 하기 어려울 게다. 아무리 좋은 원기도 문이 밀릴 때 거부당하고 나서야 간신히 남은 에너지를 집 안으로 들이밀 것 같다. 옛날과 지금의 문이 당기고 미는 방식이 달라진 까닭이 무엇일까. 예전의 문들이 열기 위한 문이었다면, 지금의 문은 닫기 위해서 만들어진 이유가 아닐까.

웃는 문만 있었던 건 아니다. 때로는 문이 벼락같이 화를 내는 것을 기억한다. 식구 중에 누구라도 귀가하지 않으면 밤바람이 온 집안을 훑고 다녀도 대문을 닫지 못했다. 삐죽이 열린 문으로 늦게라도 들어온다면 다행이리라. 증조할아버지의 사랑채는 기침 소리와 함께 노여움이 묻은 방문이 벽을 튕기며 불호령을 친다. 문고리도 무서워 덜덜 떤다. 문이 곧 살고 있는 이들의 정신이기도 하다.

문을 여는 걸쇠는 내부에 달려 있다. 마음을 열어젖히는 손잡이가 내 안에 있다는 것을 문을 보고 비로소 알아차린다. 닫힌 문을 여는 순간 고립에서 벗어난다. 햇살과 눈 마주치고, 바람이 쓰다듬어 주고, 날아가는 새들이 아는 척하고, 꼬리 흔드는 강아지가 반겨준다. 열매가 열리는 것과 마음이 열리는 일은 오랜 인고가 필요해서 같은 낱말을 쓰고 있지나 않은지 모르겠다. 어느새 인기척 소리를 내며 다가오는 사람이 있다. 문을 열고 가만히 기다린다.

송소고택의 삶의 안쪽을 들여다보면 빙긋이 웃는 문지방이 안채와 사랑마당 사이에 드러누워 있다. 생활의 외곽을 구분 짓고 있지만, 문턱도 없는 솟을대문이 마을을 바라보며 시원하게 웃는다. 사람을 반기는 문은 그 집 주인의 얼굴 모양과 닮았다.

문처럼 열고 닫기를 자유롭게 한다면 얼마나 좋을까. 사람과 짐승과 모든 생명 있는 것들에게 문을 활짝 열어 맞이하고, 근심과 미움과 경쟁과 배제가 몰려들면 문을 철컥 닫아버리고 싶다.

– 제9회 경북문화체험 전국수필대전 대상 수상작(2018년)

등명여모燈明如母

이정화

등대는 구도자를 닮았다. 백 년을 하루 같이 오롯이 지켜서서 보시의 불을 밝힌다. 희뿌연 해무 속에서 어른거리는 불빛만이 들고나는 배들에게 생명의 길을 인도한다. 등대에게는 구도의 길이 숙명과도 같았다.

바다는 팽팽한 부력으로 배를 밀어 올린다. 바람이 일으킨 파도는 이리저리 휩쓸리다가 길고 짧은 용틀임을 한다. 얼마나 많은 배들이 세상의 모든 소리를 잠재우는 그 바닷속으로 침잠해 들었을까. 한없이 가볍고 부드러운 물이라지만 아래로 아래로 가라앉을수록 무거운 벽이 되어 버린다. 거친 세상처럼 짓눌려 온다. 모든 것을 삼킨다 해도 티 하나 나지 않을 바다이다. 그 거친 바다를 내다보며 가랑잎 같은 배들을 불러 모아 품어주는 등대는 바다와 맞서지 않았다. 희미해져 가는 미래를 등불처럼 간절히 밝히고 싶었다.

백여 년 전, 고요한 동쪽의 나라 조선에 등대는 없었다. 일본 제국주의자들은 대륙으로 뻗어가기 위해 군산 앞바다에다 어청도 등대를 세웠다. 애당초 동기야 순수하지 못했을지언정, 그러나 등대는 정작 누구의 편에도 기울지 않았다. 그저 칠흑 같은 바다 위에서 쏟아지는 별에 의지하며 허둥대던 누군가의 강력한 생명의 빛줄기였으리라. 침략과 전쟁을 일삼는 인간보다 사람이 만든 등대가 내 편과 네 편을 차별하지 않았다. 등대는 지나가는 배를 인도하고, 바다는 배가 지나간 하얀 경계선마저도 지워 버린다. 등대는 갈등이 잠잠해지기를 기도하는 심정으로 지금껏 불룩하게 튀어나온 바위와 암초를 알리며 바람 앞에 서 있다.

어청도 등대는 백 년을 그 자리에 서서 묵언하며 질곡의 역사를 바라보았으리라. 침략의 통로가 되었던 등대, 그는 나라 잃은 충격과 상실의 아픔을 인내해야만 했다. 그러고 보면 등대는 정신의 헌신과 육신의 희생을 보람으로 여겼던 세상의 엄마들을 닮았다.

엄마는 등대였다. 모든 것을 받아들이는 바다를 향해 고독한 눈길 거두지 않은 의연한 등대의 심정이었다. 그렇게 한량없이 보듬어 안아 주던 엄마가 이승을 떠났다. 늙어가는 자식들이 엄마 잃은 아이처럼 목 놓아 울었다. 구슬픈 갈매기 소리 같은, 빈 뱃고동을 울리며 떠나는 눈물 소리에는 한이 서려 있었다. 허망하여라. 울음의 밑바닥은 허공을 정처 없이 흘러 다녔다.

시인 카몽이스는 등대가 선 자리를 일컬어 땅이 끝나고 바다가 시작되는 곳이라고 했다. 삶의 마지막에 다른 생을 기약했을까. 이승과 저승으로 나뉜 단절 앞에서 등대의 훤한 불빛마저 깜박거리다 스러져 가는 듯 위태로웠다.

지난 추석, 엄마 없는 첫 명절을 맞았다. 보름달은 외로운 이들을 골고루 비춰주고 있었다. 소생의 근원은 생명 없는 무덤으로 남았다. 흩어져 사는 피붙이들에게 엄마가 살던 고향은 더 이상 구심점이 되지 못했다. 산소만 다녀가겠다는 동생은 서운함을 담아 마음에도 없는 말을 했다. 명절날이면 속속 모여들던 엄마의 작은 집이 그렇게도 큰 줄은 미처 몰랐다. 복닥거리는 풍경은 웃음이 새어 나올 만큼 정겨웠다. 틈틈이 만들어 놓은 엄마의 음식을 걸귀처럼 먹어대며 감탄한 날이 있었던가. 캄캄한 어둠 속에서 갈팡질팡하는 형제들은 길 잃은 배 같았다. 늘 그 자리에서 자식들을 맞이하던 엄마의 부재는 한 곳에서 태어나 끈끈하게 아껴주던 형제들의 균열을 예고하는 듯했다.

그 막막함은 암흑 속에서 나침반도 없이 항해를 떠나는 배와 다르지 않았다. 거북하고 군색한 마음을 숨기며 어르고 달래서 한 발씩 물러나 앉았다. 서로의 속마음을 알아주었다. 논의 끝에 어느 숙소를 빌려서 하룻밤을 보냈다. 쭉쭉 뻗어가는, 그리하여 인간이 볼 수 없는 한계를 넘어서는 등대 불빛 같은 관심과 이해가, 꺼져버릴지도 모르는 형제간의 동력을 불어넣었다.

자식은 어미를 여의고 길을 헤매었지만 백성들은 나라를 잃고 깊은 혼란에 빠졌다. 억압받던 세월 동안 등대는 암흑 속에서 불빛을 쏟아냈지만, 어두움을 걷어내고 광명을 찾기까지는 긴 시간이 걸렸다. 땅덩어리를 빼앗긴 압제의 시대와 부모를 잃은 설움은 똑같이 천붕天崩 아니겠는가.

엄마는 밀려들어 오는 가난으로부터 어린 자식들을 지키려고 무던히 애를 썼다. 깊은 밤에도 보초를 서듯 뜨개질코를 한 땀 한 땀 걸어 올렸다. 거친 파도와 세찬 바람은 인간 세상에도 모질게 닥쳐왔다. 바다는 잔잔하다가도 다시 끝날 것 같지 않은 폭풍으로 으름장을 놓았다. 되풀이되는 고초를 온몸으로 저항한 엄마를 떠올리니, 울퉁불퉁한 바위섬 위에서 철썩 철썩 때리는 모진 파도를 맞는 것도 등대와 다름없어 보인다.

할 수만 있다면 나도 등대를 닮은 어미가 되고 싶다. 시름겨웠지만 길잡이 노릇을 포기하지 않은 모성을 본받고 싶다. 새로운 파도가 날마다 인사하고 보름달에 부푼 검푸른 바다가 은빛으로 일렁댈 때, 불빛으로 길게 손을 내밀어 길 잃은 배들을 불러 모으리라. 어머니가 자식들에게 안식처였듯이 항구로 들어오는 배들은 모성의 품을 떠올렸을 게다. 깜박깜박 섬광을 쏘아 올리는 등댓불은 나아가야 할 길을 밝힌다. 모두가 잠든 고요 속에서 홀로 깨어 있는 등대, 검은 도화지를 한 줄기 빛으로 그려내는 풍경은 구원의 메시지를 담고 있는 듯하다.

오래전, 침략과 수탈을 위해 떠나는 배들을 지켜보았던 불의 탑이 이제는 지나가는 배들의 무사 안녕을 기원한다. 항구에서, 방파제에서, 바위와 풀과 바람에 저항하며 서 있는 몇 그루 소나무와 함께 풍경 속에 자리 잡았다. 제국의 등대는 한 세기를 흘러 낭만의 등대로 다시 태어난 걸까. 더러 청춘남녀가 등대 기둥에 기댄 채 눈빛을 주고받으며 사랑을 새기는 곳이기도 하다. 정열에 불타는 투우사의 망토를 닮은 빨간 등대는 오른쪽 방파제를 지킨다. 순결한 조선의 흰 치마저고리를 닮은 하얀 등대는 왼쪽에 서서 녹색 불을 밝히며 신호를

준다. 앙증맞은 병아리를 닮은 노란 등대는 작은 배들이 자유롭게 드나드는 것을 바라본다.

하늘의 푸른 물이 뚝뚝 떨어져 바닷물이 되었을까. 수평선을 따라 가다 보면 결국은 맞닿아 원이 되겠지. 새빨간 지붕을 머리에 인 등대 속을 빙빙 돌고 돌아 오른다. 어느새 꼭대기에 다다라 푸른 바다와 갈매기 그리고 배들과 눈을 맞춘다. 낮에는 태양 아래 한없이 겸손해지고, 밤이 되면 도저한 불빛은 바다 위로 뻗어나간다. 세상의 격랑을 오랜 세월 동안 겸허히 바라보는 등대. 본래의 바탕이던 바다 위를 생존하기 위해 떠도는 이들을 인도하는 등대를 어찌 구도자라 하지 못할까.

시냇물이 흘러 강물이 되고 굽이굽이 떠내려가 바다로 모여든다. 그 넓은 바다가 흙탕물 맑은 물 가려 받아들이는 적 있던가. 우여곡절 끝에 바다로 들어간 물은 땅의 속살 깊숙이 실개천을 따라 거슬러 올라, 원초적 생명의 탄생을 그리워한다. 그곳의 경계에는 언제나 등대가 있다. 어버이가 그러했다. 세상으로 내보낸 자식들이 당당한 어깨로, 단단한 두 다리로 살라고 하는 것 같다.

쓸려나간 파도가 다시 밀려오는 까닭은 아마도 그 뜻을 알려주려고 하는 것은 아닐까. 희망을 잃지 말라고, 용기를 가지라고 등대를 향하여 파도가 쉼 없이 손짓을 보낸다.

– 제6회 등대문학상 최우수상 수상작(2018년)

당삼채

류현서

짙은 햇살이 창가에 와서 빨리 일어나라고 재촉을 하는 아침이다. 팔월 초의 날씨는 여름의 권위를 내세우기라도 하려는 듯 온 힘을 다해 적의를 뿜어댄다. 햇볕은 불덩이를 녹일 것 같이 이글거린다. 잡다한 일상을 접고 가까운 거리에 있는 경주로 향했다. 여기에도 마치 하얀 불 파도가 출렁이는 것 같다.

박물관 입구부터 햇살을 피하려는 사람들이 그늘을 찾아든다. 이런 것을 보면 자연이 천지 만물의 주인이고, 거기에 따르며 사는 사람들은 손님에 지나지 않는다는 생각이 든다.

신라역사관으로 들어섰다. 소장된 문화재들이 많다. 그중에서 자그마한 항아리에 시선이 꽂혔다. 붉은색과 푸른색과 하얀색의 무늬가 자연스럽게 조화를 이루었다. 삼색이 어울리어 안정감을 준 무늬가 곱다. 경주에서 출토되었지만, 당나라에서 제작되었다는 항아리이다.

중국 당나라는 일찍이 '삼종주국'으로 일컬었다. 도자기의 종주국, 옥공예의 종주국, 차의 종주국으로 알려졌다. 그래서인지 형태가 둥글면서 색조는 유럽풍이 깃들었다. 당시에는 유약을 바르지 않는 상태에서 800~900도의 온도를 견뎌내지 못하여 서서히 흘러내린 무늬가 당삼채唐三彩다.

어찌하여 당나라의 그릇이 먼 우리나라까지 오게 되었을까. 아마 그때부터 문화 교류를 한 당나라와 신라는 교역이 잦았다는 입증이 아닐까. 당삼채의 매력은 단연 색깔이다. 그만큼 신라가 문화의 다방면으로 활발했다는 증거품이리라. 당삼채는 주로 귀족이나 왕가 무덤의 부장품으로 사용되었다고 한다. 특이한 도자기의 빛에서 당대의 귀족 문화를 엿볼 수 있다. 당삼채로 만들어진 작품은 항아리뿐만 아니라, 벼루를 비롯하여 술잔, 사발, 말, 낙타, 마부, 사자, 남녀 인물상 등이 있다고 한다.

하나의 색이 아닌 몇 가지의 색이 어우러져 아름답게 배색이 되었다. 화려하되 난분하지 않고, 호화로운 느낌을 주는 채색이 인상적이다. 역사는 기억하는 자만이 즐길 수 있는 것이 아니겠는가. 오묘하다.

생각에 잠기어 그늘에 홀로 앉았다. 알록달록한 무늬가 조화를 이룬 빛을 보는 순간, 내 머릿속 세포들이 뜀박질하기 시작한다. 생각은 비어 있는 허공을 채우려는 듯 절묘하게 배색된 빛에 온갖 상상이 춤을 춘다.

혼자 분리된 색깔이 아니라 함께 섞이어 더 고운 빛. 당삼채에서 인간이 살아가는 삶의 근원을 읽는다. 살을 섞고 사는 부부나 그 속으로 낳은 자식이라 할지라도 생각이나 취향이 각자 다를 수가 있으며, 음식의 구미도 제각각일 수 있다.

살아가다 보면 때로는 엇갈리는 의견에 부딪혀 된소리도 나오고, 바라는 대로 되지 않아 허망함을 느끼기도 한다. 자식의 실수에 얼굴을 찡그리고 남편이 하는 일이 마땅치 않아 투덜대는 날도 있다. 새털처럼 많은 날에 함박웃음을 웃는 날이 있는가 하면, 고뇌하는 날, 때론 화들짝 놀라는 날도 있기 마련이다. 하지만 어쩌겠는가, 그럭저럭 맞추며 살아갈 수밖에.

티격태격하다가도 어려운 일이 닥치면 서로를 감싸는 게 가족이다. 자신의 고집만으로 살아갈 수 없는 것 또한 인생 아니겠는가. 웃어른의 충고를 약으로 삼고 남편의 생각도 받아들이고 가족의 의견도 참작하면서, 조금씩 양보하여야 원만한 가정이 이루어지는 법이다. 남편의 뜻과 아내의 뜻, 자식의 뜻이 서로 합해져서 가정을 이루고 일가를 이뤄 간다. 남편과 아내와 자식이 어우러진 삼색, 그것이 바로 황색, 녹색, 백색이 배합된 당삼채 같은 빛이 아닐까.

붉은빛이 도드라지면서 푸르고 푸른빛이 선명한 가운데 흰색이 더 돋보인다. 자로 잰 것 같지 않고 격의가 없으면서 서로를 돋보일 수 있도록 떠받쳐 주고 있다. 딱딱한 느낌은 찾으려야 찾을 수 없고 유연하게 감싸 안아 자연스럽게 어울린 저 빛깔. 우리 인생도 부부간이나 자식에게나 저 빛처럼 서로를 떠받쳐 주어야 화목한 가정을 만들 수 있으리라.

다시 당삼채 앞에 섰다. 이렇게 고운 그릇에 죽은 사람의 뼈를 담았다는 거다. 한 생애 동안 깃들었던 일들을 바라보듯 한참을 그윽이 바라본다. 어떤 분의 육신을 담았을까. 혼은 구천을 떠돌지만 무거운 육신이 담겨 있는 쉼터. 고고한 빛은 과거의 색과 현재의 색과 미래의 색이 아닐는지….

우리 인생에서 삶과 죽음은 동전의 양면처럼 결별할 수 없는 것임을 곰곰이 헤아려 본다. 삶과 죽음에 연결되지 않으려고 하는 한 시인이 있다. 그의 방에는 시계가 없고, 거울이 없으며, 달력이 없다고 한다. 시계가 없으니 초조함과 조급함을 모르고, 거울이 없으니 늙어가는 것을 모르며, 달력이 없으니 세월 가는 줄을 모른다고 한다. 절로 살고 싶다 하여 그의 호가 '나절로'가 되었다.

그렇다고 해서 죽음을 영원히 만나지 않으랴. 죽음은 누구나 피해갈 수 없는 지극히 슬픈 만남인 것을. 나절로 선생도 남은 생을 혼자 능동적으로 살아낼 수 있을까. 가족이나 친지의 도움 없이 먼 여정을 가기에는 고독하지 않으랴. 누군가의 도움으로 끼니를 해결하고 누구와 대화를 나누어야 사람 냄새를 풍길 수 있을 터이다.

주름진 나의 얼굴에도, 흰 머리카락이 희끗거리기 시작한 남편의 모습에도 당삼채 같은 세월이 담겨 있다. 그 반면에, 이제 이십 대의 푸름을 내뿜는 활기찬 자식은 무슨 색을 뽐낼까. 지금은 푸른색의 저 자식도 세월 따라 이 색, 저 색으로 섞이어 결국엔 당삼채의 빛으로 물들어갈 터이다. 그리하여 세계는 분해되는 일 없이 존재하고 사람들은 각자 제자리를 지켜나가고 있는 것이리라.

생生과 사死는 아무 걸릴 것 없이 돌아가고 또 돌아간다. 순환법칙은 사람이나 만물이나 다 같아서 오면 가고 가면 오게 되는 것을. 이렇듯 우주는 쉼 없이 회전하게 되는 것이 아닐까.

온종일 당삼채에 빠져 있다가 늦은 오후에 박물관을 나선다. 돌아오는 길에 진한 흙냄새 풍기는 들녘엔, 언제 떠나갈지 모르는 인생이 점점이 박혀 있다. 새색시 치마 같은 노을

이 서산마루에 펼쳐졌다. 황새 한 마리가 깃을 펼치며 너울너울 날아간다. 빨갛게 타는 노을 아래, 초록으로 물든 들판 위에 하얀 황새의 몸 빛깔이 더욱 선명하다. 황새가 날아간 하늘가에는 아직도 햇볕이 마지막 열기를 뿌리고 있다.

호기심 많은 내가 박물관을 찾아온 것은 역사를 기억하고 싶어서이다. 붉은 노을과 푸른 들판과 하얀 황새에서 세월을 읽는다. 삼색이 어울린 자유로운 조화를 보며 인생도 당삼채 같은 빛으로 늙고 싶다. 당삼채에 담긴 세월이 곱다.

– 제11회 경북문화체험 전국수필대전 대상 수상작(2020년)

해무

지영미

희뿌연 안개가 거침없이 몰려온다. 모든 존재를 다 삼켜 버릴 듯 점점 더 뿌옇게 피어오른다. 이윽고 낯선 길을 마주한 나를 막아선다. 시각장애인이 지팡이 하나에 오감을 의지하듯 온몸의 촉수를 곧추세운다. 한 치 앞의 사물도 자칫하다 걸림돌이 될지 모른다는 불안감이 엄습한다.

봄이면 자주 출몰하는 안개는 새로운 곳에서 막 보금자리를 튼 나에게 본때를 보여주겠다는 듯 달려들었다. 세상이 본시 이랬었던 것마냥 아무것도 드러내지 않는다. 인간의 본성을 있는 그대로 끄집어낼 수밖에 없는 상황을 연출해낸다. 눈과 발이 묶인 지금 낮은 소리라도 들으려는 생존 본능이 한껏 살아 움직인다.

때론 그렇다고 믿고 싶을 때가 있다. 실제로 그랬을 수도 있겠다. 작은 어촌 가까이 있는 역사驛舍까지 파도 소리가 들리진 않았을 텐데, 아버지는 바다에 중요한 그 무엇을 두고 온 듯 근처를 맴돌았다. 왠지 그때를 생각하면 마치 바다가 지척에 있어 바람에 찝찔한 냄새가 묻어 있었다는 기억이 난다.

아버지는 어촌마을에서 태어나 홀어머니 밑에서 성장했다. 고깃배 선장이셨던 할아버지는 해무 속에서 길을 잃고 배가 좌초되는 바람에 다시는 돌아올 수 없었다. 탐지기 하나 없이 물색만 보고도 고기떼를 예견하셨다는데 정작 해무는 예측하지 못하셨던 것일까. 뒤이어 형마저 사고로 돌아가시게 되니 아버지는 가족의 반을 잃는 슬픔을 감내해야 했다. "그날 징그럽게 온 바다를 덮었던 기라. 그리 지독한 해무海霧에 뱃길을 찾지 못하고 빨려 들어갔던 게지!" 꺼이꺼이 얼큰히 취하신 날이면 어김없이 그리움과 한을 담은 말을 쏟아냈다. 아버지의 심연 저 밑바닥에는 원초적인 외로움이 똬리를 틀고 앉아 있었다. 모두가 살아내기 어려웠던 시절, 삶과 죽음의 경계가 흐릿해진 할머니를 모시고 사는 일은 어린 아이가 감당하기엔 너무 큰 짐이었다.

아버지는 도시에 있는 역을 마다하고 작은 어촌마을 역사로 전근을 하셨다. 연어의 회귀처럼 바다로 돌아가 그 시절을 마주하고 싶어 했던 것 같다. 기억에서 점점 사라지는 할아버지의 실루엣을 붙잡아 두려는 몸부림이었을까. 아니면 수없이 침묵을 강요당해 온, 곰삭은 응어리를 털어버리고 싶었던 것일까. 혼자 감당하기 어려운 지난한 삶을 위로받으려 했는지도 모르겠다. 짙은 해무가 드리우는 날이면 바다로 나가 하염없이 저 너머의 세계를 바라보던 아버지의 뒷모습이 생각난다. 해무는 어쩌면 아버지에게 물리쳐야 할 두려움의 대상이면서 무의식에 잠재된 그리움의 촉매가 아니었나 싶다.

어쩌다 아버지가 숙직하시는 날이면 저녁 배달을 갔다. 모든 것을 집어삼킬 것 같은 해무가 여지없이 뒤덮이곤 했다. 아직은 익숙지 않은 길을 더듬더듬 헤치고 가면 손에 땀이 자작하니 차올랐다. 바다 냄새가 가까워지면 목적지가 지척에 와있다는 암시였다. 손전등 불빛이 어슴푸레 비치면 동생과 나를 부르는 소리가 들렸다. 마침내 아버지가 장막을 헤치고 나타나면 유령은 사라지고 이 모든 시름은 끝났다. 역사 옆 숙소에서 늦은 저녁을 드시고 나면 우리 자매는 다시 안개 속으로 묻혔다.

외롭게 자란 아버지는 사람과의 관계가 어눌하고 혼자 있는 시간을 즐겼다. 간신히 마음을 연 이웃에게 속아 금전 손실을 본 이후로 철저히 자신만의 세계에 빠져들었다. 물설고 낯선 곳에서 새로운 둥지를 튼 우리 가족은 마치 해무 속에 갇힌 한 척의 배 같았다. 상실감에 빠진 아버지는 더 자주 바다를 찾았다. 할아버지가 해무 속에서 길을 잃고 좌초될 순간의 두려움을 고스란히 느끼고 계셨던 것일까. 통제력을 상실한 선장은 선원과 배를 감당해 내기엔 힘에 부쳤다. 걷어 내어도 헤쳐 내어도 끊임없이 뒤덮어 버리는, 언제 사라질지 모를 악마의 손길이 끝이 없을 것처럼 드리우던 시간이었다.

해무는 무섭게 다가와 온 천지를 삼키고 있다가 언제 그랬냐는 듯이 꼬리를 감춘다. 그 순간을 넘기면 살아남을 수 있다. 삶이 그러했다. 햇빛이 한 자락 비치기 시작하면서 마성의 손길이 요술처럼 사라졌다. 우리 형제는 서서히 걷히는 안개와 함께 성장해 아버지를 하나둘 떠나왔다. 학업을 마치고 가정을 이루고 그렇게 작은 어촌마을 역사[驛舍]의 기억도 엷어졌다. 그래서인지 안개는 낭만적인 그 무엇이라기보다는 나에겐 애증의 대상이다.

나의 삶에도 해무가 짙게 드리웠다. 수출길이 막힌 남편은 강에서 세월만 낚고 있었다. 나는 아이들의 오종종한 눈망울을 보면서 전사가 되어야 했다. 그 시절 일찍 떼어 놓은 막내의 울음소리가 이명처럼 귀를 울렸다. 생활전선에서 장막을 헤치며 진군할 때면 문득 아버지의 전철을 밟고 있는 나를 발견했다. 내가 한없이 지칠 때면 홀연히 아버지의 모습이 나타났다 사라지곤 했다. 해무를 거두며 가만히 내 손을 잡아주던 따스한 손길을 지척에 있는 듯 느꼈다. 아버지가 힘든 여정을 무사히 헤쳐 나왔듯 분명 나도 할 수 있을 것이라는 확신을 얻었다.

나에게 드리운 해무를 수없이 걷어내자 뿌연 안개는 서서히 사라지고 햇볕이 골목 깊숙이 들어왔다. 무사히 잘 성장한 아이들은 제 몫을 하러 떠나갔다. 먹어도 먹어도 채워지지 않는 서늘한 허기가 찾아오면 바다를 찾았다. 남편의 쓸쓸한 뒷모습 속에서 아버지의 등이 중첩되곤 했다. 아버지를 향한 미움의 실체가 안타까움과 그리움이었음을, 비굴하게만 보였던 당신의 모습이 더 나은 걸음을 위한 쉼이었다는 것을 왜 진작 알지 못했는지…. 깊은 곳에 숨겨 두었던 원망이 짠함과 미안함으로 가슴이 먹먹해 왔다.

짙은 안개가 앞을 가로 막아서면 뿌리의 깊이도, 우듬지의 높이도 알 수 없다. 하지만 안개가 떠나간 자리에 초라한 자신을 드러내고 싶은 사람은 없으리라. 그래서 아버지와 나는 더 치열하게 살아내었는지도 모르겠다. 해무는 할아버지를 삼켰고 아버지와 나의 인생에도 파고들었다. 절대 떼어 낼 수 없는 숙명의 존재라는 것을 당신은 바다에서 아셨고, 나는 그런 아버지를 보고 일찍 철이 들었다. 내가 힘들 때면 아버지를 떠올리듯 아버지도 바다에서 할아버지의 흔적을 더듬어가며 해답을 갈구하고 있었던 것 같다.

해무 속을 들어가면 모두가 혼자다. 절대 빠져나올 수 없는 올가미에 걸린 듯 두려움이 몰려온다. 우리의 삶은 기나긴 터널을 닮았다. 온 세상이 환할 때 절대 느낄 수 없었던 짙은 어둠만이 버티고 있다. 모든 실체가 선명하게 드러날 때까지 처절하게 싸우면서 박차고 나가는 것만이 살길이다. '삶의 질곡이 바닥을 치면 올라오는 것만 남는다. 아무리 좁고 어둠으로 꽉 찬 골목이라도 막다른 길은 없다. 뚫고 나아가면 반드시 훤한 길이 나타난다.'는 믿음은 내가 해무를 헤치고 나오면서 얻어낸 소중한 인생 교훈이다.

곳곳에 숨었던 회색 장막이 사라지자 멀리 마을이 희미하게 드러난다. 무디어진 손과 발을 살려내어 '훠이' 저어 본다. 변한 것은 없어 보인다. 다만, 단단해진 내 발걸음만 달라졌을 뿐.

– 제9회 등대문학상 최우수상 수상작(2021년)

지영미

《수필미학》 신인상 등단

제12회 경북문화체험 전국수필대전 동상

제5회 포항 스틸에세이 공모전 동상

오후수필 회원

한 그루 나무,
서른 송이 꽃들

초판 1쇄 인쇄 2022년 04월 28일
초판 1쇄 발행 2022년 05월 15일
지은이 곽홍렬 외 30인

펴낸이 김양수
책임편집 이정은
편집디자인 권수정

펴낸곳 도서출판 맑은샘
출판등록 제2012-000035
주소 경기도 고양시 일산서구 중앙로 1456(주엽동) 서현프라자 604호
전화 031) 906-5006
팩스 031) 906-5079
홈페이지 www.booksam.kr
블로그 http://blog.naver.com/okbook1234
이메일 okbook1234@naver.com

ISBN 979-11-5778-548-3 (03800)